光文社文庫

ドルチェ

誉田《ほんだ》哲也

光 文 社

目次

袋の金魚

一昨日《おととい》の二十三時過ぎ、練馬《ねりま》駅北口付近で起こった酔っ払い同士の喧嘩《けんか》。それに関する現行犯人逮捕手続書。その最後の欄を埋める。

【本職は、平成○×年九月二五日　午前一〇時三〇分、被疑者を釈放した。警視庁練馬警察署　刑事組織犯罪対策課　司法警察員　魚住久江《うおずみひさえ》巡査部長】

最後に㊞。ちょっと朱肉の付きが悪かったが、まあいいだろう。

「できた、と……はい、係長。よろしく」

腰を浮かせ、右隣のデスクにいる強行犯捜査担当係長、宮田《みやた》警部補に差し出す。

「ああ」

彼はひと通り目を通し、卓上の書類棚に納めた。

「……ご苦労さん」

「どういたしまして」

久江は椅子《いす》から立ち、辺りを見回した。

盗犯係、組織犯罪対策係など、大半の刑事たちはまだ書類仕事に追われている。強行犯係にも、まだベテランの里谷《さとや》巡査部長と、最近盗犯係から移ってきた原口巡査長が残っている。今なら久江が出かけても特に問題はなさそうだ。

壁の時計は、十一時半を指している。

「私、ちょっと早いけど、お昼いってきます」

いい加減くたびれたトートバッグを肩に掛け、廊下の方に向かう。

背後から「ああ」という、係長の生返事が聞こえた。

階段で一階に下りると、総合受付の前で懐《なつ》かしい顔に出くわした。

金本健一《かねもとけんいち》。久江の知っている当時の彼は警視庁本部の、刑事部捜査第一課の巡査部長、係は第六だったが、今どうなのかは知らない。あの頃、自分はまだ巡査長だった。

すぐに向こうも久江に気づいた。

「……魚住」

気づかれてしまっては知らん顔をするわけにもいかない。久江は会釈《えしゃく》をしながら、声が届く距離まで近づいた。

「お久し振り。どうしたんですか、こんなとこで」

「いや、ちょっとな」

金本の隣には三十そこそこの若者がいる。同じ係の後輩だろうか。あるいは二人は都内のどこかに設置された特別捜査本部の捜査員で、練馬署に何かしらの情報を求めてやってきた、ということも考えられる。

「何か、調べものですか」

「ああ……まあ、白骨死体の身元割りってとこだ」

やはり、特捜絡《がら》みの捜査のようだ。

金本はちらりと隣を見、内ポケットから札入れを出した。

「……お前、先にどっかで食ってこい」

千円札を一枚抜いて差し出す。

「え、組対《そたい》（組織犯罪対策係）の方は？」

「あとでいいよ、そんなの」

受け取った彼は怪訝《けげん》な顔をしたが、やがて「すいません」とお辞儀をし、玄関の自動ドアに向かった。

咳払《せきばら》いをした金本が、改めて久江に向き直る。

「昼、出るんだろ。一緒にどうだ」

久江はかぶりを振ってみせた。

「けっこうです。一人でゆっくりやりたいんで」

「まあそう言うな。しばらく振りなんだ、付き合えよ」

それとなく見回すと、会計や交通課の係員が、ちらちらと久江たちの様子を窺《うかが》っているのが分かった。受付カウンターのずっと向こうにいる副署長も、こっちを見ている気がする。ここでグダグダやるのは、少々体裁が悪い。

「……分かりました。ご案内します」

久江は先に立って自動ドアを通った。

くしゃみの出そうな、初秋の柔らかな風にあう。

金本が自分を誘った理由は分かっている。

それだけに、ひどく気が滅入《めい》った。

三十路《みそじ》前の三年間、久江は豊島《としま》区の池袋署に勤務していた。金本とはそこで知り合った。年は二つ上。当時から彼は、一つ上の階級の巡査部長だった。部署は今と同じ強行犯係。主に、殺人にまで至らない暴力事件を扱う毎日だった。

ただ池袋署はその名の通り、池袋という巨大繁華街を管轄《かんかつ》に抱える警察署である。当然、殺人事件も頻繁に起こる。そのたびに署内には特捜本部が設けられ、警視庁本部から刑事部捜査一課の捜査員が大挙して訪れ、講堂や会議室は占拠された。

そうなると、捜査の主導権は本部側に移り、所轄署の刑事は彼らの道案内に過ぎなくなる。警察は典型的な階級社会だが、この場合だけはそれが無視される。

一課員一人に、それぞれ所轄署員が一人ずつ割り当てられる。たとえ一課員が巡査で、所轄署員が格上の巡査部長でも、一課員主導で捜査は行われる。それが都道府県警察本部と所轄署の違いであり、「ナンバー課」と呼ばれる中でもトップに位置づけられる「捜査一課」のブランド力だった。

一方で特捜本部の設置は、所轄署員にとってはチャンスでもある。奮起して一課員に自らの能力を示し、それが認められれば、本部の捜査一課に引き上げてもらえるかもしれないからだ。

そのチャンスをものにしたのが金本であり、久江だった。捜査一課入りしてからの係は別々になったが、「池袋からきた金本と魚住」ということで「袋《ブクロ》の金魚」などとまとめて呼ばれたりもした。たぶん誰かが、当時公開されて話題になった映画『新宿鮫《しんじゅくざめ》』をもじって言ったのだろう。今となっては、それもいい思い出だ。

久江が捜査一課にいたのは、たったの二年だった。試験に合格し、巡査部長に昇任したからだ。階級が上がれば部署を異動することになる。それも警察のルールの一つである。

以後、久江は八王子署、上野署の各強行犯係を渡り歩き、去年からここ、練馬署に勤務している。所轄に出てちょうど十年。歳も四十二になった。

古びた喫茶店の向かいの席で、金本が苦笑する。

「……だいぶ、貫禄《かんろく》がついたじゃないか」

中年太りって言いたいんだろうな、と思いつつ、壁のホワイトボードに目をやる。腹が立たないではなかったが、ムキになるほど若くもない。

「ランチでいいですか。アジフライですけど」

「ああ」

顔馴染《なじ》みのウェイトレスにVサインをしてみせる。彼女は頷《うなず》き、厨房《ちゅうぼう》に「ランチ二つ入りましたァ」と高い声で告げた。

ふいに手持ち無沙汰《ぶさた》になり、久江はテーブルの端にあったアルミの灰皿に手を伸ばした。

金本は肘《ひじ》をつき、退屈そうに口の前で手を組んでいる。

昔より丸みを帯びた手。左の薬指には、鈍い銀色の指輪が喰い込んでいる。貫禄はお互い様だろう、と思ったが、それも言わずにおいた。

代わりに、密《ひそ》かに記憶の襞《ひだ》をなぞる。

寂しいんだ。深く意味も問わずに頷き、受け入れた、一度きりの夜。後悔はしていない。

ただ、一度だけでよかった、とは思っている。一度だけ、がよかったのだと。

過去、久江の恋愛に長続きしたものはなかった。しかし、決してゼロでもなかった。そう思い返すだけで、なんとなく日々を過ごせる自分がいる。なんと燃費のいい恋愛電池だろうと、我が事ながら可笑《おか》しく思う。

「タバコ、軽くしたんだな」

その声で我に返らされた。そう。十年前はマイルドセブンだった。今はラークの一ミリだ。

「あれ、金本さんは？」

「俺はやめた。一年半になる」

思わず笑みが漏れた。

「偉い偉い……なに、レントゲンで肺に影でも写った？」

「いや。家を買ったんだが、そしたら女房が、もう家では吸うなって……で、いい機会だからやめた。案外、やめられるもんだぜ」

家を買った、か。

妬《ねた》む気持ちはない。むしろ自分が何も壊さなかったことに、今は安堵《あんど》に近いものを覚える。

ランチはまもなく運ばれてきた。食べている間の話題は、ほとんど互いの近況報告だった。金本は久江が本部を出た二年後に昇任し、今は警部補だという。その三年後に再び本部捜査一課勤務を命じられ、現在は殺人犯捜査第三係の所属らしい。

捜査一課は相変わらずの忙しさだそうだ。それに比べて、こっちはずいぶんとのんびりしている。ここしばらく、練馬署管内では殺人事件が起きていない。そう言うと、金本は「けっこうなこった」と鼻で笑った。

食べ終わったのはほぼ同時。久江のアフターコーヒーはホット、金本はアイス。彼はミルクもガムシロップもたっぷり入れ、しつこいくらいに掻《か》き回す。その手つきが、久江にはなんとも懐かしい。

「……なあ、魚住。お前、一課復帰の打診は、もらってるんだよな」

案の定だった。金本が、この話をするために久江をランチに誘ったことは、最初から分かっていた。

「ええ、まあ……何度か」

「ついこの前、八係に欠員が出た。そのときもお前の名前が挙がってた。なのに、入ってきたのはまったくの新人だった……打診、されたんだよな？　そのときも」

黙って、頷いておく。

「なぜ受けなかった」

「受けなきゃ、おかしいですか」

金本は困ったように眉《まゆ》をひそめた。

「おかしいだろう。お前は所轄の強行犯係なんかでくすぶってるタマじゃない。本部の一課で、殺しをバリバリ挙げるのこそ似つかわしい」

かつて、嫌というほど肌身で感じてきた、捜査一課の誇りと驕《おご》り。それを臆面《おくめん》もなく口にする金本に、今の久江は懐かしさよりも居たたまれなさを感じる。

「……そんな、買《か》い被《かぶ》らないでくださいよ。私には、所轄の方が合ってるんですから」

「何を言ってるんだ。一課でやってける女なんてのは、そうざらにいるもんじゃない。俺は十年経《た》った今でも、ここにお前がいてくれたらって思うことがよくある」

ずるい言い回しだと思ったが、こっちはそれを無視する知恵を、この十年で身につけた。

「やってけやしませんよ。自分でそれが分かってるから、私は受けなかっただけです」

金本は、まるで納得した顔をしなかった。少し怒ったのかもしれない。

「あのな……お前が結婚して、子供でも産んだってんなら分かるよ。強行犯じゃなくて、交通捜査か何かに鞍替《くらが》えしたってんなら、俺だってこんなことは言わない。でも、お前はこの十年、ずっと強行犯を希望して回ってるそうじゃないか。捜査一課に未練がある……

そう見る方が、むしろ自然だろう」

結婚したいと思ったことはあった。子供がほしいと思ったこともある。だが、捜査一課に戻りたいと思ったことは一度としてなかった。正面切ってそう言ったら、金本は一体どんな顔をするだろう。呆《あき》れるだろうか。それとも本気で怒り出すだろうか。

「金本さんが思ってるより、変わり者なんです。私は」

「違うね。お前は変わり者なんかじゃない。そういった意味じゃ、むしろ馬鹿がつくくらいの真面目《まじめ》人間だ」

それは、自分でも分かっている。だからこそ、捜査一課には戻りたくない。

「……とにかく、ほっといてください。私の代わりなんて、他にいくらだっているでしょう」

「いや、なかなかそうもいかないんだよ。実際は」

「だとしても、十年追っかけられるほどのタマじゃないです」

「謙遜《けんそん》するな」

これ以上は言っても無駄か。

久江は立ち上がり、伝票に手を伸ばした。が、先に金本に取られた。

「奢《おご》っとくよ」

かぶりを振り、久江は六百五十円をテーブルに置いた。嫌味にならないようお辞儀をし、そっと背を向ける。

「また、空きが出たら誘うからな」

あなたは人事担当じゃないでしょう、と思いつつ、久江は肩越しに手を振った。

外に出ると、さっきより日が照っている。歩くと、少し汗ばむくらいの陽気になっていた。


それから三日して、妙な事件が起こった。

一歳二ヶ月の子供が溺死《できし》。母親は行方不明。通報してきたのは父親。

即座に事件と断定できる状況ではなかったが、母親が消えている点は気になった。

情報は消防署から、署の地域課に回ってきた。それを受けて詳しい事情聴取に向かわされたのが、久江と、強行犯刑事としては見習いに近い原口巡査長だった。

死亡した幼児、斉藤守《さいとうまもる》の父親、斉藤明《あきら》の自宅は桜台五丁目。六階建ての、古びたマンションの一室だ。

「恐れ入ります。練馬警察署の者ですが」

夕方四時。戸口に顔を覗かせた斉藤明は、一見してヤクザ者だろうと思わせる風貌をしていた。

角刈り、細く整えた眉に、ロヒゲ、鋭い目つき。世にあるゴタゴタの大半は暴力でカタがつくと信じているタイプだ。分厚い上半身には白いシャツをまとっているが、下は部屋着だろうか、七分丈の黒いコットンパンツを穿《は》いている。太い首には肩凝りのとれそうな金のネックレス、手首にも似たデザインのブレスレット。年齢は二十九歳と聞いている。

「ああ……ご苦労さんす」

声も、外見の印象をいささかも裏切らない野太さだ。

「このたびは、ご愁傷様です」

「……どうも」

それでも、子を亡《な》くした親らしい憔悴《しょうすい》は見てとれた。久江たちを中にいざなうにも、大きな背中を気の毒なほど小さく丸める。

間取りは、キッチンと繋《つな》がった六畳の和室の他に、もうひと部屋。おそらくそっちを寝室として使っているのだろう。

久江たちは勧められるまま、こたつテーブルの一辺に並んで座った。明は茶も出さず、向かいにどっかりと胡坐《あぐら》をかいた。

頭を下げ、久江から切り出す。

「お力落としのところ恐縮ですが、早速いくつか、お聞かせください……大体の状況は、救急隊員と監察医、交番の警察官から報告を受けていますが、確認のため、今一度お伺いします。お坊ちゃま、守くんは、どちらで亡くなられていたのでしょうか」

「ここ……そこの」

言いながら、明は背後の襖《ふすま》を開けた。

「布団《ふとん》の上で……仰向《あおむ》けで」

大人二人分の布団と、子供用であろう小さなそれが並んでいる。

「俺は、夜の仕事なんで……朝帰ってきたときは、いつも、二人とも寝てるんで……でも今朝は、女房の、由子《ゆうこ》がいなくて、守だけが、布団で寝てて……ちょっと、変だなとは、思ったんだけど……俺も酔ってたから、そのまま布団で寝ちまって……起きたら、まだやっぱり、女房はいなくて……で、なんとなく、守を見たら、息をしてないってことに、気づいて……」

そこまでは、事前に受けている報告とまったく同じ内容だった。

息子が死亡していることに気づいた明は、午前十時十七分に一一九番通報をした。最寄交番の地域課係員、救急隊に続き、四十分後には監察医が現場に到着、幼児の死亡を確認した。その時点で署の鑑識係員も出向き、ある程度の現場検証は行っている。

死体を大塚の監察医務院に搬送し、詳しい検死をした結果、溺死であると判明したのが午後一時頃。現場の風呂場《ふろば》浴槽にあった水と遺体内部から検出されたそれの水質が完全に一致したため、なんらかの理由で浴槽に沈み、溺死したものと考えられた。

むろん、子供が自分で風呂場にいき、誤って浴槽内に転落した可能性もなくはない。だが明が帰宅したとき、死体は寝室の布団の上にあった。つまり誰かが、常識的に考えれば母親である斉藤由子が、死体を動かしたことになる。厳しくいえば死体遺棄、隠蔽《いんぺい》工作ともとれる行為である。

地域課係員は当然、明に由子を捜させた。近所や友人、知人宅、実家など。だが、どこにもいないようだった。そもそも友人などはほとんどおらず、出歩くことも滅多にない女だったらしい。

原因は守の、重症の小児喘息《しょうにぜんそく》だ。昼間は表に出るだけで咳《せ》き込んでしまい、ベビーカーでの散歩もままならない。買い物に至っては、明がすることの方が多いくらいだったという。

守が死亡に至るまでの可能性は、主に二つ考えられた。

一つは看病が苦になり、由子が故意に溺死させた、というもの。もう一つは一緒に風呂に入っていて、看病疲れからつい湯船に浸《つ》かったまま眠り込んでしまい、誤って守を溺《おぼ》れさせてしまった、というもの。

監察医は、遺体からそのいずれであるかを判断することはできないと言っている。そうなると、由子を見つけ出し、直接訊《き》くしか真相を知る手段はない。その結果、故意であることが判明すれば、殺人罪での起訴は免れない。

久江は、ひと通りの事情を聞き終えてから切り出した。

「……では、お手数ですけれども、奥様のお写真を何枚か、お借りできますか」

それは、捜査員としてはごく普通の要求だった。

いなくなった人間を捜すには、その人となりを把握する必要がある。最も手っ取り早いのは、家族に写真を提供してもらうこと。だがそのとき、斉藤明はなぜだか動揺するような素振りを見せた。

なんだろう。

明は久江の隣、原口の手元にあるシステム手帳の辺りに視線を走らせ、それから久江の右隣にあるテレビを見やって、また、自分の手元に戻した。

「……あんま、写真……ないんすよ」

声は、さほどでもない。まあまあ落ち着いている。

「どんなのでもいいんですよ。証明写真とかじゃなくても、ちょっとしたスナップとかで……ただ、できるだけ最近のものの方が、より参考にはなりますが」

ふう、と明は強く息を吐いた。

「……由子を、そっとしといてやるわけには、いきませんか」

これには、かぶりを振らざるを得ない。

「そういうわけには……ごめんなさい、いきません。守くんの亡くなられた状況には、やや不可解な点があります。おそらく、それについて説明ができるのは、奥様だけでしょう。幼児とはいえ、人が一人亡くなっている……やはり、不明な点は明らかにしておきませんと」

「奴は、由子は……守の看病で、かなり、参ってたんす」

「それは、充分お察ししております」

「溺れさしちまったのは、ちょっとした、気の弛《ゆる》みっつーか……事故みてえなもんだったと、思うんすよ……それを、警察が追っかけて捜すって……それちょっと、情がなさ過ぎるんじゃないっすかね」

分からない話ではなかった。だが、この段階で息子を死なせ、逃げ出してしまった妻を赦《ゆる》すというのは、逆に諦《あきら》めがよ過ぎはしないだろうか。それでなくとも、故意に溺れさせた可能性が捨てきれない以上、警察が中途半端《はんぱ》なところで手を引くことは許されない。そこに情状酌量の余地があるかどうかは司法が判断すべきことであり、今はまだ、それよりだいぶ前の段階だ。

「斉藤さん。奥さん、由子さんだってね、このままにしときたいわけじゃないと思うんですよ。何があったのかは分からないけど、でもとにかく困っちゃったから、どうしていいか分かんないから、つい逃げちゃった……こうしている今も、きっと苦しんでるんじゃないかな。だから……早く、捜してあげましょ。そんなことはないと思うけど、中には早まったことを考える人だっているんですよ。でもそれだけは、絶対にさせちゃ駄目。だから……ね。由子さんのためだと思って」

何度か促すと、明は渋々、由子の写真を一枚だけ、整理簞笥《せいりだんす》の引き出しから出してきた。この部屋の窓辺に腰掛け、守を横抱きにしている由子だった。わりと小柄な女性だ。顔も小作りで、化粧栄《ば》えするタイプに見えた。聞けば彼女は元ホステスで、明のいる店で働いていたのだという。

「恐れ入ります。複写したら、これはすぐにお返ししますから」

無言で頷く明。それにも久江は、微《かす》かな違和感を覚えた。

何か、ボタンを掛け違えているような不快感、とでも言おうか。

一応、斉藤明のアリバイについても当たったが、守が死亡した二十七日午後七時頃は、勤務先である池袋のクラブ「マヤ」にいたことが複数の証言から明らかになった。その後も翌朝四時頃までは、池袋にいたと分かった。本件が事故か過失致死であるならば、明は無関係と考えて差し支えないことになる。

やはり、由子の行方を捜すしか真相を知る方法はない。

翌日、久江たちは足立区鹿浜《あだちしかはま》にある由子の実家を訪ねた。

自宅一階でスナックを経営しているという母親、島木紀子《しまきのりこ》は五十絡みの、島木紀子《しまきのりこ》は五十絡みの、これまでの人生の大半を水商売に費やしてきたのであろうことを窺わせる掠れ声の持ち主だった。

「やっぱり、ほんとなんだね……守ちゃんが、亡くなったって」

芸者の白粉《おしろい》のように塗りたくったファンデーションが、玄関先、日の光の下では妙に物悲しく映る。

「ああ、上がってちょうだい……こんなとこじゃ、なんだから」

通された二階の八畳間は、小さなちゃぶ台と仏壇とテレビしか置いていない、質素な空間だった。

改めて挨拶《あいさつ》をし、それとなく室内を窺う。

「……ご主人は、いつ頃お亡くなりになられたんですか」

ちゃぶ台にお盆を置きながら、紀子はちらりと仏壇に目をやった。

「今年で十一年、ですかね。由子がまだ中学の頃で……父さんっ子だったんでね、相当ショックを受けたんですよ。それまではバスケットに夢中の、スポーツ少女だったんですけどね。急にグレちゃって……地元の暴走族とツルむようになっちゃって」

「はあ、バスケット……いただきます」

出されたグラスを手に取る。麦茶かと思ったが、ひと口含んでみたらウーロン茶だった。たぶん、下で客に出すのと同じものなのだろう。

「そう。あの子は、ちっちゃい頃から背ぇだけは高かったから」

そうか、由子は背が高かったのか。久江は慌《あわ》てて脳内イメージを修正した。明にもらった写真では窓辺に座っていたため、その辺はやや曖昧《あいまい》だった。

「暴走族の方はね、いっぺん大怪我《おおけが》したら怖くなったんでしょ。そんなに長くは引きずらなかったんだけど、何しろ、あたしがこんなだから……あの子も、すぐに水商売覚えちゃって。それからはあっちこっち、転々としてましたよ……んで、一昨年《おととし》か。急に、この人と結婚したからって、明くん連れてきて。まあ、気風《きっぷ》のいい男だったんでね。安心はしてたんだけど」

由子は明の五歳下。今年二十四歳だから、二十二で結婚、二十三で守を出産した勘定になる。

「で、なに……由子がいないってのは、どういうことなの」

久江は、できるだけ由子が悪者にならないニュアンスで、おおまかな事情を伝えた。紀子は、守が喘息を患《わずら》っていたこともよく知らないようだった。

「そうかい……もう、一年くらい、会ってないもんだから」

「ということは、最後にお会いになったのは、守くんが生まれてまもなくの頃、ですか」

「そう。生まれて家に戻ったってんで、池袋まで訪ねてったの」

ちょっと、話が見えなくなった。

「池袋、と言いますと、お店の方に？」

「いいや、マンションだよ。明くんの住んでた」

「じゃあ、練馬に引っ越されたのは、つい最近なんですか」

紀子はひどく驚いた顔をした。

「なに、練馬に引っ越してたの？　やだ、それも聞いてないよ……まったく、親をなんだと思ってんのかね。碌《ろく》に知らせもよこさないで」

なんとなく、明に対して抱いた違和感がぶり返してきた。

ボタンを掛け違えるのに似た、あの不快感。

そのとき、胸のポケットで携帯電話が震えた。

「……すみません。ちょっと失礼します」

久江は部屋から出て、せまい階段を途中まで下りた。ディスプレイには署の代表番号が出ているが、おそらく強行犯係からだろう。

「はい、魚住です」

『ああ、宮田だ』

やはり係長だ。

『すぐ戻ってこい。由子、斉藤由子、こっちにきてるぞ』

思わずコケそうになった。危うく、階段を踏み外すところだった。

小一時間で署に戻った。原口に後れをとらないよう駆け足で二階に上がり、刑事組織犯罪対策課に飛び込む。

「遅くなりました、さ……斉藤、由子は」

周りには見慣れたデカ仲間ばかりで、それらしき人物の姿はない。

デスクにいた宮田係長が、廊下をはさんで向かいの第三調室を指差す。

「いま里谷をつけて入れてあるが、だんまりみたいだな」

里谷巡査部長は確かにベテランで優秀な刑事だが、若い女性には受けが悪い。元マル暴。

本人も女性の取調べは苦手だと認めている。

「きたときの様子は、どうだったんですか」

「うん。いきなり受付に、斎藤守の母です、ご迷惑をおかけしますって。そんだけじゃ、受付はチンプンカンプンだったらしいが、たまたま副署長が通りかかってな。そりゃ例の、溺死幼児の母親だってんで、慌ててこっちに上げたってわけ」

だとしたら、なおさらおかしい。

「自分から出頭してきたのに、だんまりですか」

「ああ。だからさ、それもあってお前を呼び戻したんだよ。そもそもこりゃ、お前のヤマなんだから」

「はあ」

確かに、斎藤守の不審死に関しては久江と原口の扱いということになっている。聴取を行うのも、当然自分たちということになる。

「じゃあ、私が入ります。原口くん、いこう」

「はい」

久江は手ぶら、原口には記録用のノートを持たせて調室に向かう。

しかし、斎藤由子――。

溺死した息子を放置して行方をくらました母親とは、一体どんな女なのか。

薄っぺらいドアをノックする。

「里谷さん、うおず……」

「入れェ」

苛立《いらだ》った声と同時にドアが開く。五分刈りの後頭部、ぱんぱんに張り詰めたワイシャツの背中が戸口を塞いでいる。立ち上がった里谷の後ろ姿だ。

「遅《おせ》えぞバカ」

ぐるりと振り返る、見慣れた横顔。あばたゴリラ。

「すみません。代わります」

「おう」

先に廊下に出てもらい、久江と原口が入れ代わる。

三畳に満たない調室。小さなスチール机の向こうにいるのは、やはり小柄な、例の写真よりさらに華奢《きゃしゃ》な感じの女性だった。

これが、斉藤由子。

母親である島木紀子が言ったような、背が高いという印象はまったく受けない。つまりあれは、中学生にしては、という意味だったのか。

「初めまして……ごめんなさいね。今の人、ちょっと怖かったでしょう」

言いながら向かいに陣取る。原口は、久江の斜め後ろにパイプ椅子を広げて座った。

「ちょっと、鹿浜のご実家をお訪ねしてたものだから……これからは、私がお話を伺います。魚住久江です。よろしく」

名刺を差し出したが、由子は受け取ろうとしなかった。机に置いても、見ようともしない。なるほど。これはちょっと、ひと手間かかりそうな相手だ。

「じゃあ、ごく簡単なところから、確認させてください。あなたが、斉藤由子さん、ということで、間違いないですね？」

なんと、この段階から黙秘するつもりか。まったく反応を示さない。

「あら。でも……下の受付には、そう言ってこられたんでしょう？　ってことは、間違いないですよね。一昨日の夜、桜台五丁目のマンション、ハイリッチ桜台の三〇三号室で亡くなられた、斉藤守くん、のお母さんということで……ね？」

守くん、の辺りでは、ちょっと息を呑《の》むような反応が見られた。

少し、間を置いて顔色を見る。すると、左頰骨辺りの皮膚が、少し黄色く変色していることに気づいた。痣《あざ》の治りかけ、といったところか。ひょっとすると、家庭内暴力があったのかもしれない。あの斉藤明の風貌《ふうぼう》からすれば、その線は実に考えやすい。

「一昨日の夜から、今日ここにくるまで、どちらにいらしたんですか？　ご実家の方には、いかれなかったんですか」

今どきの若い娘にしては珍しく、ほとんど眉も整えていない。明からあまり外出しなかったことは聞いていたが、ここまでとは思わなかった。

「守くんが亡くなられたことは……もちろん、ご存じよね？」

化粧っ気のない顔に、暴走族やホステス風のメイクを想像で施してみる。両方とも、似合うといえば似合う。

「一歳二ヶ月か……あの、これって、いつ頃の写真なのかしら」

ポケットから、例の写真を取り出して見せる。由子は、それにも目を向けない。

「まだ守くん、ずいぶんちっちゃいわよね……あなたも幸せそう」

着ているものからすると、冬のようだ。とすると、少なくとも半年は前。守は生後八ヶ月くらい。小さいはずだ。

「私はね、この歳になるまで結婚も、もちろん出産もしたことないんだけど……やっぱり、可愛《かわい》いんでしょう？　自分の子供って。一歳二ヶ月っていうと……あれ、原口くん。おたくもまだ子供、ちっちゃいんだったよね」

急に振られ、原口は慌てたように「ああ」と背筋を伸ばした。

「ウチは、上がもうすぐ二歳です」

「どうなの、一歳二ヶ月って。どれくらい歩くの」

「うーん……どうだったかな。まあ、個人差もあるとは思いますけど、伝い歩きか、早ければ、何もなくても歩けるくらい、ですかね」

「ふぅん……じゃあ、いつのまにかよちよち歩いてって、知らないところでイタズラしちゃう、ってことも、あるわけか」

「ええ。ありますね」

由子に向き直る。やや、表情が硬くなっている。それでも、反応があるのはいい傾向だ。

「ねえ、由子さん。あなたはここにきて、守の母です、ご迷惑かけましたって、言ったそうじゃない。それって、守くんの死に関して、何か話すべきことがあるってことでしょう? それを話しに、きたってことなんでしょう? 私たちが知りたいのも、まさにそのことなの。一昨日の夜、守くんに何があったのか。守くんは、なぜあんなことになってしまったのか。おそらくそれを知っているのは、あなただけなのよ、由子さん」

この真っ昼間に火事か。隣の消防署が、にわかにサイレンで騒がしくなる。

「……いいわ。話したくなるまで、待ちます」

久江は背もたれに寄りかかり、少し由子から距離をとった。

いや、話したくなるまで待つといっても、こっちまでだんまりを決め込むわけではない。原口と子供についての雑談をしたり、ときにはそれを由子に振ったりした。

どれくらい、そんなことをしていただろうか。

由子の目が、少し忙《せわ》しなく動くようになってきた。焦《あせ》り、苛立ち。いや、迷い、困惑――？

また少し、話を守に戻してみようか。

「……そう。じゃあ、それが喘息だったりしたら、なおさら大変よね」

びくりと、由子の肩が跳ねる。思った通り、さっきよりこっちの言葉に反応するようになってきている。

「ねえ？」

さらに押す。

「由子さん」

すると、伏せられていた目が、急に意思を持ったように前を向き、久江を正面から捉《とら》えた。

「……あの」

掠れた、か細い声だった。だが、そのひと言を発しただけで、また沈みそうになる。久江は頭を低くし、その視線をすくい取るように覗き込んだ。

「ん、なに？」

あまり、がっついた感じにならないように、優しく訊く。

由子は、小さく頷いた。

「あ、あの……私が、今ここにいることは……あの人には……？」

「あの人って、ご主人？」

こくり。二十四歳にしては、やや仕草が幼い。いや、今どきの二十四歳なんてこんなものか。

「まだ知らせてない。このお話が一段落したら、連絡するつもりだけど」

すると、

「やめてッ」

由子は机に手をつき、腰を浮かせて怒鳴った。

「あの人には知らせないで」

左頬の変色がにわかに意味を持ち始める。ここが今日の攻めどころか。

「でも、そうはいかないでしょう。あなたがこのまま何も話してくれないんじゃ、誰かに迎えにきてもらう他ない。あなたは容疑者でもなんでもないんだから、留置場に入れるわけにはいかないのよ。そうなったら、やっぱりご主人に」

由子は激しくかぶりを振り、

「私が殺したの」

そう、かぶせるように言った。

それはうわ言のようでもあり、感情のない、機械の言葉のようにも響いた。

「私が、守を……殺しました」

そして崩れるように、パイプ椅子に腰を落とす。

むろん久江は、そんな言葉を信じはしない。


翌日も、由子に対する事情聴取は続けた。

練馬署としては、斉藤守殺害の線を押すような材料は何もないのだが、その真偽はともかく由子本人が「殺した」と言うのだから、四十八時間の留置くらいは問題ないだろうという判断だった。

そうなると、久江も急いで由子を落とす必要があるわけだが、

「……普段外に出られないんじゃ、大変よね。買い物とかは、けっこう旦那《だんな》さんがいってくれてたの？」

残念ながら、まだ黙秘は崩せずにいた。

仕方ない。奥の手を使う他なさそうだ。

脅すような真似《まね》はしたくなかったが、突破口を開くには、今のところこれしかない。勾《こう》留《りゅう》請求の材料がないのだから仕方ないと、自らに言い聞かせる。

久江はわざと、声を低くして言った。

「……昨夜《ゆうべ》ね、旦那さんに会ってきたのよ」

案の定、由子は恐怖とも怒りともいえない色を頬に宿し、目を見開いた。

「でも、大丈夫。あなたがここにいることは、言ってないから」

由子本人は無表情を保っているつもりなのだろうが、それでも直後に吐いたのが安堵の息であるのは明らかだった。

「……その前には、守くんがかかってた小児科にもいってみた。あなた、とても一所懸命やってたんじゃない。薬も決められた量、毎日きちんと与えて。先生もこの半年で、ずいぶんよくなったって仰《おっしゃ》ってた」

守の掛かりつけだった吉田《よしだ》医院の院長は、斉藤由子の人柄について語ってくれた数少ない人物の一人だ。彼の由子評はすこぶるいい。

「改めてお宅に伺うと、なるほど、よく片づいているし、掃除も行き届いてる。とにかく、喘息には埃《ほこり》がよくないんでしょう？　それと、ダニの温床になるようなもの。そういうものは、すべて家庭から排除して……玩具《おもちゃ》まで、全部丸洗いできるものを選んで。家具はすべて足付きか、キャスター付き。下まで毎日掃除して」

由子の表情が凍る。まるで外部からの刺激を、すべてシャットアウトしようとしているかのようだ。

「それでも、寝られない日が続いてたんですってね……むろん、子供は苦しい。咳き込んで、泣いて、パニックになって……でも、親だって苦しかったよね。一緒になって起きて、薬を飲ませて。ひどいときは、水も飲めなくなっちゃうんでしょう？　そうすると、痰《たん》が粘って、余計に絡《から》んで、さらに呼吸が難しくなる。苦しい夜は、スポイトで一滴一滴、お水を口に垂らしてあげてたんですってね」

小さな肩が、震え始める。奥歯を噛《か》み、顎《あご》の筋肉が硬くなるのが見える。

「これ以上ひどくなったら、ステロイド注射しかないって、先生に言われたとき、あなた、泣いてすがったっていうじゃない。先生、どんなことでもしますから、ステロイドだけはやめてください、自分もアトピーで使って苦労したから、それだけはやめてくださいって」

緑の葉に朝露が結ばれるように、由子の瞳《ひとみ》に一つ、透き通った粒が浮かび上がった。

「そんなあなたが、守くんを手に掛けるはずがない……私は、そう思ってる。でも、だからこそ分からない。あれが誤って起こってしまった事故なのだとしたら、なぜあなたは、そうと言わないの……由子さん。あなたは、一体何を隠そうとしているの」

乾いた頬に、雫《しずく》が伝い落ちた。肌理《きめ》の細かい、確かに少し弱そうな肌だ。

「ねえ、由子さん」

彼女は机の上を、何かを探すように見回した。

やがて、色のない唇が、薄く開く——。

「あの……カッとなって、人を殺した場合……刑務所には、何年くらい、入るものなんですか」

久江は小首を傾《かし》げてみせた。

「それは、一概には言えないですよ。これまでのあなたの生活環境や、精神状態、ご主人との夫婦関係も含めて、裁判で酌量の余地があると判断されれば」

「違うんです」

それは、意外なほど強い口調だった。

「違います……私のことじゃ、ないんです」

「それ、って……どういうこと？」

由子は真《ま》っ直《す》ぐ、久江の目に焦点を合わせた。

「守は、私の子じゃないんです」

ふいに道が途切れ、行き先を見失う感覚に囚《とら》われた。

それが何を意味するのか。問いただす言葉も、喉元《のどもと》で瘤《こぶ》になる。

沈黙を破ったのは、再び由子だった。

「守は私の子ではないし、私は、斉藤由子ではありません」

つまり、どういうこと——。

そう言ったつもりなのに、自分の耳にすら、その声は届かない。

「私の本当の名前は、ハマダ、ヒトミといいます。本当の斉藤由子、守の母親は……もう、十ヶ月も前に、亡くなっています」

ようやく、声が出せそうだった。

「どうして……」

由子、いや、ヒトミが目を伏せる。

「守の世話もせず、家事も放棄した挙句、浮気をして……それを知ったあの人は、カッとなって……」

久江の頭の中で、大きな歯車が回り始める。

「殴ってしまって、で、家具か何かに頭が当たって……でも、彼女のことは言えないんです……私も当時、あの人と付き合ってたんで……それで、すぐに身代わりになれ、由子に成り代わって、守の母親になれって、あの人に言われて……」

つまり、島木紀子のいった「背の高い」由子はもう、十ヶ月も前に殺されていたということか。

「じゃあ、守くんは」

ヒトミがきつく目を閉じる。押し出された涙が、音を立てて机に落ちた。

「……寝ちゃったんです、私、湯船で……気がついたら、びっくりした顔の守が、お湯の中に、沈んでました……私、すぐに抱き起こして布団に連れてって、人工呼吸とか、心臓マッサージみたいなこともしたんですけど、でも、全然、駄目で……」

見る見る、ヒトミの表情が歪《ゆが》んでいく。

「それで、色んなことが、怖くなって……これを警察に言ったら、この子が私の実の子じゃないこととか、そういうことから、あの人が、由子を殺してしまったこととか、全部、分かっちゃう気がして。そうしたら私も、いつかあの人に殺される、どっちが長く刑務所に入ることになっても、いずれは二人とも出てくる。そうしたら、あの人は絶対に、私を殺す、そう思ったら」

そこまで一気に言い、彼女は長い息を吐き出した。

「……いつのまにか、逃げ出してました。池袋は、あの人に見つかると怖いんで、渋谷にいきました……」

「なんでそんな、身代わりなんて引き受けたの」

「最初は単に、由子が出てったって聞かされて……じゃあ、離婚ってことになったら、私と結婚してくれるの、って、言ったんですけど、なんか、子供の保険がどうとか、難しいこと言われて……ああ、しばらくは、仕方ないのかな、とか思って……」

「変だと思わなかったの？」

ヒトミはかぶりを振ったが、でもそれは肯定の意味だったようだ。

「思いました。思ったから私、何度も訊いたんです。そしたら、実は、殺したんだって……でももうそのときには、私、守のことが可愛くて、仕方なくなってて……この子には私しかいない。由子が死んだんなら、なおさら、この子を守ってやれるのは、自分しかいないって……」

久江は、今すぐヒトミの肩を抱き寄せたい衝動に駆られた。

「そう……分かった。ありがとうね。勇気を出して、ここまできてくれて。正直に、話してくれて……もう、何も心配しなくていいからね」

殺された由子の遺体についても訊いたが、ヒトミは知らないと言った。

だが後日、それは意外なところから判明した。

練馬警察署に出頭し、斉藤守の母と名乗った女。その証言と指紋照合、写真照合などにより、彼女は斉藤由子ではない、浜田仁美という二十一歳の、まったくの別人であることが確認できた。

では、斉藤守を生んだ斉藤由子は、一体どこにいったのか。

久江を筆頭とする練馬署強行犯係は十月五日、斉藤由子の行方について訊くため、斉藤明に任意同行を求めた。斉藤明は同行を拒否、捜査員を突き飛ばして逃走しようとしたため、公務執行妨害で現行犯逮捕するに至った。

練馬署が斉藤明の身柄を確保したと知って飛んできたのは、なんと捜査一課殺人犯捜査第三係の、あの金本警部補だった。

「魚住、後生《ごしょう》だ……斉藤の取調べ、そっちは公務執行妨害に留めて、由子殺害については、こっちに任せてくれないか」

聞けばあの日、金本はそもそも、斉藤明の妻、由子が生存しているかどうかを確かめるため、練馬署管内まできたのだという。

というのも今年の六月初旬、東京都多摩市郊外の雑木林で、女性のものと思われる白骨死体が発見され、金本らはその身元についての捜査をしていた。手掛かりとして着目したのは大腿部《だいたいぶ》の金属プレート。重度の骨折を治療した痕《あと》であろうと思われ、整形外科などを当たっていたところ、似たような治療履歴を突き止めた。患者の名前は島木由子。おそらく島木紀子が言っていた、暴走族時代の大怪我がこれなのだろう。

その島木由子、即《すなわ》ち現在の斉藤由子の安否を確認するため金本たちがマンションを訪れると、なんと本人は在宅、生存していた。よって斉藤由子の線は空振りと判断された。ところがそれが、実はまったくの別人だった、というわけだ。

「正直、詰めが甘かったよ。スカートを捲《まく》ってでもあのとき、太腿《ふともも》を拝ませてもらうべきだった」

亭主の斉藤明がヤクザ崩れだということで、金本は一応その辺の事情を押さえておこうと練馬署を訪れ、そこで偶然久江と再会した。マンションを訪ねたのはあのランチのあと。守が事故死したのはその翌々日だ。

「まさか、あの子がな……ぴたーって由子の、いや、仁美の脚にしがみついてさ、俺を睨《にら》みつけてたよ。僕がママを守るんだ、みたいな目ぇしてさ……生っちろくて、すぐゲホゲホするのによ」

練馬署強行犯係は、斉藤明の身柄を多摩中央署の特別捜査本部に移すことに同意した。その際金本は、久江だけでも特捜本部に参加しないかと誘ってきた。だがそれは、丁重に断った。

「なんでお前、そんなに一課が嫌いになっちまったんだよ」

練馬署六階の食堂。金本が、カップのコーヒーをすすりながら呟《つぶや》く。

「さあね。なんででしょうね」

久江はカップを置きながら、肩をすくめてみせた。

自分が一課を嫌いになった理由。それは単純に、一課が殺人事件の捜査を専門とする部署だからだ。

殺人事件の捜査は、当たり前のことだが、人が殺されてから始まる。それが今の久江には、どうにも虚《むな》しく思えて仕方がない。

その点、所轄署の強行犯係ならば、組織内での評価はともかく、少なくとも誰かが死ぬ前に、事件に係わることができる。

今回の事件だってそうだ。由子と守は残念だったが、それでも浜田仁美という女が、自殺したり、斉藤明に殺されたりする前に係わることはできた。彼女を、死なせずに済んだ。

歳のせいだろうか。それとも、長いこと独り身だからだろうか。いつの頃からか久江は、誰かの死の謎《なぞ》を解き明かすことより、誰かが生きていてくれることに、喜びを感じるようになった。

だがこの気持ちを、一課の人間に分かってもらいたいとは思わない。彼らは彼らで重要な仕事をしている。要は向き不向きの問題で、自分には所轄の強行犯係の方が合っている。

それだけのことだ。

ただ、そのことを金本に言わないのは、違う理由からのような気もしている。もうちょっと、意地悪な気持ちというか。でもその辺は、自分でもあまり追及したくない。曖昧なままにしておきたい。

「じゃあ俺、そろそろいくな。落ち着いたら、一杯奢るから」

「いいえ、けっこうです。どうぞお気遣いなく」

「そう言うなって。また、誘うから……じゃあな」

立ち上がり、さもダルそうに食堂を出ていく金本の後ろ姿を、今日は久江が見送る。

そして今日も、練馬署管内で殺人事件は起こっていない。

まことに、けっこうな一日である。

ドルチェ

泊まりの本署当番には当たっていなかったので、十七時十五分の定時で勤務を終え、十九時半には自宅アパートに戻っていた。

いま久江が住んでいるのは、豊島区南長崎に借りた民間のワンルームマンション。練馬署のある第十方面に住むことはできないが、それでもなるべく近い場所で探すと、第五方面に属する目白署管内にいい物件が見つかった。まあ、四十二歳の独身デカ長（巡査部長刑事）としては、ごく妥当な選択だったと思う。

最寄りの東長崎駅近くのスーパーで食材を揃え、自炊をするのが日課になっている。外食はできる限りしない。別にお金がもったいないとか、近所に気に入った店がないとか、そういうことではない。単に、待っている時間が嫌いなだけだ。オーダーした料理が運ばれてくるのを、ただじっと待っている自分が嫌い、と言ってもいい。さらにそれを他人がどう見るかも、正直言うと気になる。寂しいことより、寂しそうと思われることの方が、案外嫌だったりする。

だから今、久江はよほど気力がないとき以外は、部屋に帰って自分で食事を作る。

独り鍋《なべ》だってへっちゃらだ。むしろ早く煮えて嬉《うれ》しいくらいだ。最近凝っているのは、ご飯を鉄鍋で炊《た》くこと。いい感じのおこげも独り占め。けっこう贅沢な気分が味わえる。

お供は缶ビールだけど、ちゃんとグラスに注いで飲む。たぶんその辺りが、独身貴族と侘《わび》しい独り暮らしの境界線なのだろう。

別に、貴族が偉いと思っているわけでもないけれど。

シャワーを浴び、明日は休みだからもう一本ビールを飲もうか、などと考えていたら、携帯が鳴った。

仕方なく冷蔵庫前を離れ、こたつテーブルの上を這《は》い回っている愛機を取り上げる。ディスプレイに出ているのは練馬署の代表番号。でも相手は、たぶん強行犯捜査係の誰かだ。

「はい、もしもし」

『ああ、魚住か。俺だ』

何を喋《しゃべ》っても恫喝《どうかつ》にしか聞こえない濁声《だみごえ》。

「俺じゃ分かりません。ちゃんと名乗ってください」

『俺だって言ったら俺だバカヤロウ』

つまり、同じ強行犯係の里谷巡査部長だ。

ベッド脇《わき》にある目覚まし時計を見やる。十一時五十分。

「……なんですか。こんな時間に」

『お前明日、確か休みだったよな』

ものすっごく、嫌な予感がする。

「ええ。溜《た》まった洗濯物とか、昇任試験の勉強とか、入院した友人のお見舞いとか……」

『じゃあ朝一番で、東朋《とうほう》大の練馬光が丘病院にもいって、事情聴取してきてくれ。栄町《さかえちょう》で腹を刺された女が入院してる。朝には意識も戻るだろうって、担当医は言ってる』

「すみません。私の友人の入院先は横浜なんですが」

『末期ガンか』

「いえ、椎間板《ついかんばん》ヘルニアです」

『だったらいかなくていいだろ。マル害（被害者）の氏名、言うから書き取れ』

川西恵《かわにしめぐみ》、二十二歳。聖明女子大の四年生。病室は受付で訊《き》け。

翌朝、念のため宮田係長に連絡してみると、

『なんせ相手は女子大生だからな。お前がいってくれると助かるんだよ』

ということだったので、仕方なく東朋大練馬光が丘病院に向かった。着いたのは九時五分過ぎ。受付で訊くと、病室は六〇六号の個室ということだった。

目当ての部屋は、エレベーターを降りた時点で分かった。

廊下に一人、制服警察官が立っている。おそらくあそこだろう。

「お疲れさま」

近くまでいってみると案の定、練馬署の地域課係員だった。名前は確か、村上《むらかみ》。普段は江古田《えこだ》駅前交番に勤務している巡査長だ。ちなみにこの病院は光が丘署管内にある。

「あ、おはようございます」

久江はそれとなく、閉じられた引き戸に目を向けた。

「……中、どう？」

「意識は戻ってます。朝の検温と診察も、もう済んでます」

「そう。よかった」

容体については、宮田からおおまかに聞いていた。

被害女性、川西恵は昨夜十時半頃、栄町の自宅アパートに戻るところを暴漢に襲われ、左脇腹《わきばら》をナイフのようなもので刺された。内臓も多少傷ついており、全治三週間という診断だが命に別状はない。意識がなかったのは、手術の麻酔と鎮静剤が原因だったようだ。

「じゃあ早速、事情聴取します」

「はい。よろしくお願いします」

村上がドアから離れる。久江は指の節で、軽く二度ノックをした。

はい、と高い声が応《こた》える。

「練馬署の者です。ちょっと、よろしいでしょうか」

今一度、はい。確かに、意識ははっきりしていそうだ。

「失礼します」

頭を下げながら引き戸を開ける。

十畳以上はありそうな病室。ベッドは右手。枕《まくら》の周りには、明るい栗色の髪が広がって見えている。

「……初めまして。練馬署の、魚住と申します」

姿勢を低くしたまま覗《のぞ》き込むと、彼女、川西恵は、仰向《あおむ》けのまま頷《うなず》くように小さなお辞儀をした。

なかなか、華やかな顔立ちをしたお嬢さんだ。今ふうのモデル顔、というのが一番的確な表現だろうか。事件後にちゃんとメイクを落とす機会はなかったのか、目の周りにはまだしっかりと黒いラインが残っている。

「お加減は、いかがですか」

それにも頷いてみせるが、表情は痛々しい。まあつまり、そういうことなのだろう。

「喋るのは、大丈夫？」

「……はい」

声が掠れているのは寝起きだからか。あるいは地声か。

久江はバッグから手帳を出し、「失礼します」と丸椅子《まるいす》に腰掛けた。

「じゃあ、傷に障《さわ》るといけないから、手短に、被害状況だけお伺いしますね。苦しいでしょうけど、ご協力お願いします」

「はい……」

「では、まず昨夜の、事件前のことから」

「はい」

川西恵は、つかえつかえしながらも、なんとか昨夜の、自身の行動について語った。

昨日は二十一時半頃に家庭教師のアルバイトを終え、二十二時半頃、江古田駅から徒歩で帰宅する途中、被害に遭った。現場は自宅まであと百メートルという場所。周りは住宅地。

脇道から出てきた背の高い男が、ふいに目の前に立ち塞がった。

「男の顔は」

「暗くて、よく、見えませんでした」

「見覚えのある感じ、ではなかった？」

「いえ……まったく」

「服装は」

「黒っぽい、フライトジャケットみたいなジャンパーと、下は……ジーパンだったと、思います。たぶん」

「髪型は」

「そんなに、長くはなかったと思いますけど……よく、覚えていません」

男はバッグを奪おうとし、彼女が抵抗すると、右手に持っていたナイフで刺した。結局、バッグは奪われた。

「どんなバッグですか」

「えっと、エル……いや、グッチの……ショルダー」

「色は」

「……茶色……じゃなくて、ベージュの、えっと……キャンバス地の、網柄、みたいな……」

カタログで調べて、分からなかったら絵でも描かせよう。

「それから？」

その後、男は恵の自宅アパートとは別方向に逃走。しばらくうずくまっているとサラリーマン風の男性が通りかかり、大丈夫かと声をかけてくれた。その彼に救急車を呼んでもらった。

「なんで自分で呼ばなかったの」

「……だって、携帯は、バッグに」

「ああ、そうだよね」

こういうケースまで考えると、街角から公衆電話が減り続けている昨今の状況は、確かに問題がある。

「念のためにお伺いしますけど、犯人とそのサラリーマン風の男性とは、別人ですか」

「ええ、もちろん……あの、犯人は痩せ型で、助けてくれた方は、けっこう……ガッチリ系でしたから」

なるほど。

昼前には署に戻った。

「いやいやいや、休みんとこ、悪かったね」

いつになく低姿勢な宮田係長は、久江が自分の机につくなり、頼みもしないのにお茶を淹《い》れてくれた。

「すみません……あれ、里谷さんは」

「原口と聞き込みにいってる……で、どうだった。マル害の様子は」

久江は答えるより前に、ひと口お茶を飲んだ。

どうだったじゃないでしょう。マル害が女だってだけで、一々こっちに押しつけるのやめてもらえませんか。そんな思いも、お茶と一緒に飲み込んでしまえば言葉にしなくて済む。

里谷は元マル暴。見た目だけでいえば、普通にヤクザだ。そんなのに事情聴取をされても、被害女性はちゃんとした供述などできはしないだろう。むろん半人前の原口もペケだ。そうなると、結局久江がやるしかないことになる。いったん事件が起こってしまえば、非番かどうかなどさして意味を成さなくなる。そういうものなのだ。刑事という仕事は。

久江は見たまま聞いたままを宮田に話した。宮田は頷きながら聞いていた。

「なるほどね……ああ、これ、里谷が昨夜《ゆうべ》、その第一発見者からとった供述。こっちが救急隊員の話。これが鑑識の報告書」

発見者の供述調書、二枚。ざっと目を通した限り、川西恵の供述と喰い違う部分はない。ただ一ヶ所、気になる記述があった。

「川西恵は当初、右手に、ハンカチを握っていたんですか?」

「ん、ああ……そう、なってるね。第一発見者の話は」

「ええ。本木浩正《もときひろまさ》は、そう証言してますね。ですが、見てください」

鑑識係の撮影した、件《くだん》のハンカチの写真を示す。ハンカチ自体は、現場近くの民家の生垣に引っかかっていた、となっている。

「つまりこのハンカチは、現場に残されていた。握られたまま、病院に持っていかれたわけではない……川西恵はなぜ、現場にハンカチを残したんでしょうね」

「知らんよ、そんなことは。たまたま、取り落としたんだろう」

「そうでしょうか。しかもほら、あんまり血が付いてない」

「ああ、確かに……血は、そんなには付いてないな」

畳まれたまま強く握られ、ちょっと三角っぽく縮こまった、薄紫のハンカチ。血痕《けっこん》らしきシミも多少は付いているが、でもそれは全体の五分の一にも満たない。

「私、ちょっと科捜研にいって、このハンカチ、見てもらってきます」

「科捜研って……なんで」

「実物のハンカチって、今は鑑識が保管してるんですよね」

宮田は答えない。

「いってきます」

おかしい。何か、妙な胸騒ぎがする。


鑑識で証拠品のハンカチを受け取り、警視庁本部に向かった。練馬から桜田門《さくらだもん》までは三十分くらい。着いたのは十三時頃だった。

だが行き先は本部庁舎ではなく、隣の警察総合庁舎だ。その八階にある、科学捜査研究所第一化学科を訪ねる。

「恐れ入ります。二係の柚木《ゆずき》さんは」

久江は十年前まで、本部の刑事部捜査一課にいた。当時、科捜研一化の柚木とは特に親しくしていた。

「お待ちください」

入り口近くの机にいた係員が、奥の部屋に呼びにいってくれた。すらっとした、感じのいい女性だ。

「柚木さん、お客様です」

まもなく現われた柚木はあの頃と同じ、耳が隠れるくらい伸ばした髪に無精ヒゲという、むさ苦しい恰好《かっこう》をしていた。おまけに百八十センチを超える長身。それが白衣を着ているものだから、前に立たれると妙な圧迫感を覚える。

「お久し振り」

「ああ……」

鈍い反応も相変わらず。これでも久江と同い年だ。

「あの、これちょっと、見てもらいたいんだけど」

バッグから件のハンカチが入った袋を出す。

「これ、昨夜、路上強盗に刺されたマル害が握ってたものなんだけど、見て……血痕が、ほとんど付いてないでしょう」

「ああ」

「変だと思わない？」

表、裏と、まんべんなく見せる。

「マル害は二十二歳の女子大生……はまあ、いいとしても、若い女の子がよ、お腹《なか》を刺されてハンカチ握ってるのに、傷口に当てないって、ちょっと変でしょう」

「当てる前に、意識を失ったのかも……」

ちょっと鼻にかかった、アニメに出てくるカエルみたいな声。最初は久江も、この声が気になって気になって仕方がなかった。

「意識はあったの。目撃証言からするとそうなるの」

「そう……それで」

「だから、何か付いてないか、調べてほしいの」

するると、初めて表情らしきものが浮かんだ。

「……僕、前にも言ったことがあると思うけど、何か付いてないか、じゃ困るんだよ。ここは化学。体液その他に関してだったら法医科、薬物だったら第二化学科に持っていってくれないと。もし何も目星がついてないんだったら、そっちの鑑識さんで、ある程度見てもらってからにしてほしいんだ……いま、魚住さんはどこなの」

「練馬だけど」

「ガスクロ（ガスクロマトグラフ）くらいあるでしょう」

久江はかぶりを振ってみせた。

「持ってるけど、全然駄目。ほら、調書見て……ハンカチから毛髪らしきものが出てるっていうのに、それはそれで保管しておく、ってだけなのよ、うち辺りの鑑識は。柚木さんみたいに、徹底的にはやってくれないの」

深く溜《た》め息《いき》をつき、だが柚木は、最終的には引き受けるといってくれた。

「……他にいくつも、急ぎを抱えてるんだ」

「分かってる」

「いつまでとか、約束はしないよ」

「それでいい。お願いします」

すぐに鑑定依頼と証拠品預かりの書類を作成。冴《さ》えない身形《みなり》の柚木だが、字を書くのはじれったいほどに几帳面《きちょうめん》で、かつ書かれた字は活字のように綺麗《きれい》だった。

だが久江は、その眺めにある違和感を覚えた。

なんだろう。

じっと見ていると、ものの数秒で原因は判明した。

柚木の左薬指に、指輪がない。

黴《かび》の成長を早回しで見るように、黒い不安が、胸いっぱいに広がっていく。

「……ねえ、なっちゃんは、元気?」

早見奈津子。十年、いや十一年前に結婚して、今は柚木奈津子になっている。

「ん、ああ」

柚木の持つペンが止まる。だがすぐまた動き始める。

「……それについては、また今度」

書き終え、久江に署名と押印《おういん》を求める。

久江はとりあえず名前を書き、三文判を押して返した。

「またって？」

「……また、今度ゆっくり話すよ。じゃ」

柚木は書類とハンカチの入った袋を持ち、踵《きびす》を返した。

そのまま、もといた奥の部屋へと戻っていった。


どうも柚木の態度が引っかかって仕方がなかった。あまり気は進まなかったが、背に腹は替えられない。昔の仲間に訊いてみることにした。

『おお、魚住。お前から電話してくるなんて、珍しいな』

池袋と捜査一課時代の先輩、金本健一。以前はこの金本と柚木、奈津子と久江の四人で、仕事帰りによく飲みにいった。

「……金本さん、今どこ？」

『新宿だけど、なんだよ』

金本は現在も本部捜査一課の所属。だがいま本部にいてくれなくて、逆によかった。会って話せば、またどうせ一課に戻ってこいと言われるに決まっている。それはそれで面倒だった。

警察総合庁舎を出て、桜田門駅の方に歩く。

「あの、いま久し振りに、柚木さんと会ったんだけど……彼もしかして、なっちゃんと、どうかなっちゃった？」

数秒、沈黙がはさまる。

「ちょっと、金本さん」

『ん、ああ……』

この反応で、大体のところは分かった。

金本が続ける。

『お前には、言ってなかったな……奴、なっちゃんと別れたんだよ。三年前に』

驚きというよりは、怒り。裏切られた悔しさのようなものが、瞬時に湧き上がってきた。

「なんでよ。だったらなんで、この前会ったときに言ってくれなかったの」

つい数週間前、金本とはある事件に絡《から》んで顔を合わせている。

『この前は、柚木の話なんて、出なかったろ』

「この前出なくたって、この三年の間なら、金本さんにだって柚木さんにだって私、何度か会ってるじゃない。そのたびに私は、なっちゃん元気にしてる？　って訊いたはずよ。そのとき金本さん、なんて言ったか覚えてる？」

　金本は答えない。

「元気だろって、普通に言ったのよ」

『それ……もっと前の話だろ』

「いいえ、三年以内の話です。神楽坂《かぐらざか》かどっかで二人で飲んだとき、金本さんが、お前ももう四十か、って言うから、私が、だったら柚木さんもだね、そういえばなっちゃんていくつだったっけ、四つ下だったよね、元気かな、って訊いたら、金本さん、元気だろ、って答えたのよ。私が四十になる直前なんだから、三年以内に決まってるでしょ」

　嫌なこと覚えてやがるな、と金本は呟いた。短い髪をガリガリ掻《か》く仕草が目に浮かぶ。

『言いづらかったんだよ、お前には……お前、なっちゃんのこと、えらく可愛がってたから……だから、柚木だって、話しづらかったんだろ……あいつ、近々再婚するみたいだし』

　久江は、心の奥底にしまってあった大事なものが、いつのまにか粉々に壊れていたことに、初めて気づかされた。

　十二年前。金本と久江は、揃って池袋署の強行犯係から、本部の刑事部捜査一課に異動してきた。一方柚木は、特別捜査官の枠で採用されたばかりの、科捜研の新人巡査部長だった。

一課入りしたとはいえ、まだ刑事として半人前だった久江は、何かと科捜研に遣いにいかされることが多かった。そんなとき、似たような境遇にいた柚木は、無茶な頼み事をするには恰好の相手だった。

これ、明日までに分析してください。このシミとこっちの油、同じものか至急調べてください。当時の彼は文句も言わず、はい、はい、とすぐに引き受けてくれた。

金本も、同じような経験があったらしい。

「柚木って、あのデカいのだろ？　よくやるよな、あいつ。ウチの係長も褒めてたよ。専門的なことは、俺には分からんけど、なんでもサンプルの採り方が、病的に徹底してるんだとよ。あれなら見落としはないだろうし、あれで分からないなら、デカだって諦めがつくって……そうだ、今度飲みに誘ってみるか」

だが柚木は、簡単には誘いに乗ってこなかった。そのときは酒も飲まない、化学一本槍《いっぽんやり》の堅物なのかと思ったが、実はそうではなかった。

柚木には大学時代からの恋人がいて、わずかなオフはその彼女とのデートに充《あ》てるため、それ以外の時間はなかなか作れなかったのだ。

なぜそんなことが判明したのかというと、他でもない金本が、そのデート現場を押さえたのだ。それでどういうふうに誘ったのかは知らないが、とにかく後日、彼女も一緒に飲もうということになった。

「初めまして。早見奈津子です」

あら可愛い、というのが、久江の第一印象だった。小柄で、華奢《きゃしゃ》で、控えめで。ノッポの柚木とは、ある意味お似合いの凸凹《でこぼこ》カップルだった。

また奈津子といるときの柚木も、久江には興味深かった。

普段は無感動というか、わりと機械的に仕事をこなす印象が強い柚木だが、奈津子といるときだけはよく笑い、よく喋った。

「もう、ほんとあと十センチ、あと十センチ前に出てたら、確実に、脳天にもらってたよ」

「やだ汚い」

通勤途中、目の前に落ちた鳩《はと》の糞《ふん》の話。

「……ね？　魚住さん。うちの科長って、小野妹子《おののいもこ》に似てるよね」

「分かんないよ、小野妹子がどんな顔かなんて」

それでも「似てるんだよ」と、奈津子には主張する。

さらにカラオケまで唄《うた》ったりする。

「奈津子、あれ入れて……スピッツの、あれ」

「え？　スピッツの、どれ？」

当時流行《はや》っていた曲を、柚木はノリノリで熱唱した。無理やり高いキーで唄うものだから、声が引っくり返っていた。金本はそれを聴き、腹を抱えて笑った。久江も笑った。だが奈津子は、彼女も少しは笑ったかもしれないが、でも概ね、真剣に聴いていた。

そのときの奈津子の様子を、久江は今でも忘れない。

歌詞の一字一句を、心に刻みつけようとするかのような、あの眼差《まなざ》し。

誰にも邪魔されない二人の世界とか、君の手を離さないとか、確かそんな歌詞だったと思う。ちょっと切ないメロディのラブソング。ややメルヘンというかファンタジーがかっていて、久江なんかには、とても男性からのメッセージとして真に受ける気にはなれない曲だった。

それを奈津子は、見ているこっちの頬が熱くなるほど真っ直《ます》ぐな目で、柚木を見つめて聴いていた。

羨《うらや》ましいなと、素直に思った。

小さな奈津子の前でだけ、羽目をはずす柚木。

大きな柚木を全面的に信じ、身を委《ゆだ》ねようとする奈津子。

こんなにも純粋な関係があるものかと、感動すら覚えた。

当時の久江は、一度だけ金本の誘いに乗ってしまった罪悪感と、新しい職場におけるストレスとで、やや精神の均衡を欠いた状態にあった。だからなおさら、だったのかもしれない。柚木と奈津子を見ていると、なんだか自分まで幸せになれるような気がした。

奈津子とは個人的に連絡をとり、買い物にいったり、二人だけで食事をしたりするようになった。奈津子は、年下だからというだけの理由ではなく、相手に「守ってあげたい」と思わせる何かを、根底に持っている女性だった。柚木は、奈津子のこういうところを好きになったんだろうなと、女ながら久江は、むしろ柚木の方に感情移入するようなところがあった。

二人はその一年ほどあとに結婚した。式は、ごく内輪だけで挙げられた。ブーケは残念ながら奈津子の妹に取られてしまったけれど、でも、いいお式だったと思う。

「絶対に、なっちゃんを幸せにしてあげてね」

久江がそう言うと、柚木は優しく微笑《ほほえ》んだ。

あの笑みにわずかだろうと嘘《うそ》があっただなんて、久江は、どうしても思いたくない。

一方、川西恵の事件はというと、妙な展開になっていた。

「……俺は、どうも腑《ふ》に落ちねえ」

みんなで係長デスクを囲んだ途端、里谷が、犯人は案外、川西恵の周りにいる人物なんじゃないかと言い始めたのだ。

彼の主張はこうだ。

犯人が単に金品を奪う目的で川西恵を襲ったのなら、まず「金をよこせ」とかなんとか言って、あくまでも最初は脅しとして、刃物をチラつかせたはず。その上で彼女の抵抗に遭い、結果的に刺すことになったのなら、傷は脇腹一ヶ所だけで済むはずがない。抵抗の過程で腕なり手なりに刃が当たって、防御創ができるはずである。

だが実際は違う。川西恵の傷は脇腹一ヶ所だけ。他にはかすり傷一つない。

「それがなんで、いきなり顔見知りの犯行って話になるんですか」

そうはさんだ原口を、里谷は横目で睨《にら》んだ。

「鈍いなオメェ。つまりホシの狙いは、最初から金品じゃなくて、恵を傷つけることだったんじゃないか、ってこったよ。恵に何か、恨みを抱くような人間てことさ」

「でも顔見知りなら、恵は、犯人はどこそこの誰々だって、最初から言うでしょう」

里谷が舌打ちをする。

「馬鹿だなオメェは。そもそも俺は、顔見知りとは言ってねえ。恵の周りにいる人物、と言っただけだ。あっちは知ってて、恵は知らない人間の犯行って可能性も、そこには含まれる」

なるほど。

「……ストーカー的な線、ですか」

「おう。あれでなかなか、恵は男好きするっていうか、悪魔的な顔立ちをしてるからな」

それをいうなら小悪魔的でしょ、と久江は思ったが、あえて口には出さずにおいた。

まだ原口が突っ込む。

「じゃあ、バッグを奪ったのは」

「そりゃ、カムフラージュだろう。通り魔強盗的犯行に見せかけようって肚《はら》さ」

まあ、仮説、推測はこのくらいでいいだろう。

久江は、鑑識の現場検証調書のページを捲《めく》った。

「それにしても、足痕《そっこん》とか……あんまり採れてないんですね」

里谷が頷く。

「ああ……発見者は恵に、救急車ッ、て言われて、素直に救急車を呼んじまったんだよ。その間、辺りに人はあまり通らなかったようだが、車は何台も通ってたそうだ。むろん、救急車もそこを走ってきた。足痕なんざ、それで全部滅茶苦茶《めちゃくちゃ》さ」

宮田係長が、咳払《せきばら》いで割って入る。

「……ま、現場から上がってくるものがない以上、少し目線を変えてみる必要はあるだろうな。明日からは少し、恵の周辺を洗ってみよう。特に男関係……恵はさほど気にしてなくても、手ひどく振られたと思い込んでいる男の一人や二人は、いるかもしれん」

その日の会議は、それで終わりになった。


翌日。宮田係長と里谷は、川西恵が家庭教師のアルバイトをしている二人の高校生の家を、久江と原口は聖明女子大を、それぞれ当たることになった。

女子大というのはけっこうせまい社会なのか、声をかけ始めてたったの四人目で、恵を知るという学生に行き当たった。

「メグは『ドルチェ』っていうイタゴサークルに入ってたから、そこにいってみたら分かるんじゃないですか」

「……イタゴ？」

霊媒の類《たぐい》と勘違いしかけたが、すぐに原口がこっそり教えてくれた。

「イタリア語会話のサークル、ってことですよ」

「ああ、なるほど」

その「ドルチェ」の部室がある場所を尋ねると、大講堂裏の森の向こう、コンクリート打ちっぱなしの建物の三階、ということだった。

「……あ、ありましたよ。ドルチェ」

「ドルチェ」というのは確か「お菓子」という意味の単語、いや、そもそも「甘い」という意味だったか。

「……ごめんください」

その三階の部室を訪ねると、中では恵と同世代の女の子が、まさに「お菓子」を食べながら談笑しているところだった。ぽっちゃり系が二人と、セクシー系が一人、お嬢様系も一人。髪の色から形から、服、バッグ、靴、爪《つめ》の先まで、それぞればっちりキメた四名様だ。

「恐れ入ります。練馬警察署の者ですが、川西恵さんはこちらの部員さんとお聞きしまして、お訪ねいたしました」

すると急に笑いは消え、場の空気が凍りついた。しかしそれもほんの一瞬で、すぐにぽっちゃり系の一人が笑い始めた。

「やだ、今ちょうど、そのメグさんの話してたんですよ。なんか一昨日《おととい》の夜、刺されたんですよね？　チョーヤバくないですか」

「あ、いえ、そんなに、ヤバくはないんですけど……そう、ちょうどよかったわ」

通常の聞き込みとはだいぶ勝手が違ってしまうが、ここは臨機応変にやった方がいいだろう。久江たちも、なんとなく仲間に入れてもらうような形で、その「メグさん」話を聞かせてもらうことになった。

すぐに、さきほどのぽっちゃり系がセクシー系に訊く。

「でその……カタヤマ先生とって、それマジなんですか」

「うん。メグさん、けっこう男関係激しかったけど、ついに先生か、って感じだよね」

もう一人のぽっちゃり系が頷く。彼女は全身をピンクでコーディネイトしている。

「でもカタヤマ先生って、眼鏡とるとなにげにカッコいいじゃん。メグさん、ゼミ生なんでしょ？　わりとありがちな流れかな、って気がした」

すると、お嬢様系の子が首を傾《かし》げる。

「あれ、結局、専秀大のユカワさんって、どうなっちゃったの？」

それにはセクシー系が答える。

「あれはもう、ふた月も前に別れてるって」

ふた月、も？

「ちょっと……ちょっとだけ、よろしいですか」

久江は、お菓子だのペットボトルだのが散乱したテーブルの真ん中を少しだけ整理し、

「えっと……この紙、ちょっとお借りしていいですか」

「はい、どうぞ」

メモ用であろう裏返されたコピー紙をそこに置いた。

「まず、川西恵さんが、今お付き合いしてるのは」

真ん中に「川西」と書き、丸で囲む。

「カタヤマ先生です」

「片山先生」と書き、「川西」と一本線で繋《つな》ぐ。

「で、その前にお付き合いしてたのは、専秀大の」

「ユカワ氏。ユ、カ、ワ」

恵の下に「湯川」と書き、また線を引っぱる。

そうやって聞いていくと、まあ、男の名前が出てくる出てくる。また彼女たちも本人が目の前にいないからか、訊けばいくらでも、遠慮なく話してくれた。

もしかしたら、彼女たちは川西恵のことが嫌いなのかもしれない、と久江は感じた。だがそうではなくて、今どきはむしろこういう人間関係の方が普通なのだとしたら、その方がかえって怖い気もする。しかも彼女たち四人は、全員が川西恵の後輩に当たるようだ。

後輩でさえこの態度。これが同輩だったら、先輩だったら、一体どんな話が飛び出してくるのだろう。

「つまり、要約すると、こういうことね」

川西恵は、少なくともこの二年の間に、七人の男性と代わる代わる交際をしていた。で、直前が専秀大の学生の湯川慎治《しんじ》、現在はこの大学の片山範久《のりひさ》准教授。

「その、片山准教授とは今、上手くいってるの？」

一瞬、お嬢様系と顔を見合わせたセクシー系が、曖昧《あいまい》に首を傾げる。

「いや、刺される直前、だったかな……なんか妊娠したとかなんとかで、揉めてるってちょっと聞いたんですけど、それが片山先生の子供かどうかは、はっきりいって本人も、よく分かんないんじゃないですかね」

今この質問をしたら、返ってくる答えは大体察しがつく。だが、しないわけにもいかないだろう。

「……ちなみに、川西恵さんと付き合っていた男性で、川西さんを恨んでる人とかって、いるのかな」

やはり、答えるのはセクシー系の子だ。

「ああ……メグさん本人は軽いけど、別に悪い人じゃないんで、恨まれるってのは、あんまないとは思いますけど……でも、片山先生は、ちょっとマズいでしょうね」

「どう、マズいの？」

「いやぁ……今ってなんか、教授になれるチャンスらしいんですよ。それでなくたって奥さんいるのに、教え子が妊娠って……そりゃ、刺し殺したくなってもしょうがないかな、って気はしますけど」

むろん、これをそのまま鵜《う》呑《の》みにはできないが、かといって無視できる話でもない。


午後の講義が終わるまで待ち、片山准教授に話を聞いた。場所は彼の研究室だ。

「ええ、彼女が暴漢に襲われたというのは、聞いています。確か、ニュースでもちょっと、やっていたらしいですね」

その態度に、特に不審な点はなかった。

短めの髪。きちんとヒゲを剃《そ》った顎回《あごまわ》り。そこそこ清潔感のある、どこにでもいそうな四十代半ばの男。確かに顔立ちは悪くない。眼鏡をとったらカッコいい、と言った女子学生の気持ちも、分からないではない。

「あの、大変失礼なことをお伺いしますが……一昨日の夜は、どちらにいらっしゃいましたでしょうか」

片山はこの質問を、ある程度覚悟していたようだった。

「その時間は、家にいました……証明できるとしたら、妻ということになりますが、そういうのは、法的な根拠にはならないんでしたよね」

そうですね、と返すと、片山は心底困ったような顔をした。

「……警察の方がお調べになれば、いずれ分かることでしょうから、いま正直に、申し上げておきます。私は確かに……彼女と、個人的に親しい、間柄にありました……ですが、決して、刺したりはしていないし、そうしたいと思ったこともない。もし容疑を晴らすことができるなら、指紋でもDNAでも、なんでも採取してください。協力します」

よほど犯行に自信があるのか、あるいは本当にシロなのか。この段階ではなんともいえないので、とりあえず指紋と、毛根付きの毛髪二本を、頂戴《ちょうだい》しておくことにした。

指紋と毛髪の一本は原口に託し、久江はもう一本の毛髪を持って桜田門に向かった。再び科捜研の柚木を訪ねるのだ。

「……ああ、魚住さんか。結果なら、大体出てるよ」

柚木は顔を覗かせるなり奥に引っ込み、再び現われたときには五センチほどの紙の束を抱えていた。

「ハンカチに付着していたのは、二種類の皮脂と、二種類の皮膚片、毛根が一種類、それと土、砂粒、枯葉の断片と、あと……男性用の整髪料。魚住さんは、この毛根とか、整髪料とかに興味があるんでしょう」

頷くと、柚木はさらに機械的に続けた。

「整髪料は、まだ国内で入手できるすべての製品を試したわけじゃないからなんとも言えないけど、でもたぶん、完全に一致するのは、これだけじゃないかと思う」

紙の束の真ん中辺り。付箋《ふせん》のついたページを開いてみせる。

「……『ガッツシー』というブランドの、ムービングワックス、ワイルドシャッフル、という商品。現物はこれ」

柚木はポケットから、丸く平べったい、ピンク色の物体を取り出した。大きさとしては、丸形の化粧石鹸くらいだ。

「何それ」

「だから、整髪料だよ。こういう、クリーム状になってて」

ピンクのそれを捻《ひね》って開ける。確かに、中には白いクリームが入っている。

「やや長めの髪を、癖毛っぽく、動きのあるスタイルに仕上げる、ものだそうだ。テレビCMにも有名なアイドルタレントを起用して、実際、ずいぶん売れているらしい。コンビニだと五百円ちょっと。主なターゲットは中高生……」

ようやくいま思い出した。確かにこの商品のCMは、テレビで見たことがある。ただ、あまりにもお洒落《しゃれ》な映像だったので、整髪料の宣伝であることが逆に印象に残らなかった。

それはともかく、一つ、大きな目星がつきそうな気はした。

「ちなみに、柚木さんはこういうの、使う？」

「いや。僕は風呂《ふろ》上がりに、ヘアトニックをちょっと付けるだけで、整髪料は使わない」

「同年代の人って、どうかな」

「同じだろう。だいたい、ターゲットは中高生だって、いま言ったじゃないか。僕らの世代じゃ、ちょっとこれは、買うのも恥ずかしいよ」

そうでしょう、そうでしょう。なるほど、よく分かりました。

鑑定結果とその整髪料に関する資料、商品の現物ももらい受け、久江はいったん頭を下げた。だが、どうしてもそれだけで帰る気にはなれなかった。

「ねえ、柚木さん」

踵を返そうとした彼を、あえて引き止める。

「……あなた、なっちゃんと離婚したって、本当？」

柚木は、少し辺りを気にするような仕草をしたが、やがて頷いた。でも、黙っている。

「私、言ったよね。なっちゃんのこと、幸せにしてあげてねって、私、結婚式のときに言ったよね」

こっちも見ずに、柚木は短く、二度頷いた。

「すまない……その話なら、また今度、ゆっくりするよ。今日は、失礼する」

不要になった紙の束を抱え、また柚木は奥の部屋に戻っていった。

すぐそこの机にいる所員と目が合った。気まずさから、久江はなんとなく頭を下げ、その場を離れた。


事件発生直後、川西恵が握っていたハンカチに付着していた整髪料。中高生向けの、ピンク色のポリケースに入った、ヘアワックス。

片山准教授がこれを使うとは、到底思えない。実際、練馬署刑組課（刑事組織犯罪対策課）の鑑識係が保管していた毛髪と、片山のそれは別人のものであることが判明していた。また同鑑識係も、件《くだん》の毛髪はもっと若い、二十歳前後の男性のものであろうとの見解を示した。

いくら川西恵が男関係にルーズだといっても、しょせんは女子大の学生。しかもアルバイトは家庭教師のみ。いっときに交際できる男の数は知れている。しかも、今回対象となる男性は二十歳前後。中高生向けのヘアワックスを使うようなタイプ。

家庭教師のバイト先を当たった宮田係長は、生徒それぞれの印象を語った。

「最初に当たった、田中正英《たなかまさひで》という子は、いわゆる優等生タイプで、髪も坊ちゃん刈りの、ほら……魔法使いの映画の、主人公みたいな感じだよ」

言いたいことは概ね分かった。

「だがもう一人、山中行斗《やまなかゆきと》って方は……なあ」

頷いた里谷が、あとを引き受ける。

「変に色気づいたガキでよ。その……ちょうど、それよ」

久江が調達してきた「ムービングワックス　ワイルドシャッフル」のチラシを指差す。

「そんなふうに、髪を逆立ててるっていうか、寝癖みてえにクシャクシャさしててよ。俺は……あれだな、真面目そうな田中の方が、好感が持てるな」

まあ、そうだろう。そしてそれは、この事件の筋を読む上でも、決して軽視できない着眼点だ。

久江は宮田に向き直った。

「係長。私、明日もう一度、恵と話をしてみます。もしかしたらこの事件……そこで、片がつくんじゃないかと思うんです」

宮田は、口を尖らせて頷いた。

里谷と原口は、なんだか分からないという顔で目を見合わせていた。


翌日曜の、午前十時。

病室を訪ねると、恵はベッドに上半身を起こせるくらいには回復していた。

「よかった。顔色も、だいぶいいみたい」

恵は頷いたが、それは嘘だった。彼女は久江を迎え入れた瞬間から、ずっと頬を強張らせたままだ。顔色も、どちらかというと蒼《あお》い。

「今日は、大事なことをお伺いしたくて、お訪ねいたしました」

恵が短く息を吐く。覚悟は、できているようだった。

「……川西さん。あなたを刺した犯人というのは、実は、顔も知らない、背の高い男なんかじゃなくて、本当は、あなたのよく知っている、しかも、とても大切に思っている誰か……なのでは、ないですか？」

見る見るうちに、恵の表情が歪《ゆが》んでいく。そもそも、深い考えがあってついた嘘ではない。だから、崩れ始めたら、あとは早い。

「ねえ、川西さん。もしこのまま犯人が逮捕されたら、たぶん傷害罪で、懲役刑ってことになると思うの。けど今の段階だったら、まだ自主的に出頭って手もあるし、持っていき方によっては充分、執行猶予《ゆうよ》がつく可能性だってある。あなたはそもそも、あなたを刺した犯人を警察に逮捕させて、裁判を受けさせて、罪を償わせたかったわけじゃないんでしょう？」

がっくりと首を折る。頷いたようにも見えた。

「本当は、助けたかった。あなたは犯人を、むしろ傷つけたくないと思った。だから通り魔的な、路上強盗的な犯行に見えるような嘘をついた……違う？　そんなの、私の買い被《かぶ》り？」

小さく、かぶりを振る。だが、彼女が何を否定したのかは、その動作だけではよく分からない。

「お願い、正直に話して。恵さんの、望む通りにできるように、私なりに努力するから。だから……ね？　本当のこと、話してください」

今度は、はっきりと頷いた。

雫《しずく》が、白い布団カバーに落ち、水色の染《し》みになる。

「あの、私……大学の、片山さんていう、准教授と……不倫、してたんです。でも、奥さんから奪おうとか、結婚してる人だから、スリルがあるとか、そういうんじゃ、全然なくて……ただ、すごく忙しそうで、いっつも、ピリピリした感じの先生を、なんとか、元気づけたいとか、思っちゃって……コーヒー淹れたり、差し入れしたり、そういうことしてるうちに、段々、なんか、お互いに……」

痛い。もう塞《ふさ》がったはずの傷が、ピリピリと痛む。

分かる。分かり過ぎるくらい、久江にはよく分かる。

「でも、いけないことだっていうのは、分かってました。先生にも、大学での立場とか、あるし……そんなことで悩んでるとき、どうしたのって、訊いてくれたのが……私が、家庭教師で教えてる、山中、行斗くんでした」

化粧気のない頬に、大粒の雫が伝う。恵はそれを、拭《ぬぐ》いもせずに続けた。

「嬉しかった……友達には私、よく、馬鹿だって、言われるんです。誘われると、すぐついてっちゃうし、男の人、すぐ好きになっちゃうし……そのくせ、すぐ飽きられて、終わっちゃって……私が誰かと付き合い始めると、みんな、また恵はって、呆れたみたいに……だから、行斗くんに心配してもらったの、ほんと、すごい嬉しくて……お陰で、先生と別れる決心が、ついたんです」

こんなに若くて、こんなに綺麗なのに、と思ったが、きっと恋が始まってしまったら、自分の外見なんて関係なくなるんだろうなと、なんとなく思い直す。

「で……やっぱりそこからが、私、馬鹿なのかもしれないけど……行斗くんとも、付き合う感じになって……もう、自分でもどうしていいか、分かんなくなっちゃって……そしたら、急に生理もこなくなって、一日中、吐き気もするようになって」

いや、ここの医者は、恵に妊娠の兆候があるなどとは言っていなかった。

「先生と別れ話してるときも、絶えず、ハンカチを口に当ててる感じで……そういうの、また、行斗くんに、心配されちゃって……彼、私のこと、すごく真剣に思ってくれてて……もし自分の子なら、大学受験するのやめて、働くって言い出して」

ようやく久江の中で、すべてが繋がった気がした。

「そんなの駄目って、言ったんです。そもそもこれは、行斗くんの子じゃない、可能性があるとしたら、先生の子だって……そしたら行斗くん、すごい怒っちゃって……それが、事件の前の日でした。で、事件の日は、田中さんというお宅で、やっぱり家庭教師の授業をして、真っ直ぐ家に帰って……妊娠検査薬、試してみたんです。そしたら、陰性で、妊娠してないって、結果が出て。行斗くんに知らせなきゃって、思った途端、彼から電話がかかってきて。ちょうど私も、話したいことがあるのって言ったら、彼、近くまできてるから、出てきてくれって……で、なんにも持たないで、鍵だけ閉めて……せめて、携帯くらい持って出ればよかったのに、それもないまま」

つまり、そもそもバッグは盗まれたのではなくて、彼女自身、持って出なかったというわけだ。

「じゃあ、携帯その他は、ちゃんと自宅にあるってことね？」

「あ、はい……すみません」

恵の携帯には何度か原口がかけている。が、いつも電波が届かない状態だと言っていた。どういうことだろう。ちょうど電池切れにでもなっていたのだろうか。

久江は、続けて、と先を促した。

「はい……あの、それで……話をしようとしたら、いきなり彼、別れた男の子供なんて、俺がこの手で始末してやる、とか言って、ナイフで……私もとっさのことだったんで、ぱっと避《よ》けたつもりだったんですけど、でも、避けきれなくて、刺さっちゃって……それで彼も、すごい、狼狽《うろた》えて……血を見て、ちょっと、正気に戻ったみたいな、感じもあって……私、いいからいきなさいって、彼に言って、彼は、そのまま走り去って……でも、私もなんか、気持ち悪くなっちゃって、ポケットからハンカチ出して、口に当てたら、手に、彼の髪の毛が、何本も絡みついてて」

それをどうにか拭おうとしているところを、本木浩正に発見され、救急車を呼んでもらった、ということのようだった。

川西恵の事件は結局、彼女自身が山中行斗を出頭させることによって決着がついた。今後は二人が協力し、いかに改悛《かいしゅん》の情を法廷で示していくかがポイントになっていくであろう。

ちなみに恵は、あのハンカチがそんなに簡単に発見されるとは思っていなかったようだ。暗い生垣の向こうに投げ込めば、あとは家主が適当に捨ててしまうだろう、くらいに思っていたという。だが、そんな馬鹿なことはない。警察は事件現場の周辺は、他人の庭だろうがドブの底だろうが、徹底的に調べるのだ。甘く見てもらっては困る。

後日、久江はみたび科捜研を訪れた。

用向きは、先日の無理な鑑定を受けてくれたお礼——というのは単なる口実で、目的はあくまでも奈津子との離婚について、納得のいく説明を柚木に求めるためだった。

だが仕事のネタが手元にないと、他部署の入り口というのは急に敷居が高くなる。柚木さんをお願いします、と言い、ただいま立て込んでますので代わってご用件をお伺いします、などと応じられたら困る。ちょっととっちめてやりたいんです、などと言えるはずもない。

さて、どうしたものか。柚木が出てくるまで根気よく待って、偶然を装《よそお》って声をかけるか、などと逡巡《しゅんじゅん》していたら、後ろから肩を叩かれた。

「何やってんだお前、こんなところで」

振り返ると、都合のいいような悪いような顔がそこにあった。

「……金本さん」

彼は眉を段違いにひそめ、廊下の先の、科捜研の入り口を睨んだ。

「なんだ。まだなっちゃんのあれ、根に持ってんのか」

「別に、根に持ってるわけじゃ……」

持っているわけだが。

「でもよ……適当なところで、勘弁してやれよ」

「なに、金本さんは、詳しい事情知ってんの」

別に詳しいわけじゃ、と頭を掻きつつ、彼は話し始めた。

「柚木は、ほら……ああいう性格だろ。仕事で手ぇ抜くなんてことは、逆立ちしたってできっこない。そんなこたぁ、なっちゃんだって分かってて一緒になったんだよ。分かってて……でも、気持ちはそれに、耐えきれなかった。寂しかったんだろう……一人で飲むようになって、入院した。内臓はボロボロ。でもそれより、アルコール依存の方が、深刻だったらしい」

そんな、と言い、だがそれっきり、久江は何も続けられなくなった。

「離婚はその一年後。言い出したのは、なっちゃんの方だったって、聞いてる。本当は、もっとあなたの役に立てるつもりだったんだけど、ごめんなさい……このままじゃ、私の方がお荷物になっちゃうから、離婚してください、って……病院で、泣いて土下座されたそうだ」

込み上げてくるものを、かろうじて喉元《のどもと》で押さえ込めたのは、科捜研の戸口から出てくる、私服に着替えた、背の高い男の姿が目に入ったからだ。

柚木。その後ろから、やはり背の高い女が追いかけてくる。あれは、部屋に入ってすぐの机にいた係員。いつも奥の部屋に、柚木を呼びにいってくれた女性。

二人は遠慮がちに寄り添いながら、エレベーターの方に歩いていった。ちらりと見えた柚木の横顔。優しげな笑み。かつて、奈津子といるときだけ、柚木が浮かべてみせた表情。

「奴だって、苦しんだ……それを、ようやく最近、乗り越えたところなんだよ。どん底にいた奴を支えたのは、あの娘《こ》だ……若いけど、しっかりした娘だよ。俺は……あれはあれで、いいと思うけどね」

良いとか悪いとか、そんなことはもう、よく分からなくなっていた。

ただ今は、切実に、奈津子に会いたい。会って、久し振りね、元気だった、と、手を握り合いたい。

ただ、そうしたいと思うだけだ。

バスストップ

畑万里子《はたまりこ》。旧姓、野際《のぎわ》。久江の高校時代の友人で、卒業後も個人的に連絡をとり続けている、ほとんど唯一《ゆいいつ》といってもいい女友達。でも、実際に会うのは三年ぶり。一昨年開かれた同窓会も、彼女は子供の急病を理由に欠席していた。

「……下の子、いくつになった？　ヒロくん」

「ヒロはね、もうすぐ十歳。先月、四年生になったばっかり。でも、六時間授業が増えてくれて、ほんと楽になったわ。じゃなきゃ、ちょっと友達とランチぃ、なんて絶対できないもん」

万里子の住まいは埼玉県和光《わこう》市。電車なら三十分もかからないと、わざわざ練馬まできてくれた。

「……でも、不思議なもんね。私が二児の母親で、久江がいまだ独身で、しかも刑事なんて」

そうだろうか。

万里子はスティックシュガーの端を切りながら続けた。

「ねえ、覚えてる？　二年の夏休み。久江が、私ん家《ち》に、初めて泊まりにきたときのこと」

「……うん。覚えてる」

あの夜、万里子はおやすみと言って明かりを消したあと、久江の唇に、ちょこんとキスをした。いま思うとあれは、暗がりで実験的にしたわりには上手《うま》いキスだった。歯と歯が当たるでも、位置がずれるでもなかった。それと、他人の家の歯磨き粉の香り。それが鼻先に微《かす》かに漂った違和感も、なんとなくだが記憶にある。

「当時はほんとに、私ってこっちなんだァって確信するくらい、久江のことが好きだったのよ。けっこうそれで、悩んだりもしたんだから……久江が、聡美《さとみ》たちと仲良くしてるのなんか見ると、胸がキューーッて、掃除機で吸われるみたいになって」

掃除機？

「私の方が、久江のこと知ってる、私の方が、久江のこと好きなのに……って、思ったんだけどな」

だがそれは、単なる勘違いだった。

その後、万里子は一つ年上の、男子の先輩と普通に付き合い始めた。二人の交際は二年ほど続き、その間久江は、彼女のアリバイ作りや妊娠検査薬の購入など、様々な面で協力させられた。

でも、矛盾や疑問はさして感じていなかった。

あの頃、恋愛感情と友情の境界線はまだまだ曖昧《あいまい》だった。久江はそもそも男子が気になるタチだったので、万里子の想《おも》いに応《こた》えるか否《いな》かを悩みはしなかったが、かといって、あのキスをことさらに嫌悪《けんお》したりもしなかった。むしろ当時は父親のヤニ臭さや、徐々に色気づいていく三つ下の弟のことをおぞましく思っていた。

あれから二十五年。万里子も自分も、もう四十二歳になった。

いま振り返ると、なんとも不思議ではある。

あの頃の、あの自由だった感覚。

あれは一体、なんだったのだろう。


練馬署刑組課にその事案が持ち込まれたのは、万里子と会った翌日の夜。久江は本署当番に当たっていなかったので、詳細を知ったのは翌々日の朝だった。

強行犯係長の宮田から説明があった。

「昨夜九時二十分頃、春日町《かすがちょう》三丁目、三の△、都営住宅、練馬春日町第六アパート内の緑地で、二十一歳の大学生、イイモリアツコ、住所、同団地三号棟二十二号……が、何者抗かに抱きつかれるという、強制わいせつ事案が発生した。幸い、被害女性が大声を出し抵抗したため、それ以上の被害はなかったが、最寄りの春日町交番から、峰岸《みねぎし》巡査長らが臨場、辺りを捜索したときにはもう、犯人の姿はなかった。被害女性、イイモリアツコは、今朝十時にもう一度、本署に出頭してくれることになっている」

嫌な予感がした。

「魚住」

やっぱり。宮田がこっちを指差す。

「はい」

「お前、イイモリアツコから事情を聞いてくれ。それから、九時過ぎって言ってたから……もう、そろそろだな。その、現場周辺を捜索した峰岸巡査長も、早めに上がってきてくれることになってるから、そっちの話もな」

「はい」

被害者が女性だから事情はお前が訊け。

この係では、よくあることである。

峰岸が刑組課を訪ねてきてくれたのは、そのあとすぐだった。

「……お疲れさま。あんまり、寝てないんじゃない？」

久江がインスタントのコーンスープを作って出すと、峰岸はえらく恐縮した様子で、何度も「いただきます」と頭を下げた。

「すみません……自分が、もっと早く動いてれば、ホシ、挙げられたかもしれないんですけど」

峰岸はまだ三十そこそこの、交番勤務の巡査長だ。通報を受けて臨場して、ちょっと見回って犯人が逮捕できるほど刑事の仕事は甘くないよ、と言ったところで始まらない。

「でも、ちゃんと現場保全して、鑑識呼んで、足痕《そっこん》採らせたんでしょう？　偉い偉い……なに、捜査係への配転とか、希望してるの？」

峰岸は照れたように、五分刈りの髪を掻《か》いて頷《うなず》いた。二重瞼《ふたえまぶた》の大きな目は、見ようによっては誠実そうで可愛《かわい》らしい。

「……でも、競争率高くて。自分なんかは、全然駄目です」

今の若い世代はサラリーマン的な考えで警察官になった者が多く、そのため規則正しく休みがとれる地域課が人気だという。が、そうだとしても刑事志望者は相当数いるもので、地域課人気で刑事のなり手がない、などということは今以《もっ》てまったくない。刑事が警察業務の花形であるのは、いつの世も変わらないのだ。

「じゃあ早速、事案の経過を、聞かせてください」

「はい」

峰岸によると、昨夜の強制わいせつ事件は、こういうことのようだった。

埼玉県朝霞《あさか》市にある法栄《ほうえい》大学の二年生、飯森敦子は昨夜二十一時二十分頃、現場近くの「農協前」バス停までバスで帰ってきて、両親と住む都営住宅までの道を歩き始めた。団地の敷地に入ったところで背後に人の気配を感じたものの、辺りは暗く、丈高の植え込みに囲われてもいたため、振り返っても人影を見つけることはできなかった。

気のせいだと自身に言い聞かせ、再び歩き始めた。だがそのとき、すぐ近くの植え込みから人が飛び出してきた。

中肉中背の男。歳は二十代。

「なんで、二十代だと分かったのかしら」

「声、だと言ってました。静かにしろ、とか、そういうことを言われたらしくて」

なるほど。

「中背ってどれくらい？　百六十センチ台？　それとも百七十台かしら」

それは、分からないようだった。あとで本人に確認しよう。

飯森敦子は、その男にいきなり強く抱き締められ、抱え上げられそうになったらしい。

両腕の自由は奪われ、足も地面から浮いていた。でも口は、塞《ふさ》がれていなかった。

「で、騒いだそうです。助けてー、とか、チカーン、とか、犯されるー、とか」

「また、ずいぶんストレートな表現ね」

「でもそれが、かえってよかったみたいです。犯人は彼女を緑地に放り出して、表の道の方に逃げていって……」

「つまり、バス停の方向に、ってことね」

「そうです」

他にもいろいろ訊いたが、概要はそんなところだった。

スープを飲み終えた峰岸は、久江がノートパソコンで調書にするのを、興味深げに眺めていた。

「……やだ。そんなに見ないで。このキー、まだ慣れてないから、下手でしょ……」

「そんなことないです。自分より、数倍上手いです」

そう真《ま》っ直《す》ぐに言われると、返す言葉もない。

「やっぱり、パソコンとかそれくらいできないと、刑事は、難しいですか」

「……んー、でも、手書きの人もまだまだいるから、それは問題じゃないんじゃないかな。むしろ、刑事講習でしょ。あれを受けるチャンスを、上が君にくれるかどうか……それが大きいんじゃないかな」

するると峰岸は、周りから見えないように、久江の陰に隠れるようにして、なお顔を覗《のぞ》き込んだ。

「魚住さん……あの、この事件の捜査に、自分を、加えてもらうわけには、いかないでしょうか……なんでもします。ほんと、なんでもしますから、なんとか宮田係長に、話してみてはもらえないでしょうか。自分、魚住さんみたいな刑事になりたいんです」

私みたいな刑事ってどんな刑事よ、と思わなくはなかったが、決して悪い気はしなかったので、久江は「言うだけは言ってみる」と頷いておいた。

十時過ぎに現われた飯森敦子は、ちょっと顎《あご》がしゃくれ気味ではあるけれど、ぱっちりとした目が可愛い、今どきな感じの女の子だった。

「男の顔は、どう？　見えた？」

ぶんぶん、とかぶりを振る。

「中肉中背って、最初は言ったみたいだけど、それって具体的には、どれくらいかな。この人と、この人。どっちが近い？」

同じ強行犯係の原口巡査長と、なんとなく捜査に加えてもらえそうな感じの峰岸。二人を並べて、久江の横に立たせる。原口は百七十八センチの痩《や》せ型。峰岸は百七十二センチの、引き締まったマッチョマン体型。

敦子が指差したのは、原口の方。なんだ。じゃあけっこう、背は高い方ではないか。

「この人より大きい？　小さい？」

首を傾《かし》げる。

「声はどうだった？」

「……普通の、男の人の声でした。高くもなく、低くもなく」

襲いかかった女性に、高い声で「静かにしろ」という暴行犯は、まずいないだろう。

「抱きすくめられたときの、腕の感じは？　細いとか、太いとか、筋肉質とか」

「力は、うんと強かった？」

「匂《にお》いとか、なかったかな。整髪料とか、コロンとか……あるいは、体臭がきつかったとか」

他にもいろいろ訊いてはみたが、もはや情報源としては、最初に話を聞いて記録をとっている峰岸の方が確かなようだった。

「あなたは、農協前でバスを降りて、道を横断して、団地敷地内の道に入っていったんだよね……ひょっとして、バス停から尾《つ》けられてたとか、そんな感じ、なかった？」

するとと敦子は、ハッと息を呑んで顔を上げ、でもすぐに、視線を記憶の底に沈めるように、ゆっくりと揺らしながら下げていった。

「……そういえば、農協の建物の辺《の》りから、バスを、じーっと見てる人がいました」

どういう意味だろう。

「バスを、見てる？」

「はい……乗るでもなく、降りてきた人を、待ってたふうでもなく。昨日私が乗ってたのは、もう最終だから、あれに乗らないと、もう次はないし、あれで誰かが帰ってこないんだとしたら、もうその人は、バスでは帰ってこないのに……でも、その人は、ずっとバスを見ていました。ただ見て、見送って……」

確かに、ちょっと妙ではある。

「男の人？」

「はい」

「あなたを襲った人に、似てる？」

それには、首を傾げる。

「その人がバスを見送ってから、あなたを尾行した可能性は？」

「なく、はない、と、思いますけど……」

「顔は、覚えてる？」

また首を傾げる。

「もう一度見たら分かる？」

曖昧にだが、それには頷く。

「その人がバスを見送ってるのを見たのは、昨夜《ゆうべ》だけ？」

「いえ、前にも何度か、見たことがある……ような」

ないような、か。


飯森敦子には被害届を作成し、提出してもらった。こっちもできるだけ捜査をしてみると約束し、彼女にはお引き取り願った。

さて、どうしたものか。

一方、峰岸は地域課の上司の了解をとり、署長の許可も得て、正式に刑組課強行犯係の手伝いをしにくることになった。

「ありがとうございます。なんでもします。お役に立ちます」

そう意気込まれても、現段階でできることはそう多くない。出血大サービスで頑張ってみるにしても、事件現場に、事件が起こったのと同じ時間帯に張り込んでみるとか。せいぜいその程度である。

原口たちと、取りとめもなくそんな話をしていたら、

「邪魔するぞ」

見慣れない男が、大股《おおまた》でデカ部屋に踏み込んできた。

短い髪、危うい感じに後退した生え際《はえぎわ》、細い目、大きな口。原口と峰岸の、ちょうど中間くらいの背丈。つまり、飯森敦子がいうところの中肉中背。ひょっとして犯人か？　いや、この男はどう見ても四十代半ばだ。

「失礼ですが……何か」

立ちながら久江が訊くと、男は上着のポケットから名刺を直《じか》に抜いて差し出した。

警視庁刑事部捜査第一課、第六強行犯捜査、性犯捜査第二係、担当主任、佐久間晋介《さくましんすけ》。階級は警部補《けいぶほ》。性犯捜査係とはその名の通り、強姦《ごうかん》や強制わいせつ事案を扱う部署だ。見れば確かに、上着の左襟に捜査一課の赤バッジがついている。

「昨日、ここのシマで強制わいせつがあったそうだな。その調書を出せ」

警察界における「捜査一課」のネームバリューには絶対のものがある。久江も十年ほど前までは一課の殺人犯捜査係にいたので、そのことはよく分かっている。だが、だからといって捜査本部も立っていない所轄《しょかつ》署に乗り込んできて、いきなり調書を出せはないだろ

う。

「そう、急に言われましても」

「急じゃねえ。こっちはこのヤマに半年も前から係わってんだ。今さら横からしゃしゃり出てきて、トビアゲられて堪《たま》るかってんだよ」

それがどこの言葉かは知らないが、「鳶《とび》に油揚げをさらわれる」の略であることは、なんとなく理解した。

恐る恐る、宮田係長が佐久間警部補の顔を覗き込む。

「……あの、どういった……あれで、ございましょ」

同じ警部補なのだから、そこまで謙《へりくだ》る必要はなかろうに。

佐久間が辺りを睨《にら》むように見回す。

「およそ半年前、去年十月の中頃、中野区江古田《えごた》で二件。暖かくなったからだろう、今月に入って新宿区上落合で一件、豊島区南長崎で未遂が一件、半年前と同一の手口で強姦事案が発生している。特に中野の最初の事件はホシの手際も悪く、被害女性の肉体的ダメージも、精神的ダメージも大きかった。むろん、捜査本部は中野に立てた」

佐久間は、唾《つば》を吐きつけんばかりの勢いで宮田に言い、なおぐるりと辺りに視線を巡らした。

「これだけ言えば充分だろう。これ以上、こっちから出せる情報はない。さっさと被害届と調書を持ってこい」

動こうとした原口を、久江は制した。

自ら机の上に置いた被害届と調書のファイルを手に取り、彼の前に進み出る。

「佐久間主任。お求めの書類は、ここにあります……が、その前に。中野の被害女性も、その他の方もお気の毒だとは思います。でも、だからといってその担当捜査員が、まったく別の部署に怒鳴り込んできて、いきなり調書を出せというのは、いささか礼を失してはいませんか」

宮田が「ちょっと魚住くん」と手で抑えるような仕草をしてみせる。だが久江は、どうあってもこの態度は赦《ゆる》せなかった。特に性犯捜査に係わる刑事が、こんな威圧的な態度に出ていいはずがない。相手が誰であろうと。

理由さえあれば強引に進んでもいい。他人を傷つけてでも我を通していい。それこそ、性犯罪者の論理ではないかと、久江は思う。

「……そりゃあ、悪かったな。あとは静かに黙読するから心配するな。あんまり怒ると、小皺《こじわ》が増えるぜ」

そんなことは、ご心配いただかなくてもけっこうです。

デカ部屋の奥。ほんの申し訳程度に揃えられた応接セット。

そこに陣取った佐久間は、鼻で笑いながら調書を捲《めく》った。

「どうせ、ひらひらのスカートでも穿《は》いてたんだろう。そんな恰好《かっこう》で、暗い団地ん中の道をケツ振って歩いてりゃ、そりゃあんた……とうの昔に勃たなくなったジジイだって、久し振りに一発、ってな気にもなるってもんだぜ……なあ、宮田さん」

隣に座った係長は曖昧に頷くだけ。だが久江は、ずっと向かいから佐久間を睨み続けていた。彼も久江の視線には気づいているはずなのに、絶対にこっちは見ない。明らかに、久江を無視し続けている。

「美人なの？　この、敦子って女子大生は」

これも久江ではなく、わざわざ離れたところにいる峰岸に訊く。

「あ……ええ。まあ」

「見たら、男なら誰でも姦《や》りたくなっちまう感じじか」

「いや、それは……どうでしょう」

佐久間は「ケッ」と唾を吐く真似《まね》をした。

「とぼけんじゃねえよ。重要なことだぜ。どんな女が狙《ねら》われてんのかってことは、犯人を特定する上で、これ以上はねえってくらい大切な要素だろう……どうなんだよ、お前は。飯森敦子はパッと見て、姦りてえタイプの女だったかよ。それとも、ご遠慮申し上げたいタイプか？　それによっちゃ、ホシのマニア加減も知れてくるってもんだぜ」

なぜこの佐久間という男は、こうまで挑発的な発言をするのだろう。よほどさっきの、久江の抗議が気に喰わなかったのか。あるいは、もともとこういうセクハラじみた発想をする男なのか。

峰岸が、眉間《みけん》に皺を寄せながら答える。

「……綺麗《きれい》な娘だな、とは、思いました」

「ってことは、姦りたいってこったな？」

それには首を傾げる。そう。余計なことには答えなくていい。

「で、なんだ……バス停で、迎えを待ってるでも、自分が乗るでもない男が、農協前からバスを見張ってたって？」

話題が進んでくれたことに、久江はいくばくかの安堵《あんど》を覚えた。

「……そうです。ですので今夜、事件の発生時刻より少し早めに現場に出向いて、張り込みをしてみようと思っています」

佐久間は、少し伸び始めた顎ヒゲを、何往復も掌《てのひら》で撫《な》でた。コンクリートに乗った砂を靴底でこするような、無機質で不快な音が繰り返し起こる。

やがて、手にしていた資料をテーブルに放り投げる。

「……しょうがねえや。俺が仕切ってやるよ」

「ハァ?」

わざと声を大きくして言ったのに、久江には見向きもしない。

「係長はやる気なさそうだしよ。あとはオバチャンと若造二人じゃな。とてもじゃねえけど、任せらんねえよ」

この係にはもう一人、元マル暴のベテラン、里谷デカ長がいるが、あいにく今日と明日は休みをとっている。いたらいたで、この佐久間とは悶着《もんちゃく》を起こしそうで怖いが。

「とりあえず、こっちのホシと同一犯かどうか。その白黒がはっきりするまで、このヤマは俺が預からしてもらうよ。いいよね、宮田係長さんよ」

お願い。駄目だと言って。

「あ、ええ……私に、異存は……特に、ございませんが」

もう。金輪際、絶対に肩なんて揉《も》んでやらない。

夕方、まだ明るいうちに現場周辺をひと回りし、それから農協に出向き、事情を話して車を一台停めさせてもらうことになった。

「くれぐれも、このことは内密にお願いします」

「はい……承知いたしております」

支店長と話すときの佐久間は、至って常識的な、大人のスタンスを保っていた。ということは、署でのあれは身内に対するポーズか。要するに内弁慶なのか。

佐久間、原口、峰岸に、久江。農協の建物から出て、敷地内の駐車場の、できるだけ奥に停めた捜査用PC（覆面パトカー）に戻る。周りには白い軽のワンボックス車が四台、濃い色のセダンが二台停まっている。駐車スペースはまだ建物の前にも裏手にもあるので、決してこの一台が迷惑になることはないと思われた。

後部座席の窓から、すみれ色に暮れた五月の空を見上げる。

「原口くん、窓開けて」

運転席の原口は「はい」とキーを捻《ひね》り、向こうのスイッチで開けてくれた。

「ありがと」

バッグからラークの箱を出し、一本銜《くわ》える。

「なんだよオバチャン……吸うのかよ」

隣の佐久間が顔をしかめる。不機嫌そうな声音が、かえって嬉《うれ》しかった。

「あら、お嫌いですの？」

「ああ。今まで一本も吸ったことねえよ。臭《くせ》えし息苦しいし、吸う奴の気が知れねえよ。しかも、車の中でなんて……あんた、最低だな」

言って。もっと言って。私を嫌って。

「でもこれ、うちの車両ですから。禁煙車をご希望でしたら、本部から配車していただいたらいかがかしら」

舌打ちし、佐久間は黙った。

やがて鼠色《ねずみいろ》のハンカチをポケットから出し、口に当て、パワーウィンドウのスイッチを弄《いじ》り始める。でも、開かない。

「おい、電源入れろよ。いちいち切るなよ」

「ああ、すんません……でも入れっぱなしだと、バッテリー上がっちゃうし」

「エンジンかけときゃいいだろう」

「駄目です。アイドリングは都の条例で禁止されてますから」

いいぞ、原口。その調子だ。

佐久間側の窓が開く。

「……いいんだよ。俺なんか冬の張り込みんときゃあ、ガンガン暖房焚《た》いてるし、夏はギンギンに冷房効かしてるぞ。仕事んときはいいんだって」

久江はわざと煙を吐き散らした。

「よくないですよ、佐久間さん。仕事だからいいなんて理屈は、通用しません」

「おいィ……ヤニ食いのオバハンはこっち向くなって」

しばらくはそんなふうに、練馬連合軍で佐久間をいびりながら、あるいは頭を下げて帰っていく農協職員に適当に応じながら、張り込みを続けた。

日が暮れる少し前から、通りには明かりが灯《とも》り始めた。

久江は十九時頃になって、何か食べるものを買ってくると言い、一人で車を出た。ついでに、少し辺りを見て回るつもりだった。

なるほど。この時間帯になると、農協前はまだ明るく賑《にぎ》やかだが、同じ通りの五十メートルほど先、緑に囲まれた都営住宅の敷地内は暗く、不気味な雰囲気に包まれていた。

道を渡って、敷地内を歩いてみる。

見回すと、押し倒せば女の子の一人くらいどうにでもできそうな物陰がいくつもあるのが分かる。駐車場と遊歩道を隔てる植え込み。ゴミ集積場の裏側。昼間は子供たちが遊ぶのであろう、芝生とベンチの広場。どこもかしこも暗くて、陰湿な空気がわだかまっている。先ほど峰岸に受けた説明によると、敦子はその芝生のところに連れ込まれそうになったということだった。

　ひょっとして犯人は、敦子がここの住人であるとは思っていなかったのかもしれない。可愛い子を見つけ、あとをつけていったら、暗い団地の敷地に入っていった。だから、抱きついた。それだけのことだったのかもしれない。

　そんなことを考えていたら、ふいにガサッと、背後の植え込みの葉が揺れた。野良猫《のらねこ》の仕業だったようだが、久江は一瞬で、額の辺りが冷たくなるほどの汗を掻いた。

　ここ、怖い。

　本気でそう思った。

　慌てて団地の敷地から出て、明るい通りをひた歩いた。すぐにおにぎり専門店を見つけ、そこで梅と昆布と海老天《えびてん》、各四つずつ買い求めた。あと、ペットボトルのお茶。念のため、表の道から農協敷地内には入らず、裏を回って車に戻った。

「……どうしたんですか、魚住さん。顔色、よくないですよ」

　助手席の峰岸が、わざわざこっちを振り返る。

「んーん、なんでもない。大丈夫」

　佐久間が「更年期、更年期」と言ったのは無視した。各自におにぎりとお茶を配り、しばらく久江は静かにしていた。

原口と峰岸は「いただきます」、佐久間は黙って受け取り、各々《おのおの》食べ始めた。久江は自分の分を膝《ひざ》に置いたまま、なんとなく窓の外を眺めていた。あの団地の闇の恐怖が、まだ完全には拭《ぬぐ》いきれていない。

「……要するによ……風が吹いたら、パンティーが見えちまうような恰好で……夜、出歩く方が、どうかしてるってこったよ」

お茶だけでも飲もう。そう思って動かした手が、半端《はんぱ》な位置で止まる。

「今までのマル害も、そうだったよ……チャラチャラした恰好でよ……あれじゃ、その気じゃねえ奴まで、その気になっちまうよ。美しさは罪……なんて、思ってんのかね……まったく、面倒見きれねえよ」

団地の恐怖は、にわかに払拭《ふっしょく》された。代わりにザラついた、怒りにも似た感情が胸の辺りに湧《わ》き上がってくる。

「……ちょっと、佐久間さん。そういう言い方は、さすがにどうかと思いますけど」

あ？　と口の中の米粒、海苔《のり》、海老の尻尾《しっぽ》を見せながら、佐久間がこっちを向く。

「そんな、被害に遭ったのは女性の側にも非があるとか、彼女たちの選んだ服が男性を刺激しただとか、そういう、犯罪者を擁護するような発言は……少なくとも、性犯捜査に携わる方には、私はしてほしくありません」

食べかけのおにぎりをパックに戻し、佐久間はお茶をひと口、喉《のど》を鳴らして飲んだ。ボトルから口を離し、ふう、と大きく息を吐く。

「……あんたこそ、甘っちょろいこと言ってんなよ」

「何がですか」

「あんたがどう解釈したかは知らんが、俺は、被害者側に非があるとはひと言も言ってねえぜ。ただし、あまりにも無防備だった、とは思ってる。姦《や》られてもしょうがねえとは言わないが、回避する方法はいくらでもあっただろう、とは思う。そういった観点で言えば、女の側も甘かったんじゃないかと、俺は思う」

反論の暇《いとま》は、与えられなかった。

「分かりやすい話をしてやろう。対向二車線の道路だ。こっちは乗用車、あっちから走ってくるのは大型トレーラー。飲んでるのか居眠りか、こっちにはみ出しながら走ってくる。このままいったら正面衝突。そうなったら考えるまでもなく、ダメージはこっちの方が確実に大きくなる。ただ、左を見ると大きな駐車場がある。幸い歩行者もいない。急ハンドルを切ってそこに入れれば、少なくとも自分は事故に遭わなくて済む……さあ、どうする」

一体、これのどこが分かりやすい話だというのだろう。

「被害女性たちに、そんな都合のいい避難場所なんてなかったと思いますけど」

佐久間は呆れたように鼻息を吹き、かぶりを振った。

「論点をずらすなよ。俺が言ってるのは、真っ直ぐいくのが正しい道だとしても、危険回避のためなら、ときには自分から曲がることも必要だって言ってんだよ。そのまま進めば正面衝突するのが分かってる。それでもあたしはこの道を真っ直ぐいく権利がある、だから避けない……それが正しい選択かって、俺は訊いてるんだ」

「被害女性が被害に遭うかどうかは、事前には分かりません」

「分かるよ。半裸に近い恰好で暗い夜道を歩くのが危険な行為だってことくらい、今どきは小学生だって知ってるさ」

すぐには、反論の糸口が見出《みいだ》せなかった。たぶん佐久間は、こういった論争に慣れているのだろう。論理も、シンプルで太い。

「良い悪いの話なんざ、最初からしてねえんだ。悪いのは犯罪者に決まってる。そんなこと、いちいち言わせんな……被害に遭って傷つくのが被害者だ。被害になんざ、誰も端《はな》から遭いたかない。だったら、自己防衛をもっとしたらどうだって話だ。振り込め詐欺《さぎ》に気をつけよう。それと同じだよ。ちらっちらパンツが見えるような恰好で夜の街を歩くなよ。摑《つか》んで引っ張ったらケツが丸出しになるようなユルユルのズボンなんか穿いてんなって。おかしなこと考える男ってのは、悲しいかな警察力だけじゃ排除できねえ。事が起きてからじゃなきゃ俺たちは動けない。だから自己防衛をしてくれって言ってんだよ。なんか文句あるか。俺の言ってることが、何か間違ってるか」

おそらく、何も間違ってはいない。

ただ、非常に腹立たしい。確かなのはそれだけだ。


一つずつ、商店のシャッターが閉まっていく。クリーニング屋、団子屋、床屋。開いているのは百円ショップとレンタルビデオ店くらい。コンビニは、ちょっと見当たらない。

それでも、街灯に照らされた農協前の通りは明るい。そしておそらく、その明るさの分だけ、団地敷地内の闇は深い。悪意を吸い込んで、まだ余りあるくらいに——。

久江たちのいる車は、通りに対して左側面を向ける恰好で停めてある。助手席の峰岸、その後ろに座る久江が、主にバス停を見張る役を担《にな》っている。

それは、ちょうど二十一時頃だった。

自転車に乗った男が農協敷地内に入ってきた。久江たちが乗った車の、ほんの五メートルほど先。農協の建物に自転車を立てかけ、もう一つある倉庫のような建物の陰に身をひそませる。

「……あれ、ですかね」

シートに身を沈めた峰岸が囁《ささや》く。

「いいから……動かないで」

男はしばらくの間、その位置から動かなかった。身長は、百七十センチとちょっと。痩せ型で、細身のジーパンがよく似合う、なかなかスタイルのいい青年だった。印象としては、二十代半ばといったところか。

通りを行き交うのは乗用車やタクシーばかり。なかなかバスはやってこない。だが、二十一時二十分をいくらか過ぎた頃だった。

彼が隠れている建物の向こう、白茶けたアスファルトの路面が、右側からにわかに明るくなった。ここからでは農協の建物が邪魔で見えないが、おそらくこっち車線に、バスが停まったのだろう。彼はその明かりに誘われるように、ふらふらと、物陰から出ていった。路線バス特有の、あのドアが折り畳まれる音や、注意を促すブザー音がここまで聞こえた気がした。

やがて明かりが動き始め、バスの頭が現われる。すぐに蛍光灯の、青白い明かりに照らされた車内も見えた。客はほとんど乗っていなかった。

彼はバスに向かって、左手を、控えめな仕草で上げてみせた。すぐに向こうを見ると、一番後ろの席に一つ、彼の方を向いている顔があった。暗かったのでどんな人かは分からなかったが、彼が手を振ったのはあの人に向かってだ、というのだけは直感した。

バスが行き過ぎる。いま降りたのであろうサラリーマン風の男性が、向かいの道を疲れた足どりで歩いていく。特に時間帯をずらすよう忠告したわけではないが、今のバスに敦子は乗っていなかった。大学生。もともと帰り時間が一定するような生活ではないのだろう。

青年は力なく、左手を下ろした。

ああ、この人は、恋をしているんだな——。

なんとなく、久江はそう感じ取った。

だが佐久間は、決してそのようには解釈しなかったようだ。

「いくぞ」

ちょっと待ってください、彼は違います。そう言う暇もなかった。

後部座席のドアを乱暴に開けた佐久間は、車体前方を迂回《うかい》して、大股で彼の方に近づいていった。割って入るのも不可能ではないタイミングだったが、こういうときに限って、ペットボトルのフタが開いていたりする。

「あっ」

冷たい、と思って慌ててボトルを縦にし、でもどこに置いていいのか分からないから外にほっぽり出し、慌《あわ》てて駆けつけたときにはもう、青年は佐久間の餌食《えじき》になっていた。

「……だからよ、何をしてたか言ってみろっツッてんだよ」

ジーパンの外に出した、柄物シャツの裾《すそ》を佐久間は摑んでいる。ここに練馬署の人間がいなかったら、遠慮なく胸座《むなぐら》を摑んでいそうな勢いだ。

「何って、別に……」

青年は、驚くほど綺麗な顔をしていた。切れ長の目、弛《たる》みのない頬、肌理《きめ》の揃った肌、柔らかそうな長い前髪、細い首、肩。

「別にじゃ答えにならねえだろ」

佐久間が何度尋ねても、彼は言葉を濁して答えなかった。薄い色の唇を嚙《か》み、ただ助けを求めるように、バスが走り去った方をチラチラと見るだけだ。

「答えねえなら、俺が言ってやるよ」

ぐっと佐久間が身を寄せる。

青年の眉間に、不快そうな皺《しわ》が刻まれる。

やめて――。

久江の叫びも、声にはならない。

「昨夜《ゆうべ》お前は、すぐそこの団地の緑地で女子大生をレイプしようとし、だが失敗した。今日、その娘を改めて姦るつもりだったのか、脅して口封じをするつもりだったのかは知らねえが、とにかく彼女を待っていた。違うか」

違うなら、違うと言って。

だが彼は、どういうつもりか、黙ったままだった。


彼、増本秀弥《ますもとしゅうや》は、任意同行に応じた。

今は練馬署の、三畳ほどしかない第一調室にいる。

奥の席に増本秀弥、スチール机をはさんで真向かいに佐久間。久江は佐久間の横に記録係として控えた。

「……なんで、あそこで何をやってたのか、言えないんだよ」

名前、生年月日、本籍、現住所、職業については比較的素直に答えたのに、あそこで何をやっていたかだけは、まるで聞き流しているかのように答えない。ちなみに職業は、あの近所にある区立小学校の教諭だという。住まいも自転車で通える範囲にある。

明るいところで見ると、ますます見惚《みと》れてしまいそうになる。それくらい秀弥は綺麗な顔をした男だった。またそれが、図らずも佐久間の追及の厳しさを煽《あお》っているようにも思う。

「なんで言えないんだよ。いい？　俺たちは、昨夜あそこで起こった、強制わいせつ事件の捜査をしてるんだよ。違うなら違うって、はっきり言った方がいいよ。じゃないとあんた、連続レイプ犯になっちゃうよ」

ハッと視線を上げ、秀弥は小さくかぶりを振った。

「女子大生なんて、僕は……」

「そんならそんでいいからよ、だったらあそこで何をやってたのか、説明してみろって言ってるんだよ」

それを言うと、すぐに俯《うつむ》く。

「なんで言えないんだよ……お前、馬鹿じゃねえの。降りもしねえ乗りもしねえバスを見張ってて、それはなんのためだって警察に訊かれてるんだぜ。昨夜、あのバス停の近くで起きた事件の被害女性は、あの時間のあのバスから降りて、被害に遭ってんだよ……いいか。こっちはなんのトリックも引っかけもないから、耳の穴かっぽじってよく聞けよ。あんたは、あのバスを見て、レイプする女の品定めをしてたんじゃないの？」

それには、激しくかぶりを振る。

「じゃあ、なんのためにあのバスを見張ってたんだよ」

依然、それには答えない。

「なんだかなぁ、この野郎……」

　この佐久間の苛立《いらだ》ちは、まあ、久江も無理のないところだと思う。

　ただ事件の翌日、現場近くにいたというだけの理由で、一般人を警察署に留置することはできない。

　その夜、秀弥は零時過ぎに解放された。佐久間は中野署の捜査本部に戻ると言い、久江たちもそれぞれ帰宅した。

　翌日、佐久間は十時半頃に現われ、勝手に捜査方針を説明し始めた。

「今日は俺と原口で、増本秀弥の身元を洗う。魚住は峰岸と、飯森敦子の周辺を当たれ。ひょっとしたら、敦子に個人的な、かつ歪《ゆが》んだ好意を持つ人間の仕業《しわざ》とも考えられるからな……その場合、残念ながら中野のヤマとは、まったくの別件ということになるが」

　ここは一つ従うように見せておいた方がいいと思い、久江は峰岸を連れて署を出た。

　敦子の大学にいってみたり、例のバスに乗ってみたり。そんなことをして、夜までの時間を潰《つぶ》した。峰岸には「いいんですか、こんなことしてて」と何度も訊かれたが、そのたびに久江は「大丈夫よ」と答えた。ちゃんと目的を持っての暇潰しである。心配しなくていい。

夕方になり、原口にメールを打った。

【昨日と同じ時間、農協前バス停付近には佐久間を近づけないで。事情は帰ってから説明する。】

二十分ほどして【了解】と返事がきた。

これで準備は万端整った。


二十一時ちょうど。久江たちは農協前より一つ平和台寄りにある、練馬春日町駅停留所近くに待機していた。昨日と同じ、最終のバスを待っている。農協前とはさして離れていないので、到着予定時刻も一分しか違わない。

やがて環状八号線から、大きく左折でバスが入ってくる。

「峰岸くん。いこう」

久江たちは停留所に立った。他に乗車する客はいない。

バスが目の前に停まる。ブレーキのエアーが抜ける音と、ブザー音。プリペイドカードを使って乗り込み、すぐさま車内を見渡した。

車内は今夜も空《す》いていた。乗客は全部で四人。そして狙い通り、昨夜最後列のシートにいたと思《おぼ》しき人物が、今日も同じ位置に座っている。悲しげな目で、窓の外を眺めている。

久江は意を決し、彼の隣に進んでいった。

「……失礼します。ここ、よろしいですか」

驚いたように顔を上げた人物は、秀弥とはまた違った感じの、おっとりとした、お坊ちゃんタイプの青年だった。

彼は、黙っていた。それはそうだろう。空いている座席は他にいくらもある。わざわざ声をかけて隣に座るのは、いささか怪しい行為だ。

だが久江はかまわず、彼の隣に腰を下ろした。峰岸には、少し離れた辺りに座るよう目で示した。

「ごめんなさいね。びっくりしたでしょう。でも決して怪しい者じゃないですから。怖がらないで、少しだけ、お話を聞かせてください」

さりげなく警察手帳を提示する。彼は、さっきとはまた違った驚きの表情を浮かべた。疑念、というよりは、不安。そんな色が頬に広がる。

「……つかぬことをお伺いしますが、増本秀弥さんという方を、ご存じではないですか」

表情はそのまま。口だけが、声にならない言葉に空回りし、開いたり閉じたりを繰り返している。

農協前に着いた。

彼は窓辺に寄り、外の景色に目を凝らした。息を荒くし、農協の敷地の、あちこちの物陰に目を凝らす。昨夜と、まったく同じ姿勢で。

「秀弥さんは、たぶん、今日はお見えにならないと思います」

ハッとして振り返った彼の目には、薄《う》っすらと、涙が浮かんでいた。

「……どうして」

バスが、農協前を出発する。

「ごめんなさい。昨日ここで、私の上官が、秀弥さんに、大変失礼な事情聴取をしてしまったんです。なので今日は……ここには、お見えにならないかと」

彼は体をこっちに向け直した。

「秀弥が、何かしたんですか」

「いえ。彼は、たぶん何もしていません。ただ、一昨日《おととい》の夜、さっきのバス停で降りた若い女性が、強制わいせつの被害に遭いまして。私たちは、その捜査をしていたのですが

……」

ふいに、彼の頬が奇妙な形に歪む。

「そんな、秀弥が、女性に暴行なんて」

分かっている。そう伝えたくて、久江は深く頷いてみせた。

「ええ……ちなみにあなたが、秀弥さんの、恋人……なんでしょう？」

彼は、少し迷ってからかぶりを振った。

「……秀弥が、そう、言ったんですか」

「いえ、彼は何も……じゃあ、以前は恋人、だった？」

今度は、小さくだが頷く。

これで、すべてに納得がいった。

「……秀弥さんは、あなたの顔を見るために、あのバス停に、いただけなんですよね。だから、女性を暴行したりするはずがない。彼は、そういうことには、興味がない。でも……いえ、だからこそ、刑事に何をしていたのか訊かれても、答えることができなかった」

彼の頬が、小刻みに震え始める。

「謂《いわ》れのない中傷を、受けるかもしれない……あるいは事実を話したら、あなたに迷惑がかかるかも……そういったことを心配した秀弥さんは、バス停にいた本当の理由を、語ることができなくなったんだと思います」

もう、農協前は遥《はる》か背後に遠い。それでも彼は、窓の外に目をやる。いるはずのない秀弥の姿を、闇《やみ》の向こうに捜している。

「……そういうことなら、たぶん……そうなんだろうと、思います……僕も」

やがて彼は、静かに語り始めた。それは、終点の練馬駅停留所に着いても、まだ終わらなかった。

秀弥との出会い。禁じられた恋。でもだからこそ、逆に激しく燃え上がった二人。しかし、すぐ背後に忍び寄ってきた、破局の足音。父親の怒り。弟妹から浴びせられた、容赦ない誹謗《ひぼう》の言葉。母親の号泣、心労、自殺未遂、心療内科への通院。そして、彼の選択した答え。

秀弥との、別れ。

「……僕は、大泉学園から西武池袋線で、練馬。そこから練馬春日町まで、毎日通っています。父の経営するレストランのうちの一軒を、任されています。父は、ごくノーマルな人間なので、僕と秀弥のような関係は、絶対に認めませんでした。母も、弟も、妹も……僕は、秀弥のことを、本気で愛していました。けど、それでも僕は、家族を捨てようとまでは、思いきれませんでした。これでも一応、長男ですし……事情を話すと、秀弥は泣きながら、しょうがないねと、頷いてくれました。でも、顔くらい見たい。元気かどうかだけでも、知りたい……それで、二人で相談して決めたのが、あの、農協前の、バス停でした」

練馬駅から練馬春日町駅までの移動には、普通なら大江戸線を使う。だが地下鉄に乗ってしまったら、二人は顔を合わせられなくなる。それで同じ距離を移動する、バスを利用するよう相談して決めた。そういうことのようだった。

彼は伏し目がちにしながら、久江に訊いた。

秀弥の無実を証明するには、どうしたらいいのですか、と。

久江はかぶりを振った。

「何も、しなくていいの。そもそも、何か証拠や嫌疑があって事情聴取をしたわけじゃないから。ただ事件現場の近くに彼がいて、その目的が分からなかったから、訊いただけなの。なのに秀弥さんは、頑《かたく》なに答えようとしなかった。だから、こうやって……」

息が乱れそうになるのを、彼が必死で堪《こら》えているのが分かる。

久江は浅くだが、ゆっくりと頭を下げた。

「ごめんなさい。こうやってお話をしにくること自体、あなたには迷惑なんですよね。秀弥さんの気持ちを、無駄にすることにもなる……」

彼は黙って、小さくかぶりを振るだけだ。

練馬駅近くの、バス通りの歩道。まだ人通りも少なからずある。中には、久江たちを怪《け》訝《げん》そうに見て通り過ぎていく人もいる。

久江はこれ以上、彼をここに引き止めておきたくなかった。

「でも、これで終わりにしますから。もうあなたにも、秀弥さんにも、迷惑はかけないように、しますから……」

今一度お辞儀をし、久江はいこうとしたが、今度は彼の方が呼び止めた。

「あの……秀弥は、もう、あのバス停には……？」

一瞬、答えに詰まった。

「……いえ、それについては、何も、伺ってませんが」

彼の眉間に、きゅっと力がこもる。

「別れたあと、互いに携帯番号を変えたんで、簡単には連絡が、とれなくなってて……でも僕としては、あのバス停にだけは、今まで通り、きてほしいんです」

久江は、できるだけ優しく微笑《ほほえ》もうとした。でも、自分も泣きそうだったので、上手くできたかは分からない。

「分かりました。それについては私から、責任を持って、秀弥さんにお伝えします。ご安心ください」

それでもまだ、彼は久江のことをじっと見ていた。まだ何か、言いたいことがありそうだった。

久江は小首を傾げ、彼の、少し垂れた、やさしげな目を覗いた。彼は困ったように視線を外《はず》しながら、口を開いた。

「刑事さんは……僕たちの関係を、なんでそんなに、簡単に、見抜けたんですか」

「あ……それは」

たぶん、先日万里子に会って、あの夏の夜のことを思い出していたからだ。でも、それを今ここで説明するのは、ちょっと難しい。

「そうね……なんでかしら。昨夜《ゆうべ》、秀弥さんの後ろ姿を見たとき、ああ、この人は恋をしているな、って思ったし、その相手があなたであることも、別に変には思わなかった。あそうかって、自然と思えたの」

彼はぐっと、奥歯を嚙み締めた。

「……気持ち悪い、とか……思わなかったんですか」

なぜそんな、自虐《じぎゃく》的な言い方を——。

でもそれこそが、彼らの受けてきた罪なき罰の後遺症であると、そう思い至るのに、さしたる時間はかからなかった。

「思わないよ、そんなこと。相手が異性だから、恋をするわけじゃない。好きになったから、それが恋……違う？」

そのとき初めて、彼は笑みを見せた。

久江も、同じように笑ってみせた。

「だから、安心して。秀弥さんにはさっきのこと、ちゃんと伝えるし、もう彼にもあなたにも、迷惑はかけないから……あなたたちは、もう充分、つらい思いを、してきたんだもんね……ごめんなさい。今回は、本当に」

ふと見ると、隣で峰岸が、同じように頭を下げていた。濃紺のスーツの肩が、街灯の明かりを受け、きらきらと光っている。

いつのまに、雨は降り始めていたのだろう。


佐久間と原口は、当然のことながら久江たちより早く署に戻っていた。早速、増本秀弥がバス停にいた理由について話すと、佐久間は嫌味ったらしく鼻の穴を広げ、声を荒らげた。

「ハァ？　じゃ何か、あの増本ってガキは、ホモか」

こういう反応も、ある程度は想定していた。

「とにかく、増本秀弥は本件には無関係です。これ以上彼を追及することは、絶対にやめてください」

むろん、これしきの報告で佐久間が引き下がるとは思っていない。何かしらの検証は今後も必要だと思っていた。秀弥やあの彼に迷惑をかけないような方法を、これから自分は見つけなければならない。そう考えていた。

だが意外なことに、佐久間はあっさりと頷いた。原口も宮田も、困ったような顔で目を見合わせている。

「……どうか、したんですか」

それには、佐久間が答えた。

「ああ……つい、さっきだよ。二十時頃だ。中野の捜査本部が、被疑者を確保した。中野区江古田在住の無職、オノギリョウ、二十四歳。どうも、こっちの現場で採取された足痕《そっこん》が、逮捕状請求の大きな決め手になったらしい。うちの管理官が、礼を言ってたと伝えてくれって、言ってたよ」

佐久間は応接セットの椅子《いす》にふんぞり返り、頭の後ろで手を組んだ。

「しっかし、こっちはとんだスカを摑まされたもんだぜ。連続強姦魔を捕まえようってのに、俺が引っ張ったのは、よりによってホモ野郎かよ」

ケッ、と唾を吐く真似をする。

「笑い話にもならねえよ。アーッ、胸糞《むなくそ》ワリい。吐き気がするぜ」

佐久間の前には、まだ湯気を立てている湯飲みがある。

「うわチャッ」

久江は、自分でもほとんど意識する間もなく、それを佐久間の頭の上で逆さにしていた。

「な……何すんだテメエッ」

あの取調べ中の、秀弥の怯《おび》えたような目つき。バスの窓から、不安げに農協前を見渡していた青年の表情。そんなものが瞼に浮かぶと、ここで引くわけにはいかないという気になる。

「佐久間さん。あなたはたぶん、正面からトレーラーが突っ込んできたら、脇に避《よ》けるでしょう。自分の身が可愛いから……でも、自分が走ってる車線に子供や、猫が飛び出してきても、たぶんブレーキは踏まないし、ハンドルも切らないでしょう。この道を真っ直ぐいく権利は自分にある。そういうことを盾に、平気で他人を撥《は》ね飛ばせる人なんですよね」

佐久間は目の周りだけ拭い、久江を睨みつけた。

「……いい気になるなよ年増《としま》女。デカ長の分際で、ブケホに茶ァぶっかけるたァいい度胸じゃねえか。女だからって、俺は甘くは見ねえぞ。表出ろコラ」

デスクにいる宮田の、おろおろする姿が視界の端に映る。原口と峰岸が、いつ止めに入ろうかとタイミングを窺《うかが》っているのも分かっていた。だが、

「ぶごッ」

自分の肩口から、何やら大きな塊が唸《うな》りをあげて飛び出し、佐久間の顔面を撃破したのには、正直驚かされた。

振り返ると、いきなり壁のようなものに視界を塞がれた。いや、壁ではない。休みのはずの、里谷巡査部長がそこに立っていた。

「……誰だ、こいつは」

原口が「捜査一課の主任ですよ」と耳打ちしたが、そもそも里谷は、そんなことを気にするタマではない。倒れて呻《うめ》き声をあげる佐久間に馬乗りになり、襟首を摑んで引き寄せる。

「オメエ、何期だ」

里谷が言ったのは、お前が警視庁に入庁したのは何期か、という意味である。里谷は高卒採用で、今年五十二歳。何をどう勘定しても、佐久間より警察官として先輩であるのは動かし難い事実だろう。

ベテランの中には、ごくたまにいる。階級も役職もすっ飛ばして、年功だけを理由に主

従関係を成立させようとする無茶な警察官が。おまけに里谷は、逮捕術を指導する助教すら舌を巻くほどの腕力の持ち主でもある。

その助教は、いつだったかこう言った。

「里谷さんに、通常の逮捕術は通用しませんし、また彼に、通常の逮捕術は必要ありません」

そういう男の餌食に、佐久間は今なっている。

「……他人のシマにきて、偉そうにホザいてんじゃねえよ。コラ、何期だって訊いてんだ。さっさと答えろ」

柔道技の要領でスーツの襟を絞り上げ、大きく前後に揺さぶる。くたびれたぬいぐるみか、主《あるじ》を失った操り人形か。佐久間の首が、抜けそうなほどガックンガックン折れ曲がる。

いい気味、ではある。でも——。

「里谷さん。もう、その辺で……」

久江は、自分の腿《もも》回りほどもありそうな里谷の二の腕を両手で摑んだ。里谷は「その辺てのはどの辺だ」と上目遣いで睨んだが、どいてくれるよう久江が手振りで促すと、舌打ちをし、渋々といったふうに立ち上がった。

　改めて、仰向けに寝そべった佐久間を見下ろす。

「……上から、圧倒的な力で押さえつけられる恐怖、屈辱……そういったものも、少しはお分かりになりました？」

　佐久間は、ただ目を逸らすだけで、すぐには頷かなかった。でも久江が、里谷さぁん、と小さく呼ぶ真似をすると、慌てて両手をかざし、遮ろうとする。

「分かった、すまん、俺が……悪かった……ちょっと、言い過ぎた」

　真っ赤になった顔。咳《せ》き込み、いっぱいに涙を溜《た》めた目。

　まあ、今日のところは、これくらいで勘弁してやるとしよう。

誰かのために

最近、夏がつらい。

地球温暖化とか冷房は二十八度とか、置かれている状況は同じはずなのに、どうも久江には、自分より周りの人の方が平気な顔をしているように見えてならない。

まさか、更年期障害——。

もうすぐ誕生日なのは事実だが、でもそれにしても早過ぎはしないか。まだ四十二歳。気持ちは今もって三十代。しかし、体がそれについていっていない。そういうことなのか。特に外回りがつらい。

「どうしたんですか、魚住さん」

額を拭《ぬぐ》ったハンカチと睨《にら》めっこをしていたら、隣を歩く峰岸巡査長に怪訝《けげん》な目で見られてしまった。彼は三十代前半。暑くても平気なのが当たり前の年代。上着こそ着ていないが、ネクタイはちゃんと締めていて、それでも平然としていられる年頃。

「ああ……なんか、こう暑いと、さすがに応《こた》えるわ……歳かな」

すると峰岸は、久江より半歩前に出ながら、屈《かが》むようにして顔を覗《のぞ》き込んできた。

「なに言ってるんですか。魚住さん、全然若いですよ……可愛《かわい》いし」

え、可愛い？

「歳とかそういうこと、自分から言っちゃ駄目ですよ。魚住さんは、ずっと若くいられるタイプなんですから」

あの、その、若いとか、可愛いとか、そこんとこ、もうちょっと詳しく――などと思っていたら、トートバッグの外ポケットで携帯電話が震え始めた。

「……ちょっと、ごめん」

取り出して見ると、小窓には【金本健一】と出ている。かれこれ十数年の付き合いになる、先輩警察官だ。あっちは今も本部勤務だが、去年の秋に偶然再会してからこっち、やたらと私用電話をかけてくるようになった。

「はい、もしもし」

『おう、俺だ。今いいか』

「……ええ。まあ、外ですけど」

『お前、もうすぐ誕生日だろ』

よりによって今、歳の話か。

「ええ。それが何か」

『飯でもどうだ』

こちらは、武骨な物言いが男らしさの象徴、とでも思い込んでいる年代か。

「あいにく、その夜は当番に当たってますんで」

『だったら、その前後でもいいよ。夜、空けろよ』

また。すぐそういう、微妙な誘い方をする。でも、こっちだって無駄に歳は喰っていない。あの頃みたいに、ほいほい誘いに乗ったりはしない。

「本部復帰のお話なら、前にお断りしたはずですが」

『別に、それだけじゃねえよ。他にもいろいろ、話したいこととかあるしさ』

「すみません。今ちょっと、厄介なヤマを抱えてるんで」

それはウソ。現在の練馬署強行犯係は、特に事件らしい事件は抱えていない。昼間はせいぜいこんなふうに、新米刑事を連れて管区の見回りをする程度だ。

『じゃあ、それが片づいたら……』

「そうですね。余裕ができたらこちらからご連絡します。では、失礼します」

金本はまだ何か言いたげだったが、かまわず切った。

峰岸が、心配そうに眉根《まゆね》を寄せてこっちを見る。

「どなた、ですか?」

「ん？　ああ……」

昔の男。

冗談めかしてそう言ったら、この若者は一体どんな顔をするのだろう。

そんな悪戯《いたずら》心も、久江の中にはまだある。


誕生日の夜が泊まりの本署当番というのは、方便でもなんでもない。単なる警察官の日常だ。だがもはや、それを悲しむような歳でもない。一人で好きなケーキを一個だけ買ってマンションに帰るより、こんなふうにデカ部屋で過ごした方が、ほんのわずかではあるが、サプライズも期待できる。

それはまさに、こんな感じでやってくる。

「魚住さん……お誕生日、おめでとうございます」

二十二時を少し過ぎた頃、峰岸が小さな箱を持ってデカ部屋に入ってきた。幸い、刑組課の他の係員は席をはずしていた。いや、あえて峰岸は、このタイミングを計ってきてくれたのか。

「なに、ケーキ？　嬉《うれ》しい」

「魚住さん、ここのバナナタルト好きだって、前に言ってたから。今、コーヒー淹《い》れますね」

これは久江の自惚《うぬぼ》れでもなんでもなく、峰岸の過去の発言を、ごく機械的に解釈した結果なのだが、どうもこの若者は、他でもないこの自分を慕って、刑組課強行犯係に入ってきてくれたようなのである。

ついこの前まではごく普通の地域課係員で、だがたまたま彼のいた交番の管区で事件が起こり、以来峰岸は、ちょくちょく強行犯捜査の応援にくるようになった。その後、まもなく転属願が通って刑事講習を受けるチャンスを授かり、それにも見事合格し、晴れてこの刑組課強行犯係に正式配属となった。

まあ、もともとウチには定員に空きがあったし、それでなくとも大量定年時代を迎え、警察界全体に捜査経験者の減少傾向が見られる。その影響であろう、講習も従来の年一回から二回に増えていると聞く。つまり今は、刑事になるのも決して難しくはない時代。峰岸にとってはラッキーな条件が揃っていた。

だからといって久江は彼のことを、運がよかっただけのインスタント刑事、と思っているわけではない。真面目《まじめ》だし、熱意も体力もある、いい素質の持ち主だと思っている。自分に好意を持ってくれているらしいことも、ちょっとしたオマケ的美点ではあるけれど。

「はい、お待たせしました」

「うん、ありがと……いただきます」

そう。ここのバナナタルトはほんとに美味《お い》しい。クリームの甘みが上品で、しつこくないのがいい——などと頰を弛《ゆる》めていたら、窓際で無線機のスピーカーがやかましく鳴り出した。

《警視庁より各局、各移動。豊玉北《とよたまきた》一丁目、○◎の△、サカエ印刷工場内において、傷害事案発生の模様。負傷者二名、犯人は現場から逃走とのこと。各PMは受傷事故防止に配慮して急行されたい》

まあ、刑事の現実なんてこんなものだ。この程度のささやかな幸せすら長続きはしない。もったいないが、もはや味わって食べている余裕はない。残りはガッツリ、ひと口で平らげる。

「魚住はん……俺も……いひまふ」

「うん……いほごう」

峰岸くん、鼻にクリーム付いてるよ。

現場は署から一・五キロほど。タクシーなら五分もかからない距離だった。

運転手に言って、五十メートルほど手前の角で停めてもらった。この先は一方通行。現場周辺は道を塞《ふさ》いであるだろうから、これ以上いったら帰りはバックさせることになってしまう。それは申し訳ないし、後続の警察車両と鉢合わせになっても困る。

「自分、やっときますんで、どうぞ」

「うん、お願い」

支払いは峰岸に任せて先に降りる。

現場へと向かう道の右手は、広い団地になっていた。外灯もあるにはあるが、緑地が多いため暗い印象は拭えない。対して左手には、ごく普通の民家が並んでいる。

速足で歩く。近所の住民だろう、パジャマ姿の子供や、ランニングにステテコ姿の中年男性が通りに出て、現場方面の様子を窺《うかが》っている。若いカップルもいる。それでも数にしたら十数名。大した騒ぎにはなっていない。

「お疲れさまです」

野次馬整理の制服警察官に挨拶《あいさつ》をし、現場の二十メートルほど手前に張られた立入禁止のテープをくぐる。峰岸も追いついてきた。

「……一番乗り、ですかね」

「まあ、当番だしね」

現場は通報通り、印刷工場の中らしい。正式な社名は「栄印刷株式会社」。そう書いた看板が二階の窓辺に掛かっている。パッと見、そんなに大きな建物ではない。建坪でいえば三十坪ほどだろうか。

　入り口は手前の路地を入ったところにあった。

「ごめんください……」

　中を覗く。蛍光灯に照らされた室内。まず目に入ったのは、何台かの印刷機械だ。ベルトやアーム、スイッチの並んだ操作盤、スチールや樹脂製のカバーで構成された、かなりの大型機だ。それらはわりと余裕をもって配置されており、各々《おのおの》機械の周りには、紙の束や木製のパレット、長いロールの芯《しん》、台車などが置かれている。時間を考えれば当たり前かもしれないが、今はどの機械も運転を停止している。

　その、機械と機械の間の通路に三つの人影がある。一人は制服警察官。二人はお揃いの、緑色のポロシャツを着ている。

　警察官は、江古田《えこだ》駅前交番の内村《うちむら》警部補だった。

「お疲れさまです」

「ああ、魚住くん……ご苦労さん」

　ポロシャツの二人は、両方とも怪我《けが》をしていた。立っている、三十代くらいの若い方は、手に白いタオルを巻いており、それに少し血が滲《にじ》んでいる。コンクリートの床にうずくまっている方は五十代だろうか。頭にやはりタオルを当てている。こっちの方が出血はひどそうだ。辺りの床にもだいぶ血が垂れている。

「救急車は」

それには内村が答えた。

「まもなく到着するだろう」

久江は、立っている若い男に向き直った。

「ええと……加害者はすでに逃走したと、聞いてますが、その人物にお心当たりは」

内村も、促すように男の顔を見た。

「ええ……つい一昨日《おととい》まで、ここで働いていた、ホリという男です」

「ホリ、何さんかしら」

「えっと、ホリ、ホリ……」

コウジ、と下の方で声がした。うずくまった男だった。

どうやら、こっちに訊《き》いた方が早そうだ。

久江もその場に膝《ひざ》をついた。

「ホリ、コウジさん……何歳くらいの方です？」

「……三十か、それくらい」

「どちらにお住まいか、お分かりですか」

それには、かすかにかぶりを振る。

「……履歴書、見れば……分かるけど」

「ここに、その履歴書は」

傷が痛むのか、しばらく会話は途切れたが、やがて男はフロアの奥を指差した。それを引き受けるように、若い方が答えた。

「事務所です。事務所に、保管してあるはずです」

「それ、いま見せていただけます？」

若い男は曖昧《あいまい》に頷《うなず》き、俺に分かるかな、と呟《つぶや》きながら、事務所の方に向かった。

内村が、手持ちのクリップボードを久江に見せる。

「今の彼が、本橋和夫《もとはしかずお》さん。こちらが中原貴之《なかはらたかゆき》さん。中原さんはこちらの専務さんで、今日は二人だけで残業をしていたそうだ」

「犯行に至るまでの経緯は」

「いや、それはまだ」

ふいに峰岸が、ぽんぽんと久江の肩を叩いた。

「救急車、きたみたいです」

入り口に目を向けると、制服警察官が救急隊員に何やら説明している。久江は慌《あわ》てて立ち上がり、「入らないで」と手を振って示した。これ以上犯行現場を踏み荒らすのは得策ではない。

今一度しゃがむ。

「……中原さん、立てますか？」

小さく頷いたので、内村と峰岸が手を貸して立たせた。久江も後ろからついていき、とりあえず中原を救急隊員に引き渡した。

ちょうどそこに本橋が戻ってきた。

「ありました。これです」

「ありがとうございます……あの、本橋さんはお怪我、大丈夫ですか？　なんなら一緒に、救急車に」

彼は苦笑いでかぶりを振った。

「俺は、大丈夫です。ほんのかすり傷ですから」

「そうですか……じゃあ、ちょっと外で、お話を伺ってもいいですか」

「はい」

そのまま本橋を戸外に連れ出し、中原を引き渡して手が空いてそうな峰岸には、本署から鑑識を呼ぶよう命じた。

　バッグからペンライトを出し、本橋から受け取った履歴書のファイルを照らす。堀晃司《ほりこうじ》。生年月日からすると、今現在は三十一歳ということになる。履歴書の日付けはほぼ半年前。添付の写真にあるのは細面の、どちらかというと気弱そうな顔である。住所は中野区上鷺宮《かみさぎのみや》三丁目。野方《のがた》署の管内になる。

「この、堀晃司氏と、何かあったんですか」

　本橋は眉をひそめ、小さく息を吐いてから始めた。

「……俺はあの、奥の方にある、裁断機の刃を交換していたんで、始めがどうだったかは、よく分からないんですが、声がして入り口の方を見たら、もう堀と、専務が言い争いをしていました」

「それは、どんな」

「堀が、返してくれよ、みたいなことを、喚《わめ》いてました。専務は、持ってないとか、知らないとか、そんなふうに答えてました。でも堀は、全然引かなくて。返せ返せって、怒鳴るばかりで。こっちも作業の途中だったんで、ちょっと目を離したら……いきなり、ウワァーッて、専務の叫び声がして。見たら、フザケんな、って怒鳴りながら、堀がケッソクキで、専務を叩こうとしてました」

ケッソクキ？

「なんですか、それは」

「ＰＰバンドに使う、ケッソクキです」

言いながら本橋が示したのは、入り口のすぐ脇、十数段重ねられた木製パレットの上にある、小さな段ボール箱だった。上の開いた口から、レバーのようなものが飛び出して見える。

「あの箱の中のが、凶器になった現物ですか」

「いえ、奴が使ったのは……どっか、中に転がってるんだと思いますけど」

久江もフロアを覗いてみたが、残念ながらここからでは見つけられそうになかった。まあいい。あとで鑑識に頼んで捜してもらおう。

参考までに、パレットの上の箱から一つ持ってきた。

「これですか」

「ええ……」

一見は、大型のペンチのような代物《しろもの》だ。Ｖ字の持ち手があって、でも先の方は、もっと複雑な形になっている。その先っぽで何かをはさんで、グイッとやるものなのだろう。確かに、これで殴ったら大怪我になる。下手をしたら殺してしまうかもしれない。

「これで、ガツンと」

「ええ……襲いかかってきた、って感じでしょうか。俺も、危ない、と思って、止めに入ろうとはしたんですが、でも一回手に当たったら……情けない話ですが、ちょっと、怖くなってしまいまして……専務も抵抗してたんで、一、二回は腕とか、肩にも当たったと思うんですけど、とうとう頭に……ガツンと」

痛い。それは痛い。

「パーッ、と血が出て……でもそれを見て、堀も怖くなったんじゃないでしょうか。顔を真《ま》っ青《さお》にして、一目散に逃げていきました」

頭に当たったのが一回で、本当によかった。

まもなく鑑識係も現場に到着し、工場内は完全に立入禁止となった。久江たちはその間に、地域課の数名と手分けして周辺を捜索したが、堀晃司と思《おぼ》しき人物は発見できなかった。

小一時間すると強行犯係の宮田係長や里谷デカ長、原口巡査長も応援に駆けつけてくれた。

「……でなに、ホシはその、堀って男で決まりなの」

そう訊く宮田も、里谷も原口も、やたらと息が酒臭い。一緒に飲んでいたのだろうか。だったら、峰岸も誘ってあげればよかったのに、と久江は思ったが、ひょっとしたら、誘ったのに峰岸が断ったのかも、とすぐに思い直した。

「ええ……何しろ目撃者もいますし。とりあえず住居《ヤサ》も割れてますんで、今からいってみましょう」

というわけで、現場にきていたパンダ（白黒パトカー）を一台借り、峰岸に運転させて、上鷺宮三丁目の堀晃司の自宅に向かった。

酒の入っている三人には、それぞれペットボトルの水を与えてある。

「それ全部飲んで……それからこれ、フリスク……一人五粒ずつ食べて」

原口は「俺そういうの嫌い」と抵抗し、里谷は「なんか飲酒運転で事故った奴みたいだな」と不謹慎なジョークを吐き、宮田は途中で「おしっこ」と騒ぎ出したが、それでもなんとか全員に飲ませ、食べさせた。それで酒臭さが完全に消えるわけではなかったが、まあ、気にならないレベルまでは落とせたと思う。

堀の自宅前に着いたのは、零時三分前だった。

里谷が家屋を見上げる。

「ああ、一人暮らしじゃねえんだ」

堀宅は、都内ならどこにでもあるような、小さめの一軒家だった。ここから見える明かりは二階の小窓のみ。玄関の電灯も今は消えている。

「両親と同居のようですね。ちなみに一人っ子です」

何しろこっちは被疑者の履歴書を持っているのだ。情報量は申し分ない。

宮田が一つ、小さく咳払《せきばら》いをする。

「……じゃあ、俺たちは、裏に回るから、お前と峰岸で、上手《うま》いことやってくれ」

「分かりました」

酔っ払い三人が背を向け、のろのろと歩いていくのを見送る。大丈夫だろうか。地域課とか、他の係に応援を要請してからの方がよかっただろうか。そもそも、そういうことは係長が仕切ってくれなければ困るのだが。

まあいい。こっちには頼れる若武者がいる。

「いこう、峰岸くん」

「はい」

堀宅に門のようなものはない。そのままアプローチを進んで、直接玄関までいく。途中で峰岸が何か踏んづけたらしく、「あっ」と声をあげたが、すぐに「なんでもないです」と言ったので、気にせず進んだ。

ドア前に立つ。久江はひと呼吸置いてから、脇にあるインターホンのスイッチを押した。

しばらくして聞こえたのは、年配女性の声だった。

《……はい》

「夜分恐れ入ります。練馬警察署の者ですが」

しばしの沈黙。

《……はあ……なに、か》

「ちょっと、お伺いしたいことがあるのですが、よろしいでしょうか」

二度目の沈黙と、その後に続いた不安げな返事から、家人は何も事情を知らないのであろうことが窺えた。

やがて、静かに玄関ドアが開く。

顔を出したのは、五十代半ばと思しき女性。晃司の母親と見て間違いないだろう。

手帳を開き、身分証を提示する。

「遅くに申し訳ございません。失礼ですが、奥様でいらっしゃいますか」

彼女は眉根を寄せて頷いた。

「ええ……あの、何か」

「はい。晃司さんは今、ご在宅ですか」

さらに表情が曇る。

「はい……あの……ええ、おりますが」

「ちょっと、伺いたいことがあるのですが、お邪魔して、よろしいですか」

彼女は数秒迷ったが、普通、この状況で拒否はしない。ここで頑なに拒むようなら、相当問題を抱えた家庭と考えねばなるまい。

「はい……どうぞ。あの……散らかってますけど」

「失礼いたします」

玄関に入ると、彼女は「いま呼んできます」と階段を上がろうとした。久江はそれを遮り、直接二階に伺うと言った。

「お部屋はどちらですか」

「上がって……左の部屋、ですけど」

お辞儀をしながら靴を脱ぎ、玄関に上がった。階段はすぐ左手。一段一段、足音をさせないよう、注意深くステップを踏む。

上りきると、二階にはドアが三つあった。薄暗い廊下。奥右手の小さなドアはトイレだろう。その手前には引き戸が一つ。左側にドアは一つしかない。

そこを、軽くノックする。

「……晃司さん、いらっしゃいますか」

かすかな衣擦《きぬず》れ。いるのは間違いなさそうだ。

「こんな遅くにごめんなさい。練馬警察署の者ですが、ちょっと、お話聞かせていただいていいですか」

反応、なし。

ドアノブを見る。一応ロックもできそうな作りではある。

「開けて、いいですか。ほんのちょっと、お話がしたいの」

そっと握る。

ゆっくり回す。すぐにカチンと鳴り、細くドアが開く。

「いい？　開けますよ」

「開けますね……」

少しずつ押し開ける。蛍光灯の灯《とも》った室内。エアコンを点《つ》けていないのか、ひどく蒸れた空気が漏れ出てくる。埃《ほこり》っぽい臭《にお》いに、妙な生臭さも混じっている。

「……こんばんは」

開ききると、堀晃司と思しき人物は左手、ベッドの脇に、膝を抱えてうずくまっていた。

Tシャツの上半身は華奢《きゃしゃ》で、ジーパンの脚は頼りないくらいに細い。けっこう背は高そうだ。髪は真っ黒で長め。お世辞にも清潔な感じはしない。顔は見えない。

部屋の右手にはパソコンの載った机と、本棚。正面には窓があり、その下には、膝くらいの高さの台がある。そこに、わりと大きなガラスケースが置かれている。一見、中には何も入っていないように見える。空っぽの、水槽？

「晃司さん」

依然、応えはない。

「さきほど、豊玉北の、栄印刷という会社内で、暴力事件が起こったんですが、その、被害者の方が、加害者として、あなたの名前を、挙げておられるんですね……何か、お心当たり、ございます？」

頷いたのか、それともちょっと、顔の向きを変えただけなのか。

「怪我がひどいのは、専務さんの、中原さんという方です。ついさっき、救急車で病院に運ばれました。もう一人は、やはり工場で働いていらっしゃる、本橋さんという方です。晃司さんも一昨日《おととい》まで……ああ、もう三日前になっちゃったか……その、栄印刷さんで働いてたんでしょ？　ご存じですよね、中原さんと、本橋さん。そのお二人が、あなたの名前を挙げてるんです。中原さんと本橋さんに、暴力を振るったのは、堀晃司さん……あなたですか？」

今度は、確かに頷いた。

「じゃあ、署まできて、お話聞かせてくださいます？」

堀晃司は、自分から動こうとはしなかったが、峰岸が手を貸すと、それには素直に従った。おかしな動きをするようなら力ずくでも、と思ってはいたのだが、抵抗らしい抵抗は見られなかった。


タクシーとパトカーに分乗して署に帰った。堀晃司はいったん留置場に入れ、久江たちはデカ部屋に戻り、鑑識の報告を聞いた。

凶器となったのは、例のアレで間違いなさそうだった。

正式名称は「ＰＰバンド用封緘機《ふうかんき》」。要は、段ボールなどの梱包《こんぽう》に使うポリプロピレン製のバンドに、金属の留め具を固定する器具らしい。鑑識はその封緘機から指紋と、中原氏のものと思われる毛髪と頭皮の一部を採取することに成功。これで堀晃司の指紋を採って、封緘機にあったそれと一致すれば事件は解決も同然。現場で採取した足痕《そっこん》と同一のものを堀晃司が所有していれば、さらに申し分なしといったところだろうか。

報告を聞き終わった途端、後ろの方で、原口が妙なことを言い始めた。

「そういえば、あの家の裏の、塀の上なんですけど、ザリガニがね、歩いてたんすよ……

塀の上を、ザリガニっすよ。なんででしょうね。あの近くに、池でもあるんすかね……ねえ、里谷さん」

里谷は「俺は見てねえ」と興味なげ。

「お前、酔っ払ってっから、幻覚でも見たんじゃないのか」

久江は、その宮田係長の意見に賛成、一票。いや、峰岸も頷いてるから二票だ。

取調べは翌朝の九時半頃から始めた。

担当したのはむろん久江、立会いは峰岸だったが、手っ取り早く結果を言うと、まったく、何一つ引き出せなかった。

堀は終始黙ったまま。中原と何があったのか、何を返してもらおうとしたのか。何度訊いても、どう訊いても反応なし。こっちも話のネタが大してあるわけではなかったので、一時間半ほどで手早く切り上げた。

その他で午前中の収穫といえば、凶器から採れた指紋と、逮捕後に採取した堀のそれが完全に一致した、という報告があったことくらい。

食堂でお昼を食べて戻ってくると、ちょうど里谷と原口も戻ってきたところらしかった。

「どうでした、中原氏は」

原口は両手を広げて「ワカリマセーン」のポーズ。里谷はいつものしかめ面《つら》で腕組みをした。

「どうでしたって、言われてもな……どうも、本人もよく分からねえらしい。堀は中原に、図鑑だかなんだかを返せって喚いたらしいが、中原本人は、さっぱり覚えがねえんだと」

「……図鑑？」

まるで子供の喧嘩《けんか》ではないか。

「なんの図鑑かも、分からないんですか」

「ああ。そもそも覚えてねえくらいだから、分かんねえんだろ」

相手を封緘機で殴りつけるくらい、大事な図鑑なのか。

「ちなみに、どんな人物なんです？　中原氏は」

それには原口が答えた。

「まあ、ただの中年男ですよ。何か質問しても、さっぱり分からない、の一点張りで……その続きは決まって、今の若いもんは、ですからね。俺、堀晃司とは二つしか違わないんですけど、ああいうのは正直、気分よくないっすよ。思考停止したオヤジの典型っていうか」

里谷はすかさず「中原は俺と一コ違いだぞ馬鹿野郎」とがなったが、原口が「里谷さんはただの中年じゃないっす、最強の中年です」となだめたため、その場は丸く収まった。

午後から里谷たちは堀晃司の両親に、久江たちは栄印刷で社員に、それぞれ事情聴取をしに出かけた。幸い天気は下り坂。さほど暑くないのはありがたい。

栄印刷では主に、堀晃司の普段の様子について尋ねた。最初に話をしてくれたのは、昨日の本橋和夫だ。怪我は本人が言った通り、ほんのかすり傷程度だったようだ。包帯はしているものの、普通に動かせている。

「まあ……ひと言でいうと、暗い奴ですよ。ここではリフトマンっていって、あの、奥に停めてあるフォークリフトで、荷物の積み下ろしをする係だったんですが、なんていうか……要領も、あまりよくなかったですしね。専務にしょっちゅう怒鳴られてましたよ。辞めるって言い出したのも、専務に怒鳴られたのがきっかけだったんじゃないですかね」

「こちらには、どれくらいお勤めしてたんでしょう」

「そろそろ、半年になるんじゃなかったかな。それにしちゃあ、仕事覚えなかったな」

そうだ。履歴書の日付けも、確か半年ほど前になっていた。

「こちらで、堀さんと親しかった方は、いらっしゃいますか」

「ああ、まあ……同じリフトマンだから、アナイなんかはある程度、喋《しゃべ》ったりしてたんじゃないかな」

その彼にも、話を聞かせてもらうことになった。

穴井恭介《あないきようすけ》、二十九歳。腫《は》れぼったい一重瞼《ひとえまぶた》。根本が一センチくらい黒く戻った金髪に、顎《あご》ヒゲ。これはこれで、堀晃司とは馬が合いそうにないな、というのが第一印象。

それでも、一応訊いてみた。

「堀さんとは、わりと親しくしてらしたとか」

案の定、穴井は苦笑いを浮かべて首を傾《かし》げた。

「別に、親しかったわけじゃないっすよ。ただ、持ち場が同じだし、俺の方が年下だけど、ここじゃ先輩なわけだから、あれやって、これ頼んだよ、くらいは言ったし、向こうも、分かんなかったら俺に訊いてきたし。休憩時間は、無駄話くらいはしたし……でもせいぜい、そんな程度っすよ」

ポケットからタバコのパッケージを出し、一本銜《くわ》える。マールボロ・ライト。ライターはゴールドのジッポーだ。

「どんな方でした？　堀さんは」

彼は煙を吐きながら、二度首を横に振った。

「分かんないっす……あんま、自分のこと喋んなかったしね。引っ込み思案っていうか、まあ……そんな感じでしょ」

「中原専務との関係は、どうでした」

それにも、小さく首を捻《ひね》る。

「まあ、それは、特別どうってわけじゃないと思いますけど、でも、人間的には、合わなかったと思いますよ。あの二人は」

「と、言いますと」

「うーん……まあ、専務は専務なりに、努力してたんでしょうけどね。俺らみたいな下のもんにも、どうだ、元気でやってるか、みたいに声かけて。たまには飲みにも連れてって。俺なんかはいいっすけど、そういうの、堀くんはウザかったんじゃないかな。趣味はなんだとか、しつこく訊かれたりしてたし。彼、どっちかっつーとそういうの、放っといてほしいタイプでしょ。でもそういう空気、専務は全然読まないから。答えないと、むしろ答えるまで喰い下がるタイプだから」

それは、確かに嫌かもしれない。でもだからって、アレで殴りつけることはあるまい。

図鑑についても、何か知らないか訊いてみた。

「ああ、そういえば、堀くんがなんか渡してましたね。なんの図鑑かは、俺は知らないっすけど……専務、そういう貸し借りすると、お互いの距離感、縮まるみたいに思い込んでるとこあるんで。何かっつーと、今度持ってきてよ、貸してよ、って軽く言うんですよ。堀くん、それ真に受けちゃったんでしょうね。でも、専務は忘れてると思いますよ。あの人、本気で分かり合いたくて言ってるわけじゃないから」

ちょうどそこにトラックがきて、穴井は「もういいっすか」と、仕事に戻っていってしまった。

その後、中原の実兄という社長にも話を聞いたが、そもそも堀晃司をよく知らないらしく、参考になりそうな情報は特に得られなかった。

暇《いとま》を告げて工場から出ると、奥の方から「刑事さん」と呼ぶ声がした。振り返ると、穴井がフォークリフトから飛び下りるところだった。

「はい、なんでしょう」

さっきは気づかなかったが、ひょっとすると穴井は、足に怪我をしているのかもしれない。あるいは、もともと不自由なのか。少し左足を引きずるようにしながら、こっちに駆けてくる。

「あの……参考になるか、分かんないっすけど、ちょっと、思い出したことがあって」

「いえ、なんでもけっこうです。聞かせてください」

「はい……あの、堀くんが辞めるとき、俺、ちょっと声かけたんすよ。もう辞めちゃうの、みたいに。そしたら堀くん、うん、って頷いて。そんで……ここでも俺は、必要とされなかった、みたいなこと、言ったんすよね。そんときはなんか、舐《な》めたこと言ってんなよ、みたいに思ったけど……いや、面と向かって言いはしないっすけど、でも、いま思い返すと、あんときの堀くん、すげー、寂しそうだったなって、ちょっと、思い出して……まあ、そんだけなんすけど」

必要とされなかった、か。

「そう……うん、ありがとう。参考になった」

「そっすか。じゃあ、よかったっす」

また、ちょこんと頭を下げ、穴井は再びフォークリフトの方に駆けていった。

右足で力強く、地面を蹴《け》るようにしながら。

署には夕方早めに戻った。

デカ部屋には宮田と、すでに里谷が戻っていた。

「あれ、原口くんは？」

すると、今度は里谷が両手を広げて「ワカリマセーン」のポーズをする。ひょっとしてそれ、流行《はや》っているのか。

「……野郎、ザリガニが気になるから、一人で残るって。馬鹿かってドヤしたんだけどよ、残るって聞かねえんだ。しょうがねえから、俺一人で帰ってきた」

「なんですかそれ」

まったく。小学生じゃあるまいし。

「もう証拠も出揃ってるから、解決したも同然、とか思ってるのかしら」

「ああ。そんなとこかもしれねえな」

こっちは、供述も全然とれていないというのに。

「まあ、それはさて措いて、堀の両親は、どうでした。どんな感じでしたか」

「うん……まあ、相当ショックは受けてたよ。専務さんには、なんとお詫《わ》びを申し上げたらって、母親の方は号泣さ。父親は、難しい顔して固まってたよ。晃司は……あの会社に勤める前は、何年か引きこもってたらしい。いわゆるニートって奴だな。大卒で文具メーカーに勤めて、でも一年足らずで辞めて、引きこもり。二十六になった頃、父親の紹介で不動産屋の営業をやってみたらしいが、これも半年ちょいでギブアップ。そんで、また引きこもり。栄印刷までの間に、一つ二つアルバイトも試したらしいが、どれも長続きせず、辞めちゃあこもり、辞めちゃあこもりの繰り返しだったらしい」

それで今回、半年ほど勤めた栄印刷の専務を、アレで殴って、逮捕か。

堀晃司の場合、都内に両親のいる実家があるからよかったようなものの、そうでなければ「ネットカフェ難民」にでもなっていたのではないだろうか。

「……堀の犯行動機って、なんなんでしょうね」

思わず呟くと、宮田が「馬鹿馬鹿しい」とでも言いたげに、かぶりを振りながら立ち上がった。

「理由なんて、別にないんだろ。図鑑がどうこうって話も、なんだかはっきりしないし。仕事で怒鳴られて、クサって辞めて引きこもって、そんで、貸したもん返してもらってないことを思い出して、取り返しにいったら、今まで怒鳴られて溜《た》まってた鬱憤《うっぷん》が、突如爆発したと……そういうことで、いいんじゃないの？」

そうだろうか。いや、表面的な動機はそれで説明可能かもしれない。でも、堀晃司の心にあったのは、本当にそんな、短絡的な怒りなのだろうか。

穴井が、わざわざ教えにきてくれたあの言葉が、脳裏に蘇《よみがえ》る。

ここでも俺は、必要とされなかった——。

自分を必要としない世間に、あるいは社会全体に、堀は嫌気が差していた。そう考えるのは、穿《うが》ち過ぎだろうか。

とそのとき、急に誰かがデカ部屋に飛び込んできた。

振り返ると、原口だった。

「……ヤバいっすよ。俺、ちょっと大手柄かも」

右手には、ぱんぱんに空気の入ったコンビニ袋を握っている。それを、自慢げに高く上げて見せる。

「俺が昨夜《ゆうべ》見たの、あれ、ザリガニじゃなかったっす」

峰岸が「なんですか」と、原口の顔と袋を見比べる。

「へへ……実はなんと、サソリでした。家の裏手を捜したら、三匹見つかりましたよ」

里谷が「おい、大丈夫なのかよ」とたじろいでみせる。

「いや、分かんないです。でも、奥さんに割り箸《ばし》借りて捕まえたんで、俺は刺されてないです。こうやって振っとくと、下に落ちて溜まってるんで、そんなに危険な感じはしないですけどね」

そういえば、あの部屋の窓辺には、空っぽの水槽のようなものがあった。

すぐさま、同じ階にある留置事務室に向かった。

「すみません、ちょっと、堀に話が」

できることならそのまま、留置場へと続くドアを通ってしまいたかった。が、さすがにそれはできない。ドアには鍵が掛かっている。

「ちょっとなに、魚住さん、いきなり」

奥の机にいた留置係長、磯野《いその》警部補が立ち上がり、顔をしかめながらこっちにくる。もう二人いる係員も、怪訝な顔でこっちを見ている。

「こんな時間にあんた、なに言ってんの。もうこっちは夕食も済んでるんだよ」

「緊急なんです。すぐ堀に話を聞かないと」

「そんな、あんただって新米じゃないんだから。アンバコ（留置場）じゃ調べはできないことくらい分かるでしょう」

分かっている。捜査と留置業務の分離くらい、嫌というほど分かっている。でも――。

「手続は今すぐ宮田がきてしますから、だから早く、堀を出してください」

「なに、何があったの」

幸い、すぐに宮田が判子を持ってきてくれた。磯野は、宮田が被留置者出入簿に名前を書き入れるのを見て「相変わらず汚《きたね》え字だな」とボヤいたが、それでも係員に「出してやって」と指示してくれた。

頷いた係員がキーボックスから鍵を出す。それを鍵穴に差し、留置場出入り口の扉を開ける。

久江はわずかに開いたそこを、強引に引き開けて飛び込んだ。

「あっ、ちょっとッ」

成人男性留置室は通路左手、三つめのドアだ。

ドア脇のブザーを鳴らすと、中にいる担当係員がすぐに開けてくれた。入ったところは留置室を一望できる看守台になっている。

「……あれ、魚住さん。なんですか」

「堀は、堀晃司はどこ」

横一列に並んだ、六つの居室。スリッパが前に出ているのは、中央のふた部屋だけだ。

「ちょっとごめん」

勝手に進み、クリーム色に塗られた鉄格子《てつごうし》の中を覗く。堀は、右から三番目の部屋にいた。

「堀さん、堀さんッ」

彼は右の壁際に、膝を抱えてうずくまっていた。自宅で見たあの姿勢とそっくり同じだ。

後ろに人の気配が増す。宮田と磯野が何か言い合っているが、かまっている暇はない。

「堀さん、ちょっと、教えてほしいことがあるの。あなたひょっとして、サソリなんか、飼育してなかった？」

　ゆっくりと、堀が顔を上げる。じろりと、横目でこっちを睨む。

「……サソリ、なんか、って言い方は、ないでしょう」

「気に障《さわ》ったのならごめんなさい。謝る。でも急いでるの。あなた、サソリ、育ててなかった？　どうなの」

　子供のように、こっくりと頷く。

「何匹、飼ってたの」

「……十、四」

　なんと。

「それ、どうしたの」

「廊下の、窓から……裏に……撒《ま》いた」

　額が、サァーッと冷たくなるのを感じた。

「そのサソリ……なんていう、種類？」

　堀は数秒黙っていたが、やがて何事か呟いた。

「え、なに？」

「……オブ……ソリ」

「聞こえない。もっと、大きな声で言って」

「……オブ……ト、サソリ」

「オブトサソリ？　オブトサソリね」

堀が頷くのを確認し、すぐさまデカ部屋にとって返した。

「原口くん、オブトサソリってどんなサソリか調べて」

はいと答えた原口は、インターネットに繋がったパソコンに向かう途中で、里谷に例の袋を手渡した。里谷は「勘弁してくれよ」と言いながらも、それを受け取った。

宮田が追いついてきた。

「おい魚住、サソリって、どうすりゃいいんだ。そういうのって、どこの扱いだ」

「とりあえず、保健所と、地域課でしょう」

「ああ、そ、そうだな……でも、手が足りないとアレだから、生安（生活安全課）にも声かけて……あと、野方署にも報《しら》せないと」

まもなく、パソコンを弄《いじ》っていた原口が「げー」と声をあげた。

「ヤバいっすよ。オブトサソリって、何種類かあるみたいですけど、どれも猛毒持ちらしいですよ」

途端、里谷が袋を原口に押し付けようとする。原口が受け取らないと分かると、今度は峰岸、宮田、最後に久江。

「よしてよ里谷さん。とりあえずそれは、なんか別の容器に移して、警務かどっかに預かってもらって……私たちも、すぐ現場にいきましょう」

あろうことか里谷は、現場にいくのも嫌だと駄々をこねた。


予想外の大騒ぎになってしまった。

保健所と、練馬署、野方署の地域課、生安課。総勢五十名ほどが活動服を着込み、堀家周辺を捜索に当たった。作業を始めて三十分くらい経《た》った頃には、もう早耳の記者数人が現場に駆けつけてきていた。

堀家は、建物から五十センチほど離して立てられたブロック塀に囲まれている。家屋の裏手、塀の向こうは月極《つきぎめ》駐車場だ。舗装はされておらず、砂利の地面にロープで一台ずつの区画が割ってある。所々に雑草も生えている。

「あ、いましたアーッ」

誰かが叫ぶと、

「こっちにもいましたアーッ」

またどこかで声があがる。

この時点で四匹が見つかっていた。原口が最初に捕らえたのを引いたら、残りは三匹。時刻は十七時四十分。果たして暗くなる前に、全匹捕獲することはできるだろうか。

捕まえたサソリは、とりあえず堀の自室から持ってきた水槽に戻した。どれも体は黄色っぽい。サソリはもっと赤黒いものと思い込んでいたが、どうやらそうとも限らないらしい。

また数分して「いましたァーッ」と聞こえた。駐車場の、草むらの方からだった。

だが、立て続けに、

「見つけました」

「こっち、二匹捕まえました」

塀の内側と、玄関の方からも声があがった。

原口の三匹足す、さっきまでの四匹。それに一匹、一匹、さらに、二匹か？

水槽に集め、改めて数えても――。

おかしい。やはり、合計十一匹になる。

急いで署に戻り、再び堀を出してくれるよう留置事務室に要請した。

五分ほどして刑組課の調室に連れてこられた堀は、ふて腐れたように口を「へ」の字に結んでいた。

留置係員が腰縄を椅子《いす》に結び、峰岸が手錠を外す。

係員が退室するのを待って、久江は始めた。

「堀さん……飼ってたサソリって、ほんとに、全部で十四？」

ここにくるまでに、さらに二匹捕獲したとの報告を受けている。合計十三匹。本当の残りは、一体あと何匹なのだ。

堀は溜め息をつき、自分の腿の辺りに視線を落とした。

「そもそも……どうして、サソリなんか飼ってたの」

あえて今一度「なんか」と付けてみたが、留置場で見せたような反応は、今回は見られなかった。

「ひょっとして、中原さんに貸した図鑑も、サソリと関係があるの？」

ようやく、薄く唇が開く。堀が何事か呟いた。

「え？」

「……もう、絶版なんだ……ようやく、ネットで、手に入れた……大事な……なのに、あいつ」

「そうかもしれないけど、でもだからって、殴っちゃ駄目でしょう」

「それだけじゃない……他にも、いろいろ」

「いろいろ、なに」

するると、また黙り込む。

「堀さん。中原さんに暴行を働いたのは、むろん重大な犯罪だけど、毒を持つサソリを飼育して、しかも屋外にばら撒くなんて言語道断よ。外来生物法違反。それで誰かが刺されて死んだりしたら、あなた、殺人犯よ」

堀の目が、机の中央、一点を見据えて止まる。

「そんなの……俺のせいじゃ……サソリが、勝手に」

「未必《みひつ》の故意って、知らない？　明らかな故意でなくても、そういう危険性を認識していながらやったら、故意と同じになるのよ」

ぐっ、と喉を鳴らし、唾《つば》を飲み込む。

「どうしてサソリを飼ってたの。観賞用に、十四以上っていうのは、ちょっと多過ぎるでしょう。その十何匹かが、いっぺんにあの水槽に入ってたのかと思うと、正直、ぞっとするよ……観賞以外に、なんの目的があったの？」

眉根を寄せ、堀はまたしばし、口をつぐんだ。

峰岸の息遣いも、やけに緊張したものに聞こえる。

「堀さん。サソリを飼ってた目的は、なんだったの」

「……別に、目的なんて……ただ、増やしたかった、だけで」

そんなはずないでしょう、本当はそのサソリで、中原さんを——と言いたいところを、ぐっと堪《こら》える。

ひと呼吸置き、堀の様子を窺う。

今、彼の顔にこれといった表情はない。

「……今日、工場の、穴井さんって人に、会ってきた。辞めるって言ったときのあなたの様子が、すごく寂しそうだったたって、心配してたよ。あなた……彼に、自分はここでも必要とされなかった、って、そう言ったんだって？」

ぴくりと、薄い眉が震える。

「堀さん……私それ、違うと思う」

後ろにいる峰岸がこっちを向く。そんな気配がした。

「最初から必要とされる人なんて、私は、いないと思う。みんな、誰かに必要とされるように、一所懸命努力して、それで、必要とされる人間に、なっていくんだと思う。見たところ、あなたは健康状態に問題はなさそうだけど」

最後に見た、穴井の後ろ姿が脳裏をよぎる。

「腕や足が不自由だったり、目が見えない人だって、みんな頑張ってる。知ってるでしょう？　そういう人、世の中にいっぱいいるでしょう……んーん、むしろそういう人の方が、切実に、社会に関わりたいと思ってるよ。誰かに必要とされたい。必要とされる自分でありたい。社会のお荷物になんてなりたくない。そうやって、歯喰い縛って、みんな、必死こいて生きてるよ。それに比べたら……」

なんだろう。どうしようもなく、悔しい気持ちになる。

「やっぱり……あなたは甘えてると思う。ご両親が健在だから、たまたま飢え死にしないで済んでるだけでしょう。でもそれって、やっぱり健全なことじゃないよ。別に飢え死にしろとは言わないけど、でも、もっと苦しい思いしなきゃ駄目だよ。そういうこと、知らなきゃ駄目だよ」

ねえ、聞いてる？

「もしあなたが、アフリカ辺りの、ジャングルで暮らす部族の一員で……健康だし、若いのに、でもあんまり働かないで、なのにご飯になったら寄ってきて、食べたらあとは寝てるだけ……そんなだったらどうなるか、想像つくでしょう？　すぐ、仲間はずれにされちゃうよ。でも、あなたがしてきたことって、そういうことなんだよ。狩りが上手くいかないから、諦《あきら》めて寝てる。木の実を集めたら、重くて運ぶの嫌になって、手ぶらで帰ってきちゃう。でもそれじゃ、誰もあなたを必要としなくなるよ。当然でしょう？　当てにできないもん、そんな人」

堀は、黙っている。でも表情は、さっきとは少し、違ってきたように見える。頬に、わずかだが強張《こわば》りが見える。

「……綺麗事《きれいごと》に、聞こえるかもしれない。でも社会って、人と人との共存って、集団が大きくても小さくても、同じなんだと思うよ。働くってことは、誰かの役に立とうとすることなんだと思う。この机だって、今あなたが着てる服だって、誰かが一所懸命作ったものなんだよ。相手が見えないってだけで、でもやっぱり、これって共存なんだよ」

覗き込むと、かえって顔を背けられてしまった。

「だったら、あなただって何かして、社会に返さなくちゃ。何かやって、みんなに、必要とされる人間にならなくちゃ。もう……三十一でしょう。そろそろ、分かってもいい頃じゃない？　必要とされてないとか、イジケてる場合じゃないよ。逆恨みして、サソリばら撒いてる場合じゃないよ……大人になろうよ。今回の事件が、あなたにとっての、そのいい転機になったらって、私は今、そう思ってる」

以後も、堀は黙ったままだった。

二十一時十分前になって、留置係員が迎えにきた。

「お疲れさまです。そろそろ、終わりにしてください」

被留置者の処遇を決定するのは留置係であり、刑事ではない。これに逆らうことは、できない。

「……分かりました。今日は、これで終わりにします」

三人で協力しながら、手錠をはめ、椅子に結んだ腰縄を解く。

だが、

「……よろしく、お願いします」

久江が係員に頭を下げた、そのときだった。

堀が、低い声で呟いた。

「俺だって、頑張ってた……必死こいて、頑張ってた」

悔しそうに、鼻筋に皺《しわ》を寄せる。

しかし、その発言を受け入れることは、久江にはできない。

「……誰のために？」

堀はこっちを見もせず、奥歯を嚙《か》み締めただけだった。

「それって、お金のため……要は、自分のためだったんじゃない？　それとも、自分以外の誰かのために頑張ったこと、今までにあった？　人がね、自分のためだけに出せる力なんて、案外、ちっぽけなものだよ。騙《だま》されたと思って、誰かのために……自分以外の誰かのために、頑張ってごらん。勇気、出してごらん。きっとあなたは、変われると思うよ」

さあ、と係員が促す。だが久江は、最後に、と二人を引き止めた。

「これだけは教えて。本当のことを言って。サソリは、全部で、何匹飼ってたの？」

堀が、静かに吐き出す。

「……十……な……匹」

「え？」

「……十、七匹」

ということは、あと四匹。

「間違いない？　全部で十七匹、それ以上はいない？」

堀が頷く。

すると、ちょうどそこに出てきた宮田が、安堵《あんど》したように報告した。

「いま連絡が入って、十三匹、捕獲したって。原口のと合わせたら、十六匹……ただ、辺りをよく調べてみたら、玄関のところで一匹、踏み潰《つぶ》されて死んでたって……だから、十七匹……それで、全部だろう」

玄関で、踏み潰されて——。

思わず峰岸と目を見合わせる。あっ、と言った峰岸が、右足を上げ、靴底を確かめる。たぶんそうだ。昨夜、堀を確保にいった、あのときだ。

係員が今一度促す。堀は俯《うつむ》いたまま、大人しくそれに従った。

多くを語らぬ被疑者と、係員の後ろ姿を、廊下で見送る。

やがて二つの背中は、留置場へと続く角を曲がり、消えた。

その途端、ひどい徒労感が込み上げてきた。

すがるような気持ちでもとの、取調室の椅子に座り直す。

「……私、なに言ってんだろう……馬鹿みたい」

やけに立派な演説をぶった。それが今になって、急に恥ずかしくなった。誰かのために、頑張れ。そんな相手、自分にだって、いやしないのに——。

サソリの捕獲が完了したという安堵よりも、むしろ、自己嫌悪《けんお》。どうにも、立ち上がれる気がしなかった。心も体も、深い穴に落ち込んでいくかのようだった。

でも、そんな久江を、ふいに誰かがすくい上げた。

峰岸だった。

机の上で組んだ両手を、峰岸が、そっと包んでくれていた。

「そんなこと、ないです……ちゃんと、伝わったと思います。堀、ちゃんと、分かったと思います」

顔を上げることは、できなかった。

素直じゃないなと思いつつ、彼に向き直ることもしなかった。

ありがとう。

ようやくそれだけ、声に出して言った。

少し、震えてしまった。

ブルードパラサイト

その日の昼食は、人生で初めて万馬券を当てたという原口巡査長が奢《おご》ってくれた。しかも、強行犯係の全員に。

最初はみんなで「『紅花《べにばな》』の冷やし中華にしよう」と言っていたのだが、電話をすると、夏メニューは九月で終了したと言われてしまった。

それから慌《あわ》ててメニュー変更。係長の宮田警部補と里谷デカ長はチャーシューメン、若い原口と峰岸の巡査長コンビはラーメンとチャーハンのセット、久江は中華丼をお願いした。

この「紅花」という店は、練馬署から離れているわりに億劫《おっくう》がらず出前をしてくれるし、何しろ味がいいと評判の中華蕎麦《そば》屋だ。塩辛いのがあまり好きではない久江も、ここの料理なら付き合える。

しかも、警察だから少し気を遣ってくれているのだろうか。遠いからといって、そんなに時間がかかるわけでもない。いつも十五分か二十分で持ってきてくれる。お陰で料理はいつもアツアツ。むしろ舌を火傷《やけど》して困るくらい。特に中華丼みたいな「あんかけもの」

は要注意だ。

麺ものだからか、最初に食べ終わったのは里谷と宮田だった。

「ごっそーさん」

「んん……食った食った。ご馳走《ちそう》さん」

次に早く終わった峰岸は、丁寧に「ご馳走さまでした」とお辞儀をした。久江と原口は、ちょうど同じくらいだった。

「……ご馳走さま。美味《おい》しかった」

食べ終わった器は、峰岸と二人で給湯室に運んで洗った。原口も手伝おうとしたが、奢ってもらった上に皿を洗わせては申し訳ない。いいからゆっくりしててと、久江がお茶を淹れて座らせておいた。

それから、署の裏手まで出て一服して、戻ってきたのが十三時半くらい。その後はなんとなく、週刊誌を眺めたりして過ごした。

要するに、暇だったのだ。最近手がけた事案のほとんどは先週で片がついていたし、週が明けてからは特に事件らしいことは起こっていなかった。

まあ、警察が暇なのは、世の中的にはけっこうなことなのだが。

「……あ、また菊地美奈子《きくちみなこ》ですね」

隣の席から峰岸が、久江の開いていたページを覗《のぞ》き込む。

「なに、好きだったの？」

峰岸は、ひどく残念そうに頷《うなず》いた。

「ちょうど自分なんかの高校の頃が、絶頂期でしたからね……それが、覚醒剤《かくせいざい》所持って……しかも二度目でしょ。キツイですよね。もう終わりでしょう」

そうか。峰岸はこういう、ちょっととっぽい感じの女性が好きだったのか。意外だ。

一応、そうね、と頷いておく。

「なかなか、やめられないものらしいからね」

そうは言ってみたものの、実はまるっきりの他人事《ひとごと》というわけではない。久江自身、禁煙には何度も失敗しており、四十三になった今もなお、三日でふた箱くらいのペースで吸い続けているベテランスモーカーだ。

覚醒剤を断った人の多くは言う。もうやめた、大丈夫、という状態はあり得ない。ただひたすら、毎日やめ続ける。それしかない。クスリを打たない日を、一日一日積み重ねていく。死ぬまでそうしていくしかないのだと。

その他の違法薬物もそうだが、身体依存の症状が治まったあともずっと、長期にわたって精神依存は残り続ける。極端なことを言えば、脳は一生クスリの快楽を覚えている。だからこそ、クスリを打たない「今日という日」の積み重ねが大切だ、ということなのだろう。

それと、環境か。クスリがすぐ手に入る環境、使用できる環境から自身を遠ざけないと、なかなかやめることはできない。

実はタバコも、身体依存以外の点はまったく同じと言っていい。ひと口吸い込んだときの内なる解放感を、脳はずっと覚えている。ふとした瞬間にそれを思い出し、吸いたい気持ちが頭をもたげてくる。また、タスポの導入で購入が面倒になったとはいえ、要はカードを作ればいいわけだし、そうでなくともコンビニにいけばすぐに買える。そして、タバコを売っているコンビニの前には灰皿がある。飲食店だって、探せばまだまだ吸える店はある。特に久江の場合は、家に帰れば吸い放題だ。文句を言う同居人も、訪ねてきてヤニ臭いと顔をしかめる恋人もいない。

精神依存と、入手手段と、摂取場所。これらがなくならない限り、自分に禁煙は無理だろう、などと考えていたときだった。

「はい、強行犯捜査係」

珍しく宮田が、プルッ、と電話が鳴った瞬間に受話器をすくい上げ、応対していた。滅多に出さない「やる気」が垣間見《かいまみ》える。

「ええ……は？　はい、分かりました。中山医院ですね……いえ、分かります。大丈夫です……はいはい」

だが、分かると繰り返したわりには、宮田は受話器を置いてすぐ首を傾《かし》げた。

「どうかしましたか」

久江が訊《き》くと、さらに眉《まゆ》をひそめる。

「んん。石神井町《しやくじいまち》三丁目の中山医院に、男が一人、救急車で運び込まれたらしいんだが、なんでも……女房に刺されたとか、そんなことを言ってるらしい。お前らちょっと、いって様子を見てきてくれよ」

久江と峰岸を一往復、指で示す。

当番日が一緒なのだから、当たり前といえば当たり前だが、最近すっかり、久江は峰岸とのコンビで動くことが多くなっている。


中山医院に到着したのが午後三時頃。治療が終わって、被害男性が病室に運ばれてきたのが、その三十分後くらい。

「恐れ入ります。練馬警察署の者です」

手術は局部麻酔で行ったのか、被害男性はその時点でちゃんと意識があった。顔つきも、会話くらいは問題なくできそうだった。

「……刺された、というふうに、救急隊の方からは伺っておりますが、もう少し詳しく、前後の事情をお聞かせください」

宮田が言った「女房に」という行《くだり》は、今はあえて知らぬ振りをしておく。

「ではまず、お名前から、お願いできますか」

男は難しい顔をしたまま、天井を睨《にら》んでいる。

「……ヨシザワ、トオルです」

吉沢徹、三十六歳。ここまでは救急隊員から聞いた情報の確認だ。

職業は、ウェブデザイン会社の社長。

峰岸が書き取ったのを確かめてから続ける。

「刺したのは、どなたですか」

「……妻です」

「お名前は」

「アキホ……明るいに、稲穂のホ」

吉沢明穂、と。歳は二十八だそうだ。

「明穂さんは、専業主婦ですか」

「はい。子供がいるんで、今はそれにかかりきりで」

「お子さんは、おいくつ」

「まだ、生まれて半年です」

そんな乳飲み子の母親が、なぜ夫を刺したりしたのだろう。育児ストレスだろうか。

「刺されたのは、どちらでですか」

「自宅のマンションの、リビングです」

住所を訊く。練馬区中村三丁目八－△、メゾン中村橋、一〇六号室。

「では、どういった状況で刺されたのか、できるだけ詳しくお聞かせください」

多少傷が痛むのか、吉沢徹は、チクッと眉をひそめてから話し始めた。

「急ぎの、仕事があって、昨夜《ゆうべ》は徹夜になって……朝方、少し事務所で仮眠をとって、昼過ぎになって、家に帰ったら……そしたらもう、いきなりですよ。リビングに入ったら、妻がいきなり殴りかかってきて。訳が分からないですから、こっちも……何すんだって、二、三度振り払って。そしたらなんか、包丁持ち出してきて……一、二回は避《よ》けられたんですけど、でも結局、刺されてしまったと」

確かに、それだけでは訳の分からない話だ。

「その後、吉沢さんはどうされたんですか」

「どうって……靴も履かないで、慌てて外に逃げ出して。妻は追いかけてきませんでしたけど、でもこのままじゃ、ひょっとしたら、死んじゃうかもしれない、と思って……自力で救急車を呼びました。幸い、携帯はポケットに入ってたんで」

素人《しろうと》には、どれくらいの傷で人間が死ぬかはよく分からないだろうが、少なくとも局部麻酔の手術で済んで、術後すぐにこれだけ喋《しゃべ》れるのだから、そんなに大した傷ではなかったと思っていい。

「こういうことになった原因に、お心当たりは」

徹は、溜《た》め息《いき》のように吐き出しながら小さくかぶりを振った。

「いいえ……多少、ヒステリックなところのある女だとは思ってましたけど、まさか、私を殺そうとするなんて……思ってもみませんでした」

それ以前に、久江にはこの、吉沢徹という男の妻に対するスタンスの方が分からなかった。

「刺された」のと「殺そうとした」のとでは、法的な解釈は大きく変わってくる。前者は傷害事件、後者だったら殺人未遂事件だ。夫婦なら、たとえ諍《いさか》いの末に起こったことだとしても、警察官の前では妻をかばい、ちょっとした痴話喧嘩《げんか》でしたと言い訳するのが普通ではないだろうか。そんなのは、単なる独身者の幻想だろうか。

その気で見れば、徹はちょっと童顔というか、年齢のわりには可愛《かわい》い顔をしている。髪も少し伸ばし気味で、明るめに染めている。だいぶ遊んでいるのかも、という警戒の目で見れば、彼がグラスを片手に派手な女と笑い合う場面も容易に目に浮かぶ。

いやいや。今のこの時点で、被疑者である吉沢明穂に肩入れするのはマズい。

「すると、いま奥様は、まだご自宅ですか」

それにも徹は小首を傾げた。

「……私が出てきたときのままなら、そういうことになると思いますけど」

やはり、ここは一つ現場にいってみるべきだろう。

久江は続けて、徹に自宅マンションの間取りを説明させた。


念のため、最寄りの中村橋交番から二名ほど応援にきてもらい、四人で現場に向かった。

メゾン中村橋は、建物の造りは古いが最近全面改装をしたらしく、パッと見は実に小綺《こぎ》麗《れい》な感じのマンションだった。その一〇六号室。

呼び鈴の音も「ぽろりん」と軽やかだ。

「……恐れ入ります。練馬警察署の者ですが」

数秒、間を置いてからインターホンにそう言ってみたが、応答はなし。直接ノックしてみたり、再び声をかけてみても、同じ。

はて。ヒステリックに亭主に殴りかかった挙句、包丁で刺したという妻は今、果たしてこの部屋にいるのだろうか。いるとしたら、どういう状態なのだろうか。特に精神面で。

「……いらっしゃいませんか……吉沢さん」

試しに、マットゴールドのドアレバーを握り、押し下げてみる。

なんと、回った。ドアはロックされていなかった。ということは、刺された吉沢徹が飛び出していって、そのときのままということなのか。あるいは明穂もその後に出ていって、施錠《せじょう》しなかったのか。

そっと、ほんの数センチ、引き開けてみる。チェーンの音はしない。本当に、このまま入れそうだ。

すると峰岸が、スッと片手を出して久江を制した。自分が先にいく。そういう意味らしい。そうか。興奮した明穂が、いきなり切りかかってくる可能性だってなくはないのか。

頷いてみせると、峰岸は真剣な顔つきで久江と立ち位置を入れ替わり、押し下げていたドアレバーを引き継ぐように握った。応援の二人は警棒を握り、峰岸の左右に控えている。

「吉沢さん……開けますよ」

刃物を握った女が突進してきたら、とりあえずドアを盾にして押し返す。そんな構えで峰岸は、少しずつ、ドアを引き開けていった。久江はその肩越しに現場を覗いていた。

十センチ開くと、少なくとも玄関回りに人がいないことは分かった。二十センチ開くと、内部の構造も大まかにだが確認できた。

入ってすぐ右手に幅のせまいドアがある。徹の説明によると、そこはトイレということになる。短い廊下の先にあるドアは開いており、広く明るいリビングまで見通せた。その、向こう正面の壁、腰高の窓の下に据えられたソファに、人影がある。髪の長い女だ。

久江は峰岸の肩を叩《たた》き、再び立ち位置を入れ替わった。

「吉沢さん……ごめんください。ちょっと、失礼しますね」

玄関からだと、女までは六、七メートルあるだろうか。横向きで、ソファに正座をするような恰好《かっこう》のため、表情はまったく分からない。

ゆっくりとドアの中に入る。手を使わずにパンプスを脱ぎ、女から目を離さないようにしながら玄関に上がる。

長い髪は黒。真紅のニットに、黒いパンツか何かを穿いている。なかなか情熱的なカラーコーディネイトだ。

「すみません……あの、練馬警察署の者なんですが」

摺《す》り足の要領で進む。トイレの前を通過し、すぐリビング入り口に到達する。女との間にはローテーブル。

「えっと……吉沢明穂さん、ですよね……」

そのときだ。それまでこっちに右側を向けていた女が、右手を突き出しながら久江たちに向き直った。

握っているのは、包丁。血が付いているようにも見える。

左手は、ちょうど胸の前で赤ちゃんを抱いている。

ヒィッ、と思ったが、ここで慌てた様子は見せられない。

とっさに二人が向けた警棒を手で制す。まだそこまでの対決姿勢を示すのは早い。

「明穂さん……そういうの、よしましょう……うん、必要ないのよ」

抑えて抑えて、みたいな手振りで近づいていく。それが、こういったケースでの正解かどうかは分からないが、とにかく、落ち着かせることが先決だと久江は思った。

室内は静まり返っている。聞こえるのは、どこにあるのかは分からないが時計の秒針の音と、床を摺る自分たちの足音くらいだ。赤ちゃんは身じろぎ一つしない。眠っているのかもしれない。

ローテーブルまであと一メートル、彼女までは二メートルというところまできて、包丁の向きが変わった。

刃部を、あろうことか胸に抱いた赤ん坊に向ける。

「……こないでよ」

芯《しん》のある、よく通る声だった。

つまり、近づいたらこの子を殺す——なんて無茶を言うのだろうと思ったが、それでも久江たちには充分な脅しになった。

「明穂さん……落ち着いて」

否定しないところを見ると、この女が吉沢明穂であると思っていいのだろう。パッチリと大きな目、ぽってりとした赤い唇、シャープな顎《あご》のライン。今どきな感じの、かなり派手めな顔だ。

「なんで、そんなことするの……自分の子でしょう。おかしいでしょう」

「いいからこないでッ」

ヒステリックなところがある、という徹の言葉を思い出した。確かに、きつく睨みつける目つきにも、固く喰い縛る口元にも、それっぽい傾向は見受けられる。おっとりしたお嬢様タイプ、には間違っても見えない。

「分かった、いかない……ここから、そっちにはいかない。だから、ちょっとだけ、お話ししましょう。私たちは、ここでいいから……ね？」

なんとなく、隣にいる峰岸に同意を求める。ええ、と彼も頷く。

「あの……お分かりか、とは、思うんだけど……今日のお昼頃、こちらの旦那《だんな》さん、吉沢徹さんが、お腹《なか》を刺されてね、救急車で病院に運ばれたのね。その吉沢徹さんにね、私たちはお話を伺って、こちらで、何か奥様と……つまりあなたと、トラブルでもあったのかな、って……そこのところのね、事情を伺えたらと思って、お訪ねしたんですね」

依然、明穂は包丁を我が子に向けたまま、久江たちを睨みつけている。

「何が、あったのかな……そりゃ、旦那さんに対してはね、普段の生活の中で、イラッとくることも、正直、あると思う。彼、昨夜から帰ってなくて、お昼頃に帰ってきて……そのときに、だったんですって？」

ひと呼吸置く。

「お子さんは、まだ生後六ヶ月だって伺ってるけど、どうなのかな……夜泣きとか、大変なのかな……私は、子供とかいないから、分からないんだけど、でも、そういうお話を聞くと、大変そうだなって、いつも思います……」

見れば、赤ん坊の着ている服は黄色。男の子とも、女の子とも断定できない。せめて性別でも分かれば話しやすいのだが。徹に訊いてこなかったことを、今さら悔やんでも仕方ない。

ダメモトで訊いてみるか。

「あの……赤ちゃんは、男の子？　女の子？」

前には出ず、首を伸ばすようにして覗く。

「ちょっと……ここから見えるだけじゃ、分からないのよね……」

すると、明穂は自分の胸に押し付けるようにして子供の顔を隠した。やはり、本気で子供に包丁を向けているわけではないのだ。それだけは、確認できた気がした。

「よそうよ……そんなこと」

そのときだ。

顔を胸に押し付けられて苦しかったのか、急に子供がむずかり出した。

赤ん坊特有の、アーッとも、ワーッともつかない声で吠え、四肢を突っ張って暴れ始める。抱いているといっても、明穂が使っているのは左腕一本。二の腕辺りを枕にして、前腕と手で背中と尻を支えているだけだ。下手をしたら取り落とすことにもなりかねない。

しかも、滅茶苦茶《めちゃくちゃ》に振った小さな手が、あろうことか包丁に当たった。

「あっ……」

明穂の表情が凍りつく。だが、すぐに子供の身を案ずる親の顔に変わり、包丁をその場に捨て、右手で子供の左手を確認する。赤ん坊の手は小さい上に、たぶんとても柔らかい。

闇雲《やみくも》に振って自ら刃に打ちつけただけでも、太い神経を損傷するような大怪我《おおけが》をしないとも限らない。

手が痛いからかどうかは分からないが、子供は火がついたように泣き始めた。その混乱に乗じて、久江と峰岸が明穂に近づいた。あとの二人は左右に広がった。

峰岸がさりげなく包丁を拾い、その場を離れる。残った久江は、明穂の肩を抱くようにしながら二人の状態を確認した。

幸い、子供の手にはかすり傷一つついていなかった。

それを見た明穂は、一瞬安堵《あんど》したような表情を浮かべたものの、すぐに自分の立場が転じてしまったことにも気づいたようだった。

不安げな目で久江を見上げる。

久江は、ゆっくりと一度、頷いてみせた。

実子に対してではあるが、それでも吉沢明穂は「人質による強要行為等の処罰に関する法律」に違反したことになる。あるいは強要罪か、児童虐待《ぎゃくたい》か。いずれにせよ、現行犯逮捕。直ちにパンダを一台呼び、峰岸が付き添って本署に連行した。

それと前後して、現場には鑑識係が入ってきた。久江が事情を大まかに説明し、指紋や血痕《けっこん》等の採取を頼んだ。

そこまではいい。いつも通りの捜査手順。慣れたものだ。

むしろ、問題は子供だった。明穂が連行されていったあとは、ずっと久江が抱っこしてあやしていたのだが、これがちっとも泣き止《や》まない。かといって、鑑識は忙しいから誰も手を貸してくれない。仕方ないので、本署から原口を呼び寄せた。彼は三歳と一歳の、二児の父親である。

「うーん、よちよち……ん、ちょっと、くちゃいでちゅね。オムツを換えてみまちょーか」

実は、久江もその臭《にお》いには気づいていた。だが、下手に開けて上手《うま》く納められなかった場合のことを考えると、怖くて開けられなかったのだ。

しかし、さすがは一歳児の父親である。原口はササッと室内を見回し、リビングの隅に置いてあった紙オムツの袋から一枚取り出し、ローテーブルの下におしり拭《ふ》き専用ウェットティッシュを見つけ、子供を隣室のベッドに寝かせるや否《いな》や、内股《うちまた》で留めているスナップボタンをパスパスッと外し、迷うことなくオムツ交換を始めた。

「ああ、これじゃ気持ち悪いよねぇ……あのオバちゃん、換えてくんなかったのぉ……そう、かわいちょーに」

仕方ないだろう。弟夫婦はまだ新婚だし、その他の身内にも赤ん坊はいない。子育て体験はまったくのゼロ状態なのだ。

ちなみに、その様子からすると女の子のようである。

「原口くん。どっか、服とかに名前書いてない?」

「ん、どうかな……ああ、ありました。ミホちゃんですね」

明穂の娘で、ミホ。すると漢字は「美穂」だろうか。


署に戻ったのは夕方、十七時頃だった。

ミホの世話は引き続き原口に任せ、久江は明穂の弁解録取書を作成することになった。聞けばすでに指紋採取も終え、峰岸と第一調室に入っているという。

「遅くなりました」

ドアを開けると、明穂はスチール机の向こうの席で肩を落としていた。久江と峰岸に包丁を向けたときの、あの夜叉《やしゃ》のような形相は微塵《みじん》もない。

それとなく目を合わせると、峰岸は小さくかぶりを振った。ずっと黙ったままです。そういう意味にとれた。

明穂の向かいに腰を下す。

「えっと……ああ、私、魚住といいます。名刺、一応ここに置いときますね……じゃあ、まず最初に、氏名と年齢を確認させてください」

吉沢明穂、二十八歳、主婦、夫は吉沢徹、というところまでは間違いないようだ。一つひとつの質問には一応頷き、場合によっては「はい」と返事もする。弁護人との接見についても「大丈夫です」としっかり答えた。

「はい……それではですね。ここにあなたをお連れしたのは、基本的には、あなたがお嬢さん……ミホちゃんに、刃物を向けたことについて、お話を伺うためなんですが……どうかしら。私には、あなたが何かしらの目的を持って、ああいう行動をしたわけではないように見えましたけど。どうですか。話、できますか」

明穂は黙っている。まあ、こっちもそう簡単に口を割ってくれるとは思っていない。

「お宅でも申し上げましたけど、私たちがお伺いしたのはね、あなたの旦那さんがお腹を刺されて、それが奥さん、明穂さんによるものだって聞いたものだから、それを確かめにいったんですね。でもあなたは、私たちがその話を切り出すより前に、ミホちゃんに包丁を向け、近づかないよう私たちに言ったでしょう。それは……どういうことなのかな。理由があるなら、聞かせてもらえないかな」

沈黙を続ける明穂の様子は、ひと言で言えば「憔悴《しょうすい》」が一番近いだろうか。何一つ話すものか、といった意固地さも、捜査員を馬鹿にした態度もまったく見受けられない。ただ、涙涸《か》れるまで泣いて、何が悲しいのかもよく分からなくなってしまった。そんな状態に見える。

最初の確認以降、その口から出てくるのはゆるい溜め息ばかりになった。久江もいろいろ、同じような質問でも言葉を変えてみたり、明穂に同情的な表現を織り込んだりしてみたが、これといって自発的な弁解は聞けなかった。

それでも、久江が作成した弁録書の【自分の子供に刃物を向け、警察官に近づかないよう要求したことは間違いありません。】という文面に異議は申し立てず、明穂は署名にも指印にも素直に応じた。

捜査会議は夜の八時頃から始めた。場所はデカ部屋の並びにある第二会議室。参加者は強行犯係の全員と、鑑識係から三名。

報告は鑑識係の主任、児玉《こだま》巡査部長から。

「リビングと玄関周辺で採取した血痕、並びに押収《おうしゆう》した包丁に付着していた血液は、吉沢徹と同じB型でした。一応DNA鑑定には回しましたが、ちょっと本部も混み合ってるみたいで、時間はかかりそうです。包丁に残っていた指紋、掌紋は、吉沢明穂のものだけ。

それ以外は検出できませんでした。また、足痕ですが……だいぶ魚住さんたちが踏み荒らしてくれたんで、犯行状況を推測するのは難しいんですが」

状況が状況だったんだから仕方ないでしょ、とは思ったが言わずにおいた。

児玉はホワイトボードに描いた現場見取り図を示して説明を始めた。

「血痕があったのは、ここと、ここ。それから、ここ……」

つまり、血痕とわずかに採取できた足痕から推測するに、二人はまず玄関に通ずるドア口で争い、その後に明穂がキッチンまでいって包丁を手に取り、テーブルの周囲を回るように徹を追いかけ回した挙句、最終的にまたドア口まできて刺したのではないか、ということだった。

完全に、徹の供述通りの鑑識結果である。

翌日も久江は明穂の取調べを行った。だが、昨日に引き続き明穂は完黙《かんもく》。何一つ供述を引き出せないまま、とうとう一日半が過ぎてしまった。

十七時過ぎにデカ部屋に戻ると、ミホを児童相談所に預かってもらって手が空いた原口も、聞き込みから帰ってきていた。

しかし、

「……あれ、里谷さんは？」

見回しても、デカ部屋にその姿がない。

宮田係長が「ああ」と、机についたままこっちを向く。

「里谷は午後から、野方《のがた》に立ったマルB絡《がら》みの特捜に引っぱられてったよ」

「野方」は南隣の管区を受け持つ警察署、「マルB」は暴力団。マルB畑に長くいた里谷は、近場でその手の事件が起こるとよく駆り出される。

「じゃなんですか、いま裏取りに動けるのって、原口くんだけですか」

「そういうことになるね」

「里谷さん、いつ帰ってくるんですか」

「一応、十日で返す、とは言われてるけど」

そんな馬鹿な。

「ちょっと……こっちだって、送検まで時間がないんですよ。いろいろ確認してきてもらいたいことだってあるんですから」

だがそこで、なぜか原口が「まあまあ」と割って入ってきた。

「……魚住さん。ちょっと俺のこと、見くびってませんか。今日の俺の成果、けっこうスゴいっすよ」

別に見くびったりはしていない。万馬券当てたし、子供の世話は上手いし。けっこう尊敬している。

「なに、なんか分かったの」

「ええ……実は、吉沢徹は一ヶ月ほど前に、写真週刊誌に載っちゃってたんですねぇ」

じゃじゃん、と背後に持っていた薄っぺらい雑誌を出してみせる。タイトルは奇《く》しくも、久江が昨日捲《めく》っていたのと同じ「ＳＰＬＡＳＨ」だ。

「これです……見てください」

大きな白黒写真で埋め尽くされた見開きページ。右上にはバツイチ女優と若手男優の密会現場、その下には恋多き女といわれた人気女優の新恋人発覚スクープ。だが原口が指差しているのは、左ページの上だった。

ツバの大きな帽子をかぶった、すらっとした、シックなファッションの女性と並んで立っている、明るい色のスーツを着た男性。顔にはモザイクがかかっているため、その男が吉沢徹かどうかは分からない。

【9月某日の昼下がり。都心の路地裏にあるイタリアンレストランから出てきたのはモデル出身のアネ系女優、阿川佑子《あがわゆうこ》（32）。仲良くパスタをシェアしていた相手はＩＴ関連会社のイケメン社長。「大学時代の先輩で良き相談相手」というのは所属事務所の説明だが、

佑子ネエさんは先輩と無言で見つめ合い、一体何を相談していたというのだろう。

阿川佑子なら久江も知っている。最近でこそ主演作はあまり見かけないが、ちょっと前までは「お嫁さんにしたい有名人ランキング」でもベストテンに入るくらいの人気女優だった。

「これ、本当に吉沢なの？」

原口は自信あり気に頷いた。

「これを教えてくれたのは、吉沢の会社の社員でして。本人も笑って認めてたみたいですよ。っていうより、自分から率先して言い触らしてたらしいです。週刊誌に撮られちゃった、みたいに。でも、不倫については否定してたみたいです。これを撮られるちょっと前に、大学のサークルのOB・OG会があって、そこで久し振りに再会した吉沢と阿川佑子は意気投合、後日連絡をとり合って、ランチを共にした……って、ことらしいんですけど」

そういうことも、確かにあり得なくはないだろう。

「……で、これが明穂にバレちゃった、と」

「そこんところは分かりませんけどね。ただ、吉沢はわりと、家庭のことも会社で喋るタイプらしいんですよ。吉沢と同年代の男が三人、二十代後半の女性が一人の、小さな会社なんですけど、雰囲気は確かにアットホームっていうか、友達付き合いの延長みたいな感じがあって。なもんで、もしこの一件がバレて修羅場になったんだとしたら、会社でもそういうふうに話すんじゃないか、って言うんですよ」

「具体的には、誰がそう言ってるの」

「いや、社員一同が。でも、この記事が出たあとに、特にそういう雰囲気はなかったっていうんです。普通に子供のことを喋ったり、夜泣きで寝不足で奥さんの機嫌が悪いとか、その程度だったらしいです」

するると、明穂は雑誌発売直後には見なかったものの、一ヶ月近く経《た》った昨日になって、なんらかの偶然で記事を目にし、逆上した、ということだろうか。

「……美容院にいって、古い号を捲ってたら、たまたま見つけちゃったとか、そういうことかしら」

「でもこれ、いくら奥さんだからって、分かりますかね。顔全体がモザイクですよ」

確かに、スーツの色の濃さだけで自分の夫と特定するのは難しいかもしれない。何しろ写真は白黒なのだ。

「ネクタイも……んー、これじゃ柄までは分かんないわね」

「特定するとすれば、髪型と、あとはこの、ＩＴ関連会社のイケメン社長、ってところでしょうかね」

　時計を見ると、まだ十八時前だった。

「……係長。私、今からちょっと病院にいって、吉沢徹に会ってこようかと思うんですが」

　宮田は小さく頷いた。

「うん……いいんじゃない」

　すると、原口と峰岸が同時に「俺も」と手を挙げた。だがすぐに「やっぱりどうぞ」と、お互い相手に譲ろうとする。

「ちょっと、どっちなの。いきたいの、いきたくないの」

　原口は苦笑いを浮かべながら首を掻《か》いた。

「いや、ここはお前に譲るからさ、その代わり明日、予定通り休みとらせてよ。万馬券でみんなには奢ったけど、実は家族には、まだなんもしてやってないんだよね。嫁もしばらく振りに美容院いきたいっつって、もう予約しちゃったっていうし。せめてその間の子守りだけでも、してやりたいんだよ……頼むよ、峰岸」

　はあ、とゆるく峰岸が答える。

「自分は、いいですけど」

どうなのよ、係長。っていうか今の話、聞いてました？

中山医院に着いたのは十八時五分過ぎだった。受付で確認すると、面会は夜八時十五分までだという。話を聞くには充分だ。

「こんばんは……お加減、いかがですか」

病室を訪ねると、吉沢徹は電動ベッドで四十五度ほど上半身を起こし、新聞を読んでいた。ちなみに明穂の逮捕については、今朝一番でここを訪れた里谷組が知らせているはずである。

「ああ……どうも」

吉沢は黒い太めのフレームのメガネをはずし、畳んだ新聞と共にベッドテーブルに置いた。

「妻が……明穂が、いろいろご迷惑をおかけして、申し訳ありませんでした……それと、ミホも」

神妙な表情で、首だけのお辞儀をする。腹を刺されているので、それが限界なのだろう。

「いえ……ミホちゃんのことは、心配要らないと思います。児童相談所が、責任を持って見てくれていますから。ただ、心配なのは明穂さんの方です。現状、署に連行されてからは何も事件について話してくれていません。とりあえず、明日にはいったん検察に送致することになると思いますが、その後は十日間勾留されて、また取調べを受けることになるでしょう」

徹は眉間《みけん》に皺《しわ》を寄せ、奥歯を嚙み締めた。

「……そんなに、大事《おおごと》なんですか。これって」

最初に「殺されそうになった」と騒いだのは誰よ、と思ったが、むろん言いはしない。

「ええ。あなたに対する傷害罪に加えて、我が子を人質にとっての強要行為……その現行犯逮捕ですから。決して軽微な犯罪、とは言えないと思います」

「せめて……私の事件だけでも、告訴を取り下げることはできないですか」

「いえ、告訴というのは基本的に、被害者やその親族の方が捜査機関に対してするものなので、今回のような、すでに警察が認知している傷害事件ですとか、人質をとっての云々《うんぬん》には、そもそも告訴は必要ないんですね……ですから、取り下げることも、逆にできないんです」

さらに徹の眉間の皺が深まる。

久江は続けた。

「吉沢さん……残念ですけれど、あとは起訴後、明穂さんの罪が軽くなるように、情状酌量を求めていくしかないんです。ですから、よく考えて、なぜこのようなことになったのか、お心当たりをお話しください」

ここまで言っても、まだ徹は惚《とぼ》けるつもりのようだった。

「……心当たりって、言われましても」

難しい顔をしたまま首を傾げている。

「本当に、何も思い当たりませんか」

「ええ。せめて、妻が何か言って襲ってきたんなら、それが手掛かりにもなるんでしょうが」

そこまで惚けるなら、仕方がない。

「では、お尋ねしますが……女優の」

すると、それだけで徹の片眉がピクリと跳ねた。

「阿川佑子さんについては、どうなんでしょうか」

「いや……彼女のことは、か……関係、ないでしょう」

完全に取り乱している。

「関係ないこと、ないんじゃないですか？　夫が写真週刊誌で、美人女優と密会していたことを報道されたんですよ。普通……」

「別に密会なんかじゃないですよ」

声も相当大きくなっている。ある意味、個室でよかった。

「そりゃ、それっぽい写真に見えるかもしれないし、それっぽい書き方もされてましたけど、でもそんなの、マスコミの勝手な演出ですよ。言わば、脚色じゃないですか。あなただって刑事なら、それくらい分かるでしょう。マスコミはあることないこと、面白可笑《おか》しく書くでしょう。そういうもんでしょう」

確かに、マスコミにはそういう面がある。でも、色眼鏡を極力排除して見たとしてもなお、あの場面はまったくの無罪とは言えない。少なくとも、女の立場からしたら。

「……では、参考までにお伺いしますが、あなたはあの報道について、明穂さんにはどう説明されたのですか」

「どうって、正直に言いましたよ」

「正直に、と言いますと」

「ですから、発売前に、阿川佑子とのツーショットが写真週刊誌に出ちゃうけど、なんにもないからね、顔はモザイクかかってるから、他人には俺だって分からないからね、って……そう、言いましたよ」

それは意外だ。

「つまり、発売前に知っていたということは、明穂さんはひと月以上前に、あなたと阿川佑子の関係を知っていたわけですか」

「関係とか言わないでくださいよ。ないんですよ本当に、今は何も。彼女とは大学のサークルのOB会でしばらく振りに再会して、今度食事でもしようって。でも夜だといろいろ怪しまれるから、お互い昼の方がいいよねって、そういう相談までして、わざわざランチにしたんですよ」

ちょっと待った。

「あの……いま、今はなんの関係もない、と仰《おつしや》いましたが、じゃあ、学生時代はどうだったんですか」

徹は、さも不愉快そうに片頬を吊《つ》り上げた。

「ハァ？　そんなこと、どうだっていいでしょう」

「よくありませんよ。大事なことです」

「どうせ、下世話な興味だけで訊いてるんでしょう」

「違います。明穂さんの心理を理解する上で重要な要素だから、伺っているんです」

ほんとかな、と吐き捨てながら、徹は頭をひと振りした。

「……付き合ってましたけど。私は二浪してたんで、彼女がウチのサークルに入ってきたとき、私は三年でした。それから……二年くらい、付き合いましたけど、以後はまったく、連絡もとり合っていませんでした。彼女は、在学中からモデルの仕事を始めてましたしね。いろいろ、合わない面も出てきましたし」

どんなサークルだったかを訊くと、お遊び中心のテニスサークルだという。

「その交際について、明穂さんには」

「言いましたよ」

「いつの時点で」

「週刊誌のことを話したときに、一緒に。じゃなかったら、いきなり女優に会ってたことだけ話したら、変に思われるでしょう。昔の関係があるから、でもそれは綺麗さっぱり終わってるから、だからこそ昼間に会ったことも、正直に言えたんでしょう」

「でも逆に言えば、前もって阿川佑子と会う、とは、明穂さんに言わなかった……週刊誌に出ることになってしまって、それから仕方なく白状したわけですよね」

徹は深く息を吐きながら、目を瞑ってうな垂れた。

「……ええ、その通りですよ。その通りですけど、でも一ヶ月前に正直に話して、そのときに明穂はちゃんと理解を示してくれましたよ。そりゃ、多少は責められもしました。後ろめたい気持ちがあったんだろうとか、あわよくば、くらい思ってたんだろうとか、それくらいは言われましたよ。でも、それくらい男だったら、誰だって思うでしょう。頭の隅にはあるでしょう。刑事さん」

そう言って、峰岸の方を見る。

「あなただって、好きな女優と食事をするチャンスがあったら、いくでしょう。一パーセントくらい、あわよくばと思うでしょう。でも案外、あと一歩が踏み出せなかったりするもんじゃないですか？ ましてや、あっちは顔の知られた女優、こっちは子持ちの会社持ちですよ。取引先に対する顔だってある。スキャンダルになったら、こっちだって失うものは決して少なくない。そんな、やりたい盛りのガキじゃないんだから、こっちだっていろいろ考えて自制しますよ。分かりませんか、そういう感覚って」

分かる。なんとなく、半分くらいは納得させられてしまった。峰岸も、小さくだが頷いている。

「そう、ですか……じゃあ、一点だけ、もう一度確認させてください。一ヶ月前の告白で、明穂さんは、あなたと阿川佑子の過去と現在について、きちんと納得していたんですね？」

徹は、目を閉じたまま頷いた。

「ええ……もう、こういうことしないでねって、念を押されて、もうしないって、約束しました。そしてそれを守っています。そんなに軽くも、馬鹿でもありませんよ、私は」

そうか。

一ヶ月前に納得していたのだとすると、昨日の昼に逆上、犯行というのは、ちょっとタイムラグがあり過ぎるか。

吉沢徹の発言については翌日、朝一番で明穂に確認した。

阿川佑子とのことはいつ知ったのか。徹の説明には納得していたのか。その後の、徹の態度や行動についてはどう思っていたのか。

だが依然、明穂は何も語らず、そのまま検察に送致しなければならない時刻になってしまった。

一連の送検手続きを済ませ、練馬署の車両で明穂を送り出した頃には、もう十時近くになっていた。

「いっちゃいましたね」

「うん……いっちゃったね」

ぼんやりとそんな言葉を交わし、峰岸とデカ部屋に戻った。

「なんか、気が抜けちゃった」

「ですね……ちょっと、一服しに出ますか」

「あ、いいわね」

本当のところは分からない。分からないけれど、ひょっとしたら峰岸は、自分のことが好きなのではないか、と感じることが多々ある。

ちょうど十歳下の、決してブサイクではない、むしろイイ男の部類に入るのではないかという彼が、自分のようなオバサンを恋愛の対象として見るなんてあり得ないとは思うけれど、でも、人の趣味なんて様々だし、実際、魚住さんは可愛いって、面と向かって彼に言われたことだって、誕生日ケーキを買ってもらったことだってある。そんなに、非現実的なことではないかもしれない――などという甘い幻想は、このデカ部屋にはまったく似つかわしくないのである。

「うわわわッ」

デスクにいた宮田が、目を真ん丸くして携帯電話を見ている。

「なんですか係長。びっくりするじゃないですか」

「あ、あ、あ……阿川、佑子が……てて、テレビ点《つ》けろ、峰岸」

頷いた峰岸が、ちょうど盗犯係との境目に設置された小型の液晶テレビに向かっていく。

「係長、阿川佑子がなんですか」

「観《み》てりゃ分かる」

リモコンを持った峰岸が宮田を振り返る。

「なんチャンですか」

「適当に回せ。バラエティか、ニュースか、それでなけりゃどっかに速報が入るだろう」

ということは、いま宮田が見ていたのは、携帯のニュースサイトか何かか。

まもなく峰岸がニュースらしき番組を探し当てた。

「それだッ」

古株の女性アナウンサーが、カメラと交互に見ながら手元のペーパーを読み上げる。

《臨時ニュースです。大阪府警、南警察署は今朝五時半頃、大阪市内の路上で、女優の阿川佑子、三十二歳を、大麻取締法違反の容疑で逮捕したと発表しました。繰り返します。女優の阿川佑子容疑者、本名、スズキ……》

衝撃的だった。

いや、阿川佑子が逮捕されたことが、ではない。

その報道で、吉沢明穂の犯行理由が、いきなり判明したからだ。

明穂は夕方、十七時頃に地検から戻ってきた。この日はそのまま西が丘分室の留置場に戻し、取調べはしなかった。その代わり、久江は夜遅くまで一人で調べ物をした。成果は上々だった。

次の日の、朝九半時。

久江は万端の準備を整えて明穂を迎えた。

「おはようございます」

初めて会ったときと比べると、化粧をしていない今はさすがに地味で、その分幼くも見えるが、それでも明穂は充分、美人の部類に入ると思った。大きくはっきりとした形の目も、ちょっと厚めの唇も、そういう目で見ればどことなく阿川佑子に似ている。

「……明穂さん。私、ようやく分かりました。あなたがどうして、理由も言わず旦那さんに暴力を振るったのか。包丁まで持ち出して、旦那さんを刺したりしたのか」

明穂の視線が、ふわりと浮き上がる。だがすぐ、取り繕うように伏せられる。

「ひと月前に、旦那さん……徹さんから、阿川佑子とのツーショット写真が週刊誌に出る、阿川佑子は、大学時代の恋人だって……そう聞かされたときは、どうでしたか。驚きましたか」

反応は、特にない。

「……驚いた、よね。私だったら、絶対、ものすっごい驚くと思う。阿川佑子のことを徹さんから聞いたのは、そのときが初めて？」

最初、明穂は答えなかったが、それだけでも教えてよ、初めてだったかどうかだけでも、と喰い下がると、何度目かで、明穂は小さく頷いた。

「ひと月前が、初めてだったのね？」

「……はい」

「どんなふうに思った？　自分の夫が昔、女優と付き合っていたなんて。むろん、二人が大学生のときの話だから、当時の彼女は女優ではなかったわけだけど」

すると、小首を傾げる。そんなふうでも、反応があるのはいいことだ。

「明穂さんは、前から阿川佑子のこと、よく知ってた？　好きな女優だった？　私は……そんなでもなかったかな。別にファンではないし、彼女の出ている作品だからって、とりたてて見たいと思うほどじゃなかった……明穂さんも、そうだったんじゃないかな」

この辺は、久江的には自信ありだ。

「だから、ネットでいろいろ調べた……でしょ？　お宅から押収したパソコンを調べたら、阿川佑子についての記述を、あちこち閲覧して回った履歴が残ってた……そりゃ、気になるよね。普通気になると思う。夫や恋人が、昔付き合ってたのはどんな女なのか。そんなの、誰だって知りたいと思う。特に今回の場合、相手は有名人だもん。そんなに深い考えはなくて、ただなんとなく、時間のあるときに調べてたんだよね……たとえば、ミホちゃんが、寝ているときとかに」

ピクッ、と黒目が動く。

やはり、この線か。

「そうしたら、行き当たった……阿川佑子の、本名に」

キュッ、と口を固く結ぶ。あの日の、夜叉《やしゃ》の顔がほんの少しだけ覗く。

「事務所の公式ページが掲載してるプロフィール、自身のブログ、ファンが運営してるサイトなんかには載ってないんだけど、なんだっけ……『Bちゃんねる』だっけ。あることないこと、いろんな人が勝手に書く、掲示板っていうの……あれには書いてあったよね」

少しずつ、明穂の表情が歪《ゆが》んでいく。

「彼女の本名。あまりにも阿川佑子と語感が違うんで、それをまあ、嘲笑するようなニュアンスの書き込みだったよね……で、それを足掛かりにあなたは、さらにその名前についても調べた。そしてどうやら、間違いなく、それが阿川佑子の本名であるとの確信に至り、愕然《がくぜん》とした」

明穂の、細く吐き出す息が、微《かす》かに震えている。

「……鈴木美保。阿川佑子の、本名。あなたと徹さんの子、ミホちゃんと、同じ名前」

震える息に、嗚咽《おえつ》が交じり始める。

「私、不思議だったんだ。児童相談所に預かってもらうための書類を書いてたとき。調べたら、名前の漢字が『美しい』に『稲穂』の『ホ』じゃなくて、『保つ』の『ホ』なんだもん……明穂さんの子だから、てっきり同じ『稲穂のホ』だと思ってたのに」

押し出された涙の粒が、長い睫毛《まつげ》からこぼれ落ちる。

「ミホって名前にしようって言ったのは、あなた？　それとも、徹さん？」

明穂が頷くと、さらに大きな雫《しずく》が机に落ち、弾《はじ》けた。

その肯定が、何を意味したのかはよく分からなかった。

でもそれをきっかけに、明穂はようやく口を開いた。

「……可愛い、名前だったから……私、すぐに気に入って。漢字も、ごく当たり前に、私と同じ『穂』で、考えてたのに……いつのまにか、届けには、あっちの『保』で、書かれてて……あの人に、どうしてって訊いたら、有名な先生に見てもらって、字画が、こっちの方がいいって、言われたからって……そう言われちゃったら、そうなのかなって……私、頭悪いから、あの人の言うことは、なんでも聞くようにしてたから……」

隣にいって、肩を抱いてあげたかった。

背中をさすって、その長い髪を撫《な》でてあげたかった。

「でも、それが……昔の恋人の名前だったなんて……もう私、悔しくて……急に、自分の子なのに、美保まで、愛せなくなるような気がして……段々、私が私の子じゃない、別の誰かの子を、産まされた気がしてきて……もう、何もかも、馬鹿らしくなって……」

そこに徹が帰宅した、ということのようだった。

吉沢明穂については、できる限り罪が軽くなるように、可能ならば起訴猶予《ゆうよ》に持っていけるよう、最大限の努力をするつもりだった。

むろん、犯行理由についてはそのまま供述調書に記した。それで充分、情状酌量の必要性は理解してもらえると確信していた。

問題はむしろ、吉沢徹だった。

明穂が犯行理由を明かした翌々日、徹が退院したようだと耳にした久江は、夕方になって例の、中村三丁目のマンションを訪ねた。

今回は、あえて一人できた。

チャイムを鳴らすと、徹は「はい」と、意外なほど明るい声で答え、いきなりドアを開けた。だが久江を見て、どういうわけか、ひどく驚いた顔をした。

理由はすぐに分かった。

つい今し方、久江が歩いてきた廊下。そこを今、同じように一人の女性が歩いてくる。彼女もこっち
恰好は会社帰りといったふうで、手には大きく膨れたレジ袋を下げている。

に気づき、途中で足を止めた。

どうやら、マズいところにお邪魔してしまったようだ。

「……吉沢さん。私の方は、大した用じゃないんで、手短にお伝えします」

徹はひと言、搾《しぼ》り出すように、はい、と答えた。

「私は、法で裁けない罪なんて、現代にはそんなにないと思っていました。むろん、法は万能ではないけれど、穴も瑕《きず》もあるでしょうけど、でも概ね刑法に関しては、いい線をいっているんじゃないかと思っていました……つい、何日か前までは」

そこで久江は、徹の頬を張った。

自分の掌《てのひら》が痛くなるくらい、思いきり。

「……でも、駄目ね。あなたの罪を裁くことは、今の法律じゃ無理。明穂さんには可哀想《かわいそう》だけど、あなたに下せる罰なんて、せいぜいこんなもんよ……ほんと、自分の無力が情けないわ」

徹は「いってェ」と頬に手をやり、久江を睨んだ。

「あなた、なに言ってんですか。刺されたのは私ですよ。その私がなぜビンタされて、刺

した女房が同情されるんですか」

久江も、負けじと睨み返した。

「どうせ刺すなら……明穂さんも、もっとちゃんと狙《ねら》えばよかったのよ」

あえて自分の、ミゾオチの辺りを指で差す。

「正直、傷が軽過ぎたわね。そんなんじゃ反省の材料にもなりゃしない……じゃ、私はこれで。またなんかあったらきますから。それまではお元気で」

軽く頭を下げ、それで廊下を戻り始めた。

レジ袋を下げた女は、ずっと同じところに立ち止まったままだった。

何かひと言いってやりたくて、すれ違うときに、歩をゆるめた。

「……奥さん、すぐ戻ってくるわよ」

ギョッ、とした目をしていた。

どこの誰かは知らないが、ザマァミロだ。

愛したのが百年目

二日前、練馬区豊玉北《とよたまきた》六丁目の交差点で横転したトレーラーに宅配便のトラックと乗用車が衝突、その他にも七台が接触するという大事故が起こった。そのため、交通捜査係は現在出ずっぱりになっており、その分の皺《しわ》寄《よ》せが他部署にもきている。

「……なんか俺、ついこの前やったばっかかって気がしますよ」

練馬警察署一階の受付。久江の隣に座っている原口がボヤく。確かに原口は三日前にも本署当番で当直勤務に就いている。

「そうは言ってもね……こっちが難事件抱え込んだら、逆に迷惑かけることだってあるんだから」

久江は玄関の外、寒そうに庁舎警備に立っている暴力犯係員の背中を見ながら欠伸《あくび》を嚙《か》み殺した。眠気覚ましに、裏で一服でもしてこようか。

「いかがですか」

後ろから、ふいに峰岸が何か差し出してきた。一番ミントの強いフリスク。いかにも眠気に効きそうだ。

「ありがと。いただきます」

するると、久江の思考を盗み取ったかのように、

「俺、ちょっと一服してきますわ」

原口が椅子《いす》から立ち上がった。大きく伸びをしながらカウンターの外に出ていく。彼も何度か禁煙にトライしているが、最近はまた喫煙者に戻っている。つまり、久江と同類というわけだ。

その、空いた隣の椅子に、峰岸がちょこんと座る。

ふわりと、彼の匂《にお》いが鼻先をかすめる。

決して汗臭いわけではない。コロンや整髪料の匂いでもない。強いていえば、肌だろうか。峰岸の近くにいると、たまにこれを嗅《か》ぐことがある。優しい、柔らかい匂いだ。

ぬくもりに似た何か。安堵《あんど》に近い何か。

「……そういえば魚住さんって、学生時代、何やってたんですか」

息はむろん、強烈なミント臭だが。

「なに急に。部活とか、そういうこと？」

「ええ……まあ、勉強でも、なんでも」

おかしな人だ。十歳も年上の女の学生時代に、なぜ急に興味を持ったのだろう。

「なんか、恥ずかしいな。警察とは全然関係ないから」

「何がですか。学部がですか？」

「うん」

「いいじゃないですか。教えてくださいよ」

驚いた。照れ屋で、比較的表情に乏しい峰岸が、珍しく意地悪な目つきで久江を見る。

「困ったな……まあ、一応ね、東洋哲学を、専攻してたのよね。文学部、東洋哲学科」

峰岸は「へえ」と、ちょっと感心したような声を漏らした。

「東洋哲学って、何を勉強するんですか」

「何って……なんだったかな。インドとか中国の、哲学の歴史とか、あと日本のもちょっと習ったな。国学とか、儒学とか。もう、あらかた忘れちゃったけどね……峰岸くんは？」

チャカッ、と手にしていたフリスクのケースを鳴らす。

「自分は、経済です。ほとんど、なんにも覚えてないですけど」

「部活は？」

なんだろう。ニヤリと片頬を持ち上げる。

「なんだと思います？」

「えー、分かんないよ。体育会系？」

「いや、サークルでしたけど、スポーツ系ではあります」

「今の仕事に関係ある？」

「ああ、けっこうありますね」

「えー、あるんだ。なんだろう……」

いくつか当てずっぽうで言ってみたが、当たらなかった。

峰岸は散々焦《じ》らしたのち、得意げに告白した。

「実は……総合格闘技です」

「って、K－1みたいな？」

「あれは立ち技だけなんで、ちょっと違いますね。総合っていうのは、打撃も寝技もあるやつです。だから、武器のない逮捕術みたいなもんですよ」

「あ、そうだよね。峰岸くん、逮捕術得意だもんね」

と、そこで天井のスピーカーがブチッと鳴り、アナウンスが始まった。

《警視庁より各局、各移動。小竹町《こたけちよう》一丁目四十三付近の路上で乗用車と通行人の接触事故が発生。各PMは至急急行されたい》

思わず立ち上がり、振り返ると、署の裏からちょうど原口が戻ってくるところだった。

峰岸はフロアの奥、無線のリモコン台の方に目を向けている。

「小竹町一丁目っていうと、わりと静かな住宅街ですよね」

「だよね……」

「交捜（交通捜査）はいないから」

「ウチで、なんとかするしかなさそうね」

壁の時計を見上げる。

午前零時四十四分。日付けは、すでに十一月八日になっている。


小竹町は練馬署から車で十分ほど。久江たちはタクシーに乗ってきたが、それで正解だったようだ。事故現場は、対向二車線の道路から私道に二、三メートル入った辺り。警察車両が大挙して押しかけたら、それだけで一帯は通行止めになってしまうだろう。

すでにパンダが現場前に一台きており、赤色灯を回している。見張りに立っているのは小竹町交番の係員だろう。立入禁止のテープを張って現場を封鎖している。

「ご苦労さま。マル害は？」

はい、と若い彼は背筋を伸ばした。

「今し方救急車が到着しまして、搬送済みです」

「マル被（被疑者）は」

「中におります」

ありがと、と返してテープをくぐる。あとから峰岸、原口もついてくる。

現場となった私道は、事故を起こしたと思《おぼ》しき車両で半分以上幅が塞《ふさ》がれていた。一見、丸っこい車体後部に破損個所は見当たらない。車種はトヨタ・ヴィッツ。銀色に見えるが、ひょっとしたら、明るいところで見たら少し青みがかっているのかもしれない。

私道は十メートルほど先で行き止まりになっている。左右と正面、三軒の民家が道に面して建っている。そのどこの玄関にも明かりが灯《とも》っており、同じく明かりのある窓からは住人が現場の様子を窺《うかが》っている。

車両の右斜め前には制服警察官二人と、うずくまっているスーツ姿の男が一人。久江は立っている警察官の、知った顔の方に声をかけた。

「お疲れさまです。どうですか、有吉《ありよし》さん」

有吉は久江より少し年上の警部補。署内ではカラオケ好きで有名な人物だ。

「ご苦労さん。被害者は、ちょっと……どうかな。少なくとも意識はなかった」

言いながら有吉は、懐中電灯で車両の前方を照らした。

正面の家の、やや黄色味がかった石造りの門柱には、こすりつけたような血痕《けっこん》が生々しく残っている。その一メートルほど手前、アスファルトには黒い染《し》みがある。血溜《ちだ》まりだろう。形は丸い。車両と門柱までの距離は、約三メートルといったところだ。

一体、どういう事故だったのだろう。マル害は撥《は》ねられてから門柱まで這《は》っていき、すがりついたのだろうか。いや、撥ね飛ばされて門柱に激突、その後こっち側に倒れて、さらに出血したと見るべきか。どちらにせよ、怪我《けが》の程度は相当重いと見た。

「身元は」

「マル害はそこのご主人」

有吉は正面の家を指差し、自分のメモ帳を開いてみせた。

「神野久仁彦《じんのくにひこ》さん、四十三歳。こちらは柿内士郎《かきうちしろう》さん、四十二歳。ご友人同士だそうだ」

有吉が「こちら」と示したのは足元にうずくまっている男だ。

加害者も被害者も、歳は久江とほぼ変わらない。しかし、よりによって友達を撥ねてしまうとは運が悪い。

その、加害者である柿内士郎は今、地面に直接胡坐《あぐら》をかいて座っている。ぐったりとうな垂れ、頭髪を毟《むし》り取らんばかりに両手で握り締めている。

「神野さんのご家族は」

「奥さんと娘さんがいるが、二人とも今さっき、救急車に乗っていった」

今一度柿内を見る。丸まった背中が少し寒そうだ。

「コートかなんか、ないんですかね」

久江は白手袋をはめ、車両の右後部ドアを開けた。途端、ひどくアルコール臭い空気が漏れてきた。分かりやすく顔をしかめて有吉を見ると、彼も頷《うなず》きながら猪口《ちょこ》を傾ける仕草をする。酒を飲んで運転した末の事故、ということのようだ。

後部座席には書類カバンがあるだけで、コートの類《たぐい》はなかった。

ついでに運転席も開けてみる。当然かもしれないが、こっちの方がもっとアルコール臭が強い。助手席にもそれらしい上着はない。持ってきてないのでは仕方ない。

だが諦《あきら》めてドアを閉めようとした、その瞬間だった。

周りの民家の明かりに照らされ、ダッシュボードの上で何かが光ったように見えた。目を凝《こ》らすと、ハンドルの向こう側に飛沫《ひまつ》が落ちている。大した量ではないが、でもまだ濡《ぬ》れている。

「魚住さん」

峰岸に呼ばれて振り返ると、刑組課長の長友《ながとも》警部がきていた。

体を起こし、ドアを閉める。

「お疲れさまです」

「どんな按配《あんばい》だ」

さっきの有吉と同じように、久江は猪口を傾ける仕草をしてみせた。

「……で、マル害とマル被は、友達同士だそうです」

長友が顔をしかめる。と、その後ろから別の制服警察官がきて、有吉に何か手渡していった。携帯用のアルコールチェッカーだ。

有吉がしゃがみ込む。

「柿内さん。ちょっと、いいですか。これに、ハァーッて、息をかけてもらえますか。ここ、この窓に」

ダルそうに顔を上げた柿内は、がっくりと崩れるように頷き、有吉に顔を向けた。指示通り、口に向けられたアルコールチェッカーに呼気を吹きかける。

「……はい。柿内さん、ここ、見てね。これが今の、あなたの呼気中のアルコール濃度だから。〇・一八ミリグラム。これ、完全に酒気帯びですから」

呼気中アルコール濃度は、一リットル当たり〇・一五ミリグラムと〇・二五ミリグラムを境に行政処分が変わる。ただ刑事罰は、それとはまた別の話になる。

「じゃあ、ちょっと立ってみてもらえるかな」

もう一人の制服警察官と協力し、柿内を立ち上がらせる。

「ごく簡単にね、今現在の運動能力を見ますから。いいですか、あっちに向かって、真《ま》っ直《す》ぐ歩いてみてください」

あっちというのは、いま久江たちがいるところだ。慌《あわ》てて長友らと後退《あとずさ》り、通路を空ける。

柿内は、最初の一、二歩こそフラついたものの、あとの数歩はそこそこまともに歩いていた。アスファルトに直《じか》に座っていたので、少し脚が痺《しび》れていたのかもしれない。これはどう判断されるのだろう。酒酔い状態だろうか。それともギリギリセーフなのだろうか。

有吉の判断は「酒酔い」ではなく「酒気帯び」だった。だがどちらにせよ、道交法と刑法、双方における厳罰は免れない。

引き継いだ久江は、とりあえず柿内を長友が乗ってきた捜査用PCの後ろに乗せた。あとから峰岸もきて、助手席に入ろうとする。でもその前に、

「峰岸くん、ごめん。お水かなんか買ってきて」

現場を出てすぐのところにある自動販売機を指差す。峰岸は「はい」と頷き、いったんドアを閉めた。ポケットの小銭をあさりながら歩いていく。

久江は車内灯を点《つ》け、改めて柿内を見た。

天然パーマと長めのモミアゲがそう見せるのか、なんとなく動物っぽいというか、縫いぐるみみたいな印象がある。歳は久江の一つ下ということだったが、それにしては雰囲気が幼い。そう、若いというよりは、幼い。いわゆる童顔なのだろう。体格は中肉といったところだ。

再び助手席のドアが開き、ペットボトルを差し入れながら峰岸が乗り込んでくる。

「お待たせしました」

「ありがと」

久江はボトルのフタを捻《ひね》ってから柿内に渡した。

「これ飲んで……ちょっと落ち着いたら、お話を伺います」

柿内は頷き、意外なほど素直に口をつけた。しばらく舌で水を弄《もてあそ》んでいたが、別に味わっているふうはなく、口の中のぬめりをとっている様子だった。酒を飲んでからしばらく経っている。体から水分が失われ、唾液《だえき》も粘っこくなっているのだろう。

ようやく飲み込む。尖《とが》った喉仏《のどぼとけ》が、薄《う》っすらとヒゲの生えた皮膚の内側で転げる。

少し間を置いて、柿内は詫《わ》びるように頷いた。

「……大丈夫です」

久江も頷いてみせ、ノートとペンを構えた。

「ではまず、事故前数時間の行動についてお教えいただけますか」

「はい……ええと、夜七時に、六本木で、待ち合わせまして」

「六本木のどちらで」

「六本木交差点の、アマンドの斜向《はすむ》かいの、銀行の前です」

「待ち合わせは、神野さんとお二人で」

「ええ、そうです」

現状、久江は神野久仁彦という男の顔も、背格好も知らないので、二人の待ち合わせ場面がどんなふうだったかはまったく想像できない。サラリーマン同士のごくありふれた感じだったのか。それとももっと年甲斐《としがい》なく、学生みたいにはしゃいだ感じだったのか。

「それから……居酒屋に、いきました」

「ちょっと待ってください。あの車は、柿内さんのですよね」

それについては先ほど、有吉が車検証で確かめている。

「はい、私の車です。どうしても今日、社に車で運ばなきゃならないものがあって。神野と約束があることは頭にあったんですが、まあ、飲まないようにするなり、運転代行を頼むなりすればいいやと、軽く……」

「どうして、そうなさらなかったんですか」

柿内は、苦味を堪《こら》えるような顔をした。

「さあ……どうしてなんでしょう。なんで私は、車なんて、運転してしまったんでしょう」

それは、いま悔やんでどうなる問題でもない。

「柿内さんは、どのような会社にお勤めですか」

「カントリービールの、カントリーホールディングスです。現在は、ウイスキー事業部にいます」

「神野さんは」

一瞬、柿内は言い淀《よど》んだ。

「……何か、言いづらいお仕事なのですか」

「いえ、別に、そういうわけではないんですが」

「無理にとは、お願いしませんが」

どうせ調べれば分かることだ。

「まあ、その……芸能事務所の、社長です」

「私とかが聞いても、知っていそうな事務所ですか」

「……どう、でしょうか。『エイスワンダー』という会社ですが」

久江はさっぱり分からなかったが、助手席で聞いていた峰岸は「ああ」と分かったような声を漏らした。

とりあえず質問を続ける。

「……で、いったのは、その居酒屋一軒だけですか」

「いえ、もうちょっと落ち着ける場所にいこうということになって、でも、女性が横につくような店では碌に話もできないので、じゃあカラオケボックスにいこうと……いうことに、なりました」

「そこでも、もう何杯か？」

「ええ、まあ……そうですね。ほんの少しの、つもりだったんですが」

「具体的には、どれくらいお飲みになりましたか」

それには首を捻る。

「よく、覚えてないです」

つまり、相当飲んだということなのだろう。運動能力のチェックでは酒気帯び程度だったが。

「レシートとかは、お持ちではないですか」

「いや、もらわなかったですね」

「お店はどこだか覚えていらっしゃいますか」

「ぶらぶら、歩いて探して入った店なんで。近くまでいけば分かると思いますが、今ここで、どこそこの何という店、というのは、分からないです」

「カラオケも？」

「……はい。ちょっと、今すぐは」

店舗は要確認、と。いや、交通事故処理の場合、そこまでやらなくてもいいのか。どうなのだろう。

「居酒屋とカラオケで、それから帰ろうとなった？」

「そうです。帰ることになりました」

「そのとき、お車は？」

「コインパーキングに停めてありました。六本木交差点から、ちょっと入ったところにある」

「そして、運転代行などの手段はとらずに」

「ええ……自分で運転することを、選んでしまいました。しかも、神野もけっこう酔っていたので、送っていってやると……でも、こんな言い訳は通用しないかもしれないですが、六本木からここまでは、その一時間くらいはちゃんと運転できていたんです。酔ってたというほど、酔ってはいませんでした」

たいがいの酔っ払いは、自分は酔っていないと主張するものだ。

「なるほど。確かに、ここまでは無事運転してらした。けど、神野さんを降ろしてから、何がどうなってしまったんですか」

柿内は、また苦そうに口元を歪《ゆが》めた。

「今から考えると、つまり……ギアが、バックではなくて、ドライブに入っていたんだと、思います。普段だったら、バックするときは、バックする音が、鳴るじゃないですか。ピー、ピーって。それが聞こえなかったのに、こう、体を捻って、後ろを向いただけで、なんというか、バックできる気になってしまったんでしょうか……アクセルを踏んだら、予想に反して、リアウィンドウから見える景色が遠ざかっていきました。あっ、と思って、ドンッ、というか、ベコッ、みたいな音がして、正面を向いて、そこからはちょっと、記憶が曖昧《あいまい》で……でも、仰《の》け反《ぞ》る神野の後ろ姿は、なんとなく見たような記憶があります」

つまり、神野氏は後ろから撥ねられたことになるわけか。すると、やはり撥ね飛ばされて門柱に激突、それから崩れるように後ろに倒れ、あの血溜まりができたと解釈するべきか。

幸い事故現場が私道であったため、今日の昼頃まで封鎖させてもらえることになった。

事故車両もそのまま。あとは当番明けに申し送りをして、交通捜査係に引き継いでしまえばいい。

だが、いざ柿内を署に連れていこう、となったところで久江は思い出した。

あのダッシュボードの飛沫。あれは一体なんだったのだろう。あれだけは、まだ濡れている今のうちに採取した方がいいのではないか。簡単な採取キットなら持ってきている。

助手席に乗っている長友の肩を叩《たた》く。

「すみません課長、ちょっと車両の鍵《かぎ》、貸してもらえますか」

「まだ、何かあるのか」

長友が、柿内から預かった鍵をカバンから取り出す。

「ありがとうございます」

それを持って現場に戻る。

事故車両の運転席ドアを開けると、例の飛沫は、もう半ば乾きかけていた。

泊まりの本署当番に就いている間は、仮に専門外の事案であっても責任を持って対処する。しかしそれは翌日の交代までであって、必ずしもその事案を最後まで担当するということではない。

ところが、である。

「ほら、例の交差点の事故で交捜は手一杯だから、この件は刑組課でやってくんないかって」

八日の朝、引き継ぎにいったはずの宮田は、なんとそのまま事案を持ち帰ってきてしまった。

「刑組課っていったって、いろいろありますけど」

久江はぐるりとデカ部屋全体を示してみせた。刑事系なら強行犯に知能犯、盗犯に鑑識、組対系なら組対、暴力団対策、暴力犯捜査、銃器薬物と様々な係がある。

「そう、意地悪を言いなさんなよ。久江ちゃん」

「なんですか気持ち悪い」

「気持ちよく、私が担当しますって言ってよ」

「嫌ですよ、こんな……」

酔っ払いがうっかり友達を轢《ひ》いてしまったなんていう、救いようのない事案は。

「交通捜査だったら、組対の村井《むらい》さんとか得意じゃないですか」

組対係にいる村井警部補は、以前は本部の交通事故事件捜査係の主任だったと聞いている。

「いや、村井さんは先週から、光が丘署の特捜にいっちゃっていないもん」

五十も後半の男が、そんな甘えた言い方をしたって可愛《かわい》くもなんともない。

「盗犯だって暴力犯だって、みんな暇だってボヤいてたじゃないですか」

「ところがねェ、どういうわけか、昨日辺りからどこも、手が足りないくらい忙しくなっちゃってるらしいんだよね」

嘘だ。絶対に嘘だ。

「頼むよ、久江ちゃん。昨夜《ゆうべ》、内勤では一番に現場に入ったんだろう？　そこんとこの強みを活かしてさ、チャチャッと、片づけちゃってちょうだいよ」

ズルい。宮田はこういう頼み事をするとき、もう一人のデカ長である里谷にではなく、必ず久江に振ってくる。

ほんと、ズルいと思う。

とりあえずマル害の容体を確かめるため、峰岸と搬送先の病院を訪ねた。

受付で調べてもらったところ、神野久仁彦はまだ集中治療室に入っているとのことだった。ついでに家族がいるはずだがと尋ねると、同じフロアの待合スペースにいるという。

教えてもらった通り二階の集中治療室までいってみると、広い廊下の壁際に置かれたべンチに、女性が二人座っていた。

「……恐れ入ります。神野久仁彦さんの、ご家族の方でいらっしゃいますか」

最初に久江を見上げたのは、二十歳かそこらの娘の方だった。目鼻立ちの整った、なかなかの美人さんだ。若いからか、肩から落ちた長い黒髪なんて艶々《つやつや》のサラサラ。まるでシャンプーのコマーシャルを見ているかのようだ。

だが、驚くのはまだ早かった。

続いてこっちを見た母親の方が、もっと凄《すご》かった。

徹夜の疲れと化粧崩れはあるものの、それでも女の久江が息を呑《の》むくらい、彼女は美形だった。優雅なウェーブを描く栗色の髪、潤んだ大きな瞳《ひとみ》、白い肌、ハイネックのニットからまだ長く覗《のぞ》く細い首。少女漫画に出てくるお母さん、そのものといった感じだ。

「はい……神野の、家内です」

母親が立つと、娘もそれに倣《なら》い、二人して丁寧に頭を下げた。

「練馬警察署の魚住と申します。ご主人のご容体は、いかがでしょうか」

「ええ……まだ、詳しいことは伺えていないので、私たちも、何をどうしたらいいのか」

つまり、生死の境を彷徨《さまよ》っている、ということか。

とりあえず座ってもらい、久江たちも隣に腰を下ろした。

二人の名前を聞く。母親は逸美《いつみ》、娘は和美《かずみ》と名乗った。

「加害者の柿内さんは、ご主人のご友人だそうですね」

久江が訊《き》くと、逸美は痛みを堪《こら》えるかのように眉をひそめ、頷いた。

「大学時代からの、親友でした……というか、私も、そうなんですけど」

隣にいる和美の顔にも、同じ沈痛が見てとれる。

「ですからもう、二十三、四年の、お付き合いになります。この子も、ほんと……小さい頃から、勉強見てもらったり、いろいろ相談に乗ってもらったり……」

家族ぐるみの付き合いとは、さらに気の毒な話だ。ちなみに柿内士郎は独身の一人暮らしだと聞いている。

「失礼ですが、そのご出身の、大学名を伺ってもよろしいですか」

逸美は何か別のことを考えていたのか、ハッとしたように息を呑み、こっちを向いた。

「ああ……はい、東朋大学です」

「学部とか、そういうのがご一緒だった」

「いえ、サークルです。演劇クラブで、知り合いました」

なるほど。そう言われてみれば、逸美には舞台女優っぽい雰囲気がある。そして神野久仁彦は芸能事務所「エイスワンダー」の社長。一方、柿内はカントリーホールディングスのウイスキー事業部企画課の課長。なかなか、バラエティに富んだ進路選択だ。

「事故は、どのようにしてお知りになりましたか」

逸美は少し姿勢を正し、何かを探すように辺りを見た。

「えっと……まず柿内くんが、家のチャイムを鳴らして、ドアを何度もノックして、私が出ていくと、神野が車に当たっちゃって、怪我をしたから、救急車とか、毛布とかタオルとか……でも、救急車を呼んだのは柿内くんで」

一方、警察に通報したのは隣家の主人であることが分かっている。そちらは里谷と原口が当たっている。

「私が見にいったら、主人が血だらけで、びっくりして……それで」

「そのとき、和美さんは何をしていらっしゃいましたか」

それまでかばうように逸美の肩を抱いていた和美が、驚いたようにこっちを向く。

「……私は、二階の部屋で、勉強をしていました」

「事故については」

「なんか、下が騒がしいなと思って、下りてみたら、大変なことになってて。すぐに救急車がきて……母は、この通りですから、私が保険証とかお金とか、戸締りもして、でも電気は消さないでって、警察の方に言われて。それで、救急車に乗って……」

ふと、和美の美し過ぎる黒髪が気になった。今どきの娘なら、ちょっとくらい色を抜いていてもよさそうなものだが。

「あの、和美さんは大学生？」

はい、と品良く頷く。

「四年生です」

なるほど。だからか。

「じゃあ、就職活動で大変だ」

すると、ちょっと困ったような笑みを浮かべる。

「でも、運よく決まったんです。出版系の会社に」

ほう。今どきは在学中に就職が決まらない大学生も少なくないと聞く。そんな中で、出版社に決まったのなら立派なものだ。

ふいに和美が、久江に正面を向ける。

「あの……柿内さんは、どうなるんでしょうか」

「ちょっと、和美」

逸美が、質問を遮るように和美の膝《ひざ》を押さえる。

和美はそれを、迷惑そうに一瞥《いちべつ》した。

「だって、運転してたの、柿内さんなんだよ。仮に当てちゃったんだとしても、そんなの、当たったお父さんの方が悪いのかもしれないじゃない。そんなの……分かんないよ」

これは一体、どういう意味だろう。


昼前に署に戻り、昼食をとってから柿内を呼び出した。

留置場から出てきた柿内はスーツ姿のままだったが、ネクタイとベルトは自殺防止のためはずされていた。上着とズボンにはだいぶ皺《しわ》が寄っている。手錠に腰縄という扱いも相当ショックなのだろう。柿内は調室に入るまでずっと、顔が隠れるほど俯《うつむ》き、肩をすぼめていた。

取調べ初回なので、向かいの席に座った柿内に供述拒否権について説明した。

柿内は小さく頷いてから、ようやく久江と目を合わせた。

「……神野の容体は、どうですか」

声も哀れなほど弱々しい。

「午前中に私どもが伺ったときは、まだ集中治療室でした。治療が終わったら連絡をもらえるようにお願いはしてきましたけど、まだ、報《しら》せはありません」

むろんこれには、最善は尽くしたが助からなかった、という報せがくる可能性も含まれている。

「そうですか……」

目を閉じ、震えながら息を吐き出す。気の毒だが、今の段階では自らの愚かな行動を悔やみ、神野が快方に向かうことを祈ってもらうほかない。

「大学時代からの、親友だったそうですね」

柿内はパッと目を開き、なぜ、という目で久江を見た。

「神野さんの奥様、逸美さんから伺いました。逸美さんも、同じサークルに在籍してらしたのだとか」

「ええ……そうです」

意地が悪いようだが、柿内の目を覗きながら訊く。

「とても、お綺麗《きれい》な方ですね」

柿内は微かに、愛想のような笑みを見せた。

「ええ……逸美は、僕らの、マドンナでした」

「でしょうね」

「神野とは、お似合いのカップルでした」

この段階に至っても、まだ久江は神野久仁彦の顔すら知らない。まあ、柿内のこの表現からすると、相当な美男子と思って差し支えないのだろう。

「お二人は、早い時期からお付き合いされていたのですか」

一瞬、柿内の視線が浮き上がる。

「いえ……二人が付き合い始めたのは、二年の終わり、くらいだったと思います。それまでは、僕も一緒のことが多くて……神野と、逸美と、僕……三人で過ごす時間が、とにかく楽しくて。大学のキャンパスでも、なんか、僕らの周りだけ、空気の色が違っていたような……なんか、そんな幸せな時期でした」

しかし、神野と逸美の想《おも》いは違った、ということか。

「演劇部、でしたっけ」

いや、と柿内はかぶりを振った。

「演劇クラブです。しかも、漢字で『倶楽部』……東朋大演劇倶楽部というのは、わりと歴史のあるサークルでして。何人もの俳優や演出家、その他の分野に進んだクリエイターなどが在籍していました。ある意味、神野もそんな中の一人でした」

何人か挙げてもらったが、久江には一人も心当たりがなかった。隣で記録係をしている峰岸にも訊いてみたが、やはり、詳しくないものでと謝られてしまった。

「じゃあやっぱり、逸美さんが主演女優で、神野さんがそのお相手、みたいな」

どうも、それも違うらしい。

「神野は、脚本家と演出家を兼務していました。ちょうど、一つ上の代の人数が少なかったもので、僕らは早くから、自分たちで舞台をやることができたんです。中でも傑作だったのは、神野が書いた『愛したのが百年目』という戯曲です。加藤和彦《かとうかずひこ》の同名の曲をモチーフに、神野が書き下ろしたんです」

はて。

「加藤和彦って、あの『帰って来たヨッパライ』の？」

柿内が悲しげに頬を歪める。

「一般的には、結局そのイメージから抜け出せていないんですけど、彼が七〇年代末から、八〇年代前半に発表したヨーロッパ三部作は、傑作ですよ。それに続く『あの頃、マリー・ローランサン』も名盤でした。それを僕が神野に紹介して、気に入った神野が、その四曲目に収録されている『愛したのが百年目』を戯曲化した……気紛れな恋人に振り回される男の、ちょっと笑える、でも最後は捨てられてしまう切ない話です。主役は……恥ずかしながら、僕がやりました。恋人役が、逸美です。今でもよく覚えています。カフェのセットの、窓の夕日に映える、逸美の横顔……本当に、綺麗でした」

四十を過ぎた今でさえあの美貌《びぼう》なのだ。二十歳そこそこだったら、さぞや美しかったことだろう。

「そういえば、逸美さんっておいくつなんですか」

「僕と同い年ですから、今年、四十二です」

「あら……じゃあ、和美さんは？」

柿内が、なぜか照れたように頷く。

「三年の冬に産んで、春に二人は結婚しました。だから、学生結婚ってことです」

どうりで、大学生のお母さんにしては若いわけだ。

柿内が深く溜《た》め息《いき》をつく。それだけで萎《しぼ》み、またひと回り小さくなったように見える。

「……逸美が、神野の子供を妊娠したと知ったときは、正直ショックでした。でも、誰がどう見たって、逸美と付き合うのは僕じゃない、神野だって、僕自身も思ってましたから。一つ結果が出て、ほっとしたようなところもありました……ただ、なんというか、人生で一度しかないであろう特別な時間が、ついに終わってしまったという、その喪失感だけは、如何《いかん》ともし難くて……しばらくしてから、神野とベロンベロンになるまで酔っ払って、幸せにしろよ、バカヤローッて、道端で叫びながら、僕が一発ぶん殴って……それで、スッキリしました。それからは、いい相談相手になってきたつもりです。神野と、逸美の、両方の……」

それが、なぜ。

「昨夜《ゆうべ》も、そんな感じだったんですか」

「ええ……まあ、相談相手ったって、別にいつもじゃないですよ。ちょっと飲んで、近況なんか話しながら、仕事の愚痴を言ったり、まだ結婚しないのか、なんて、僕が発破かけられたり。よくある居酒屋トークですよ」

ちょうどキーワードが出てきたところなので、そっちに振ってみよう。

「ではその、居酒屋ですが、どの辺りだったか、ちょっと地図を見ながら思い出していただけますか……峰岸くん」

手を出すと、実にタイミングよく市街地図が差し出されてきた。


取調べを早めに切り上げ、デカ部屋に戻ったところにちょうど連絡が入った。

神野久仁彦は一命を取り留めたということだった。だが依然意識はなく、予断を許さない状態だという。後遺症その他も、意識が戻ってみないことには分からないらしい。

メモを読み上げた宮田が、改めてこっちを見る。

「まあ、なんにせよよかったじゃないか。あれで死んでたら、自動車運転過失致死だからな」

確かに。同じ酒気帯び運転でも、致傷と致死では刑期が大きく異なる。致死なら五年以上の実刑判決が下る可能性が極めて高い。

「で、調べの方はどうだった」

「ああ、はい」

柿内と神野が二人でいった居酒屋とカラオケ店はほぼ特定できたので、明日の送検後にでも確認にいこうと思う、と報告した。

里谷たちの組もまもなく帰ってきた。

「……あれだな、柿内も、事故後は相当慌ててたんだろうな。よくよく聞いてみると、けっこう意味不明な行動をしてやがる」

そのままなんとなく、デカ部屋で捜査会議となってしまった。

久江が訊く。

「なんですか、意味不明って」

「あの道に入って左手、神野宅から見たら右隣の家だが、二階に長男の勉強部屋があってな。そいつが、なんか物音がしたってんで、窓から覗いたらしいんだ。そしたら、車から降りた柿内は、いきなり現場から表の道に出ていったってんだな」

それは変だろう。

「柿内が車から降りて、いの一番に、道に出ていったっていうんですか」

「ああ。その長男は、そう言ってる」

「車の前に回って、神野の様子を見るよりも先に、後ろ向きというか、反対側に向かって、道まで出たと」

「そう、言ってたぞ」

「なんのために」

「知らねえよ、そんなこたァ。そりゃ、お前が明日にでも訊いてみろよ」

それはそうだが。

「……でよ、よく見たら神野宅と車の間に、誰か倒れているように見えて、すぐ戻ってきた柿内は、ちょっと倒れた人の様子を見て、今度は神野宅のドアを叩き始めた。長男は、こりゃひょっとすると非常事態かと思い、一階に下りて父親に知らせ、なんだそりゃってんで二人で出てみたら、倒れてるのは神野久仁彦で、奥さんも娘も、柿内もオロオロしてっから、その父親が、救急車呼んだのかって訊いたら、呼んだっていう。じゃあ警察はって言ったら、それは呼んでないっていう。神野は血だらけで、死んだみたいにぐったりしてる。それで警察を呼ばねえのは変だろうってことで、その父親が通報をくれたんだそうだ」

なるほど。まあ、消防と警察は常に連携しているので、わざわざ双方に通報する必要はないのだが。

そこな、と宮田が指を差す。

「鑑識から報告があがってきててな。それによると、柿内は車を、いったんバックさせてるみたいなんだ」

「どういうことですか」

久江が訊くと、宮田は鑑識からの報告書を差し出してきた。

「タイヤ痕《こん》からするとな、柿内はあの道のちょうど中間地点辺りで神野を降ろし、神野が前を歩いているタイミングでバックしようとした……しかし、シフトチェンジのミスで、レバーはバックではなくドライブに入っており、誤って前進してしまった……で、ドンッ。この段階で車は、神野宅の〇・六メートル手前まで進んでいる。まあ、そこでブレーキが利《き》いてよかったよな。じゃなかったら、バンパーと門柱で、神野を完全にペシャンコにしちまってたところだ」

今度は報告書の別のところを指差す。

「だが問題はここからだ。神野は撥ね飛ばされ、この、太さが四十五センチある門柱に顔面から激突し、その後、ズルズルと崩れ落ちていった。柱に残っていた血痕はこうしてできたものらしい。鑑識の見立てでは、この段階ですでに、運転席からは神野の姿が見えなくなっていただろうということだ。だからか、柿内は車をちょっとバックさせた。でもそれが、実はよくなかったんだな」

一枚めくって、今度は図を示す。

「その時点の神野は、柱から体を離して、車の前部に寄りかかるような状態になっていたと思われる。ところがそこで、柿内が車をバックさせちまった。要するに、意識のない神野から、背もたれを取りあげたようなもんだ。当然、神野は真後ろに倒れ、後頭部を地面に痛打する結果となった……と」

そこまでの経緯はよく分かった。

「でも、なんで柿内は、いったん車をバックさせたんでしょう」

宮田も首を捻る。

「鑑識の見立てでは、まあ、運転席から神野の姿が見えなくなって、それで怖くなって、見えるところまで下がったんじゃないかって、言ってたけどな。あるいは、その時点ではまだ神野を撥ねたことに気づいてなくて、でも、門柱の六十センチ手前までいっちまってたんだから……運転席から見た六十センチなんて、ほとんどあってないようなもんだろ。危ねえ危ねえって、なんの気なしにバックさせちまったとか。そういうことじゃないのかな」

ありえないことではない。何しろ、柿内もそれなりに酒を飲んでいたのだ。

「……あ、でも係長。柿内は、少なくとも衝突音と、神野が仰け反るような姿は認識しています。撥ねたことに気づいていないというのは、ないと思うんですが」

「そうか。じゃあ、違うのかな」

「もう一つ。ダッシュボードの飛沫についての報告、それには載ってませんでしたか」

ん、と言った宮田が報告書を捲り直す。

「いや、そういうのは、載ってなかったな」

じゃあ、まだ分析が済んでないということか。

九日朝には柿内を検察官に送致、十日は強行犯係員総出で現場検証を行うことになった。

まずは柿内の車両と同型のトヨタ・ヴィッツをレンタカーショップで調達し、事故現場に運び込んだ。それを鑑識の見立て通りに動かし、果たしてその通り事故が起こるかどうかを確認する。

「原口さん、本気で轢《ひ》かないでくださいよ」

「大丈夫だよ。任せとけって」

マル害役は峰岸、マル被役は原口。

動かし方は里谷が指示する。

「もうちょい前、もうちょい前……はい、そこでドーンッ」

ぶつかられた峰岸が、ひらひらと舞い踊りながら門柱まで飛んでいく。

「そこで顔面をグシャッ……ズルズルズル……いや、まだ尻餅《しりもち》はつくな。いったん膝立ちになって……そう、それから尻餅をついて、後ろにもたれかかって……どうだ原口、見えるか」

運転席の原口に訊く。

「いえ、ほとんど見えませんね。脳天がほんの少し見えるくらいです」

「よし、じゃあバックしろ。ゆっくりな、ゆっくり」

徐々に車両が後退していき、支えを失った峰岸が、ゆっくりと地面に体を横たえる。するとぴったり、丸い血溜まりの辺りに頭が納まる。周りにはまだチョークの線も残っている。

「おお、上出来じゃねえか。なあ、魚住」

「ですね。間違いなさそう」

確かに、ここまではいい。事故そのもののプロセスは説明可能になった。しかし、どう考えてもこの直後、柿内がいったん表の道に出ていったところが説明できない。

その疑問を口にすると、里谷が首を捻った。

「それについて、柿内はなんて言ってんだ」

「知らないって。そんなことした記憶はないって」

久江が聞いた限りでは、柿内は事故後、車から降りてすぐ神野の様子を見にいき、怪我の様子があまりにひどかったので家人を呼びにいった、と説明している。

「そうか……でも、隣の家の長男はしっかりしてたぜ。とても寝惚《ねぼ》けて見間違えたってふうじゃなかったけどな」

久江にその彼のしっかり具合は測りようもないが、二階から状況を見ていた彼と、実際に車を運転して友人を撥ね、重傷を負わせた様を目の当《まあ》たりにした柿内とどちらが取り乱していたかを考えれば、自《おの》ずと答えは見えてくる。

「でも、何かしに道に出ていったのだとしても、すぐ戻ってきてるんですよね」

柿内は携帯電話を持っていた。実際それで救急車を呼んでいる。公衆電話を探しにいったというのはないはずだ。だったらなんだろう。事故現場、三軒の家に囲まれた私道。そこから対向二車線の道路に出て、でもすぐ戻ってくる程度の用事、目的。

試しに久江も表の道まで出てみた。幅一・五メートルほどの歩道があり、車道とは若干の段差が設けられている。だが事故現場正面に当たる部分はちゃんとスロープになっており、自動車の出入りに何ら支障はない。

振り返り、歩道から事故現場を眺めてみる。ワンブロックの中央に私道を設け、三軒の家に出入りできるよう設計されている。建売住宅などによく採用される方式の建て方だ。ただし、この一画はどこの家にも駐車場がない。まさかここで交通事故が起こるとは、住人の誰も想像していなかったに違いない。

歩道の左右を見渡してみる。似たような二階家が連なっており、商店らしきものといえば、遠くにコンビニの看板が見える程度である。あとは、すぐそこにある自動販売機くらいだ。

「……自販機、か」

そういえば最初に柿内をPCに乗せ、話を聞く前に、峰岸に水を買いにいってもらった。ひょっとして柿内も事故直後、酒気を紛らわすために水を買いにいったのか？　いや、たとえ水を買ったとしても飲む時間がない。隣家の長男の話では、柿内は道に出ていったがすぐ戻ってきたことになっている。しかも柿内は、酒を飲んでいたことを一切否定していない。慌てて水を飲むという行動とはどうにも結びつかない。

では他に何ができる。こっちに出てきて、すぐ戻れる程度のこと。

自販機の隣には、一メートルほどの高さの青いプラスチック製のボックスが置かれている。空き缶入れ、と書かれたステッカーが貼《は》ってあるが、むろんペットボトルを捨ててもいいのだろう。

捨てる——？

そう。捨てるだけなら、一瞬でできる。

事故直後、柿内はこっちに出てきて、あの中に何か捨てたとは考えられないか。

「どうしたんですか？」

マル害役を終えた峰岸がこっちに出てきた。

「ちょうどよかった。峰岸くん、ちょっと手伝ってもらえる？」

自販機のところまでいき、空き缶入れに手を掛ける。

「これを、どうするんですか」

「どうしよっか……ちょっと、そっちに運ぼうか」

歩道に広げてはさすがに迷惑だろうから、現場の入り口付近、借りてきたヴィッツの後ろまで運んで、

「ザーッと、いっぺん空けちゃおう」

フタを開け、その場に中身を全部出してみた。けっこうな量が入っている。何日分のゴ

ミかは分からないが、でも一日二日分ではないように見えた。缶やペットボトル以外のゴミといえば、菓子パンの包み紙と、タバコの空き箱と、アイスの棒、それと週刊誌が一冊。そんなものだ。

「おいおい、何やってんだよ」

宮田や里谷が寄ってくる。

久江は、その後ろにいる原口に頼んだ。

「ねえ原口くん、その販売機にある銘柄、一個いっこ読み上げてくれるかな」

言いながら白手袋をはめる。

「はあ……いいですか。緑茶」

「どこの社の」

「この販売機はユニ・コーラのですから、入ってるのも全部ユニ・コーラですよ」

「うん、分かった。緑茶の次は」

「もう一本緑茶、次がウーロン茶、アップルティー、スポーツドリンクのジャカラ、ミネラルウォーターの……」

峰岸も手袋をはめ、手伝ってくれた。

そうやって分類していくと、中にはこの販売機のラインナップにない商品のボトルや缶まで捨てられていることが分かってくる。どこか別のところで買って、飲みながら歩いてきて、ちょうどこの辺りで飲み終わったため、捨てていったのだろう。

ラクダビバレッジのサイダー、ポッケの甘さ控えめコーヒー、カントリーのウーロン茶、などなど。

原口が上から覗き込む。

「魚住さん、なんなんですか、一体」

これが何を意味するかは、現時点ではまだ久江にも分からない。

現場検証を終え、夕方からは柿内が神野といったと証言した居酒屋とカラオケ店を当った。

居酒屋の方は、六本木交差点から歩いて六、七分という立地。串焼《くしや》きを売り物にした、チェーン展開はしていない単独店舗だ。

「恐れ入ります。警視庁の者ですが、七日の夜七時過ぎに来店した中で、男性二人連れのお客さんについて、覚えておられる方はいらっしゃいませんか」

レジに立っていた青年は「少々お待ちください」と奥に引っ込み、すぐにマネージャーらしき男性を連れてきた。名札には「中田」と書いてある。

「はい、どういったご用件でしょう」

青年にしたのと同じ質問をすると、中田はちょっと待ってくださいとレジに入った。

「……七時過ぎのご来店ですと、お会計は九時過ぎでしょうかね」

柿内は一軒目を出た時間を明らかにしていない。

「はい。でも念のため、もう少し前から」

「じゃあ、八時半頃から見てみますから、ちょっと待ってください」

正式な令状がないと、こういう情報を開示してくれない店も少なくない。今回は物分かりのいいマネージャーでよかった。

「男性の、お二人連れですね」

「ええ」

しばらくデータを見ていくと、

「ああ、ありました」

モニターを指差す。

「九時十二分にお会計をされてますね。前後を見ていっても、男性お二人というお客様はこの日、十一時台までないので、これで間違いないんじゃないでしょうか。どうしましょう、レシート出しましょうか」

「ぜひ、お願いします」

男二人が二時間近くいたわりに、注文した品数はさして多くなかった。串焼きの盛り合わせ、大根のサラダ、ひと口餃子《ギョーザ》、焼きお握り。飲み物は中生が二杯、焼酎《しょうちゅう》の梅干入りお湯割りが一杯、ウーロン茶が二杯。

「すみません。このお客さんを接客した方、今お店にいらっしゃいます？」

「ええと……はい、おります。少々お待ちください」

次に呼ばれてきたのは背の低い、ぽっちゃりした女性だった。

「お忙しい時間にすみません。七日の、七時過ぎに来店された男性二人のお客さんで、この二人、ご記憶にありませんか」

昨日、ようやく調達できた神野の写真と、柿内の逮捕時の写真を見せる。

「……ああ。あそこの、D3の席にお通ししたお客様かな」

中田が横から「そう」と後押しする。

「だったら覚えてます。お会計をしたのは、私ではないですけど」

「うん、お会計はいいんですが……これ、いま出してもらったレシートなんですけど、このビールと、焼酎のお湯割りとウーロン茶、どっちの人がどれを飲んだか、分かりますか」

それにはさすがに首を捻る。

「それは、ちょっと分かりませんね」

「主にオーダーをしていたのは」

「こちらの方、だと思います」

柿内だ。

「どっちの方が酔っていたとか、そういうのも分かりませんか」

ごめんなさいと、彼女はさもすまなそうに頭を下げた。


証言に挙がっていたカラオケ店にいってみたが、残念ながら該当する客はいないと言われてしまった。だが念のため、その周囲にあるカラオケ店を虱潰《しらみつぶ》しに当たってみると、三軒目で当たりが出た。

「男性のお客様、二名様ですね……ええ、九時二十七分に入店されまして、十一時二分にお会計をいたしました、男性二名様はいらっしゃいます」

ここでもレシートを再度打ち出してもらった。

「この二人を接客した方と、今お会いできますか」

「ええ。少々お待ちください」

呼ばれてエレベーターで下りてきたのは、二十代前半の男性だった。彼にも同じ説明を繰り返し、さっきと同じ写真を見せる。

「それは、この二人ではなかったですか」

「……ああ、そうですね。よく似ています」

さらに伝票を見せる。

「このハイボール三杯、緑茶ハイ、モヒートを飲んだのがどっちの男性だったか、分かりませんか」

ちなみにそれとは別に、ジンジャーエール、ウーロン茶が一杯ずつオーダーされている。

「いや、それは難しいですね。私どもは、出入り口でお飲み物をお渡しするだけですので、実際に飲んでいるところを見る機会は、あまり……」

「では、どちらの男性が主に、その飲み物を受け取ったりしていましたか」

「出入り口に近いところにいらしたのは、こちらの方だったと思います。ですので、お渡ししたのも、たぶん」

やはり柿内だ。

「どちらが酔っていたかとか、そういうのは」

「いや、どうだったでしょう。個室内は照明を暗めに設定しておりますので、顔色もよく分かりませんし。それと、やはり我々が入った瞬間というのは、若干、空気が余所行《よそ》きになるというか、盛り上がっていたお部屋でも、ちょっと白けることが多いので」

とそこで、最初に話を聞いた店員が割り込んできた。

「すみません、ちょっといいですか」

久江の手にある写真を指差す。

「ええ、どうぞ」

手渡すと、彼は何かを探るように、その二枚の写真を注視した。

「……こちらのお客様は、だいぶ酔っていらしたような印象があります」

神野だ。

「何かありましたか。転んだとか」

「ええ。もう一人の方が、こちらでお会計をしていらっしゃる間、この方は、こんな感じで、カウンターに肘《ひじ》をついて、目を閉じて、ウトウトするような感じで待ってらしたんです。でも、肘をついていたのが、ちょうどそのチラシのところで」

レジスターの横には、チラシが一センチほど積まれている。

「ズルッ、とコケて、チラシを床にばら撒いてしまって。それ自体は大したことなかったですし、お客様がお怪我をされたわけでもなかったので、よかったんですが、そのときもう一人の方が、大丈夫か、って、とっさに抱き起こしたのが、なんとなく、印象に残っています。ですんで、こちらの方のほうが、だいぶ酔っておられたんじゃないかなと」

会計をしたのは柿内。

チラシですべって、コケそうになったのが神野。

それを抱き起こしたのは、また柿内。

夜七時過ぎ。峰岸と署に戻ってみると、

「あれ、誰もいませんね」

なぜかデカ部屋は空っぽだった。おかしい。少なくとも原口は、久江が頼んでおいた作業をしているはずなのに。

「帰っちゃったんですかね」

「そんな馬鹿な……下、いってみよう」

当番員が詰めている、一階の受付までいってみる。

「すみません。強行班の原口、見かけませんでしたか」

ちょっと奥にいる、生活安全課の巡査部長がこっちを向いた。

「あいつなら駐車場で、ゴミ広げてなんかやってたぜ」

「そうですか、分かりました。ありがとうございました」

早速、署の裏手の駐車場に回ってみた。

果たして、原口は屋根付きガレージの中でしゃがみ、地面に並べたペットボトルをじっと睨んでいた。

両手には白手袋。

「原口くん、お疲れ」

近くまでいくと、淀んだ目でこっちを見上げる。

「……ああ、魚住さん。疲れましたよ。正直言って」

「うん、ありがとね。で、どうだった？」

原口の周りにはペットボトルの他に、短く切られたテープ状の紙が散乱している。

「鑑識に相談したら、簡単だから自分でやれって、これ渡されて」

彼が示したのは「アルコール検出用試験紙」と書かれた小さな箱だ。

「たった今、全部終わったところです。乾いちゃって駄目なやつには、ちゃんと鑑識でもらってきた綺麗な水を垂らして、それを検査しました。でも、反応があったのはこれだけでした……カントリーの、ウーロン茶」

やはり、そうだったか。

「それはそれは、ご苦労さまでした……まあ、別にそこまで厳密にやんなくてもよかったんだけどね。こう、フタ開けて、お酒臭いかどうか確認するだけでもよかったのに」

あれ、これは別に、いま言わなくてもよかったか。

早速そのペットボトルを鑑識に持っていき、居残っていた坂本《さかもと》主任に押しつける。

「まずこれの指紋を採取してください。で、それを柿内士郎のものと照合してください。次に、この口のところに唾液が残っていないか、中に少し残っている液体がなんなのか、調べてください。それと、八日の事故車両のダッシュボードから採取した液体、あれの鑑定結果って出てます？」

ちょっと魚住さん、と坂本が立ち上がる。

「そんなにいっぺんに言われたって困りますよ。昨夜《ゆうべ》車上荒らしが二件もあって、こっちだって手が足りないんだから」

「あ、どうせマル害が助かった交通事故だ、くらいに思ってるんでしょう。でもそういう認識、甘いと思いますよ。だって、撥ねちゃったのは友達なんですよ？　これで重い後遺症が残ったなんてなったら、マル被がショックのあまり自殺、なんてことだってあり得なくはないんですからね」

この説得が効いたのかどうかは分からないが、坂本は「できるだけ早くやります」と約束してくれた。

柿内は九日の内に検察から練馬署に戻っており、以後最長十日間の勾留《こうりゅう》が決定していた。

翌十一日は日曜日。柿内の最近の仕事ぶりについて知るため会社関係者に話を聞きにいきたかったが、休日では仕方ない。それは明日に回すことにした。

代わりに、大学時代の友人関係を当たることにした。

宮田は、たかが交通事故にそこまでする必要があるのか、と眉《まゆ》をひそめたが、久江はあると思っていた。むしろ、もはやこれはただの交通事故ではない、とすら感じている。

とはいえ、大学時代の友人を割り出すのはひと苦労だった。通常であれば神野の奥さんにでも訊いてリストアップしてもらえば済む話なのだが、その逸美自身が大学からの付き合いではそうもいかない。別に逸美を疑う要素は何もないが、前もって友達に「あのことは話さないでね」などと口止めをされては捜査に支障をきたす。

よって、自力で友人を探すほかない。

まず訪ねたのは大学の学生部。東朋大学演劇倶楽部《クラブ》は歴史あるサークルということなので、OB・OG名簿みたいなものもどこかにあるはずと考えた。

「そういったものは、それぞれのサークルの執行部が管理することになっているんですが」

ウラキと名乗った係員は、ごく事務的に告げた。

「ではそのサークルの、今の代表の方をご紹介いただけますか」

ここからが現代テクノロジーの素晴らしいところだ。久江が学生だった頃は当然、携帯電話なんてなかった。ひょっとしたら、パソコン通信くらいはあったのかもしれないが、インターネットや電子メールなんてものは影も形もなかった。

でも、今は違う。

「……もしもし、学生部のウラキと申します。あの、いま警察の方がこちらに見えてでですね、演劇倶楽部のOB・OG名簿を見せてもらえないかっていうんだけど、それって可能ですかね……ああ、そうですか」

受話器の送話口を押さえたウラキがこっちを向く。

「今、新宿の劇場で稽古《けいこ》中なんだそうですが、そこまできていただけるなら、データの形でよければお見せできるそうです」

よかった。

「いきます。すぐいきますから、場所を教えてください」

だがウラキは、もうふた言三言いって電話を切ってしまった。でもそれでよかったようだ。まもなくメールで劇場の住所が送られてきて、ウラキがその周辺地図をプリントして渡してくれた。

「代表をやっているのはサカグチという学生です。彼の名前を受付で言えば、すぐに出てくると言っていました」

「そうですか。ありがとうございます」

それに比べ、情報漏洩《ろうえい》を怖れるあまり、いまだ署内では自由にネットにも繫げない警察組織は、なんと遅れているのだろう。

サカグチとは無事会うことができ、名簿も見せてもらえた。そこからたどっていき、柿内たちと同じ代に在籍した嶋田絢子《しまだあやこ》という女性と会えることになった。

夜、一時間程度ならということで、渋谷の喫茶店で待ち合わせた。

「すみません。突然お呼びたてしてしまして」

「いえ、大丈夫です。曜日も昼夜も関係ない生活をしてますから」

フリーライターをやっているという絢子は、逸美とはまた違った意味で若々しい雰囲気の女性だった。脱いだコートは目にも鮮やかなオレンジ色。その下に着ているのは、もうすぐ冬だというのに胸元の大きく開いたカットソー。警察関係者にはあり得ないコーディネイトだ。

まさか、峰岸の目はあの胸元に釘付《くぎづ》け、なんてことはないだろうなと隣を見てみたが、それは大丈夫だった。峰岸は大真面目《おおまじめ》に、もらった名刺をじっと見ていた。

「なんですか、柿内くんと、神野くんのことですって？」

柿内を加害者、神野を被害者とする交通事故が起こったことはあえて話さなかった。ただ、ちょっと彼らの学生時代のことについて知りたいとだけ説明した。

「それって、神野くんの事務所絡《がら》みの話ですか」

「いえ、そういうわけでは」

「脱税とか、それとも……こっち絡みとか」

若草色に仕上げたネイルの人差し指で、頬に一本線を描く。確かに芸能事務所ともなれば、その手の組織と係わりができる可能性もあるだろうが。

「いえ、そういうことでもありません。あくまでも、柿内さんと神野さんの、学生時代の関係について、お伺いしたいだけです」

ふうん、と絢子はつまらなそうに頷き、バッグから出した細いタバコに火を点けた。

「柿内さん、神野さん、それと、今は神野さんの奥様の逸美さんは、学生時代からとても仲がよかったそうですね」

「ああ、ニノミーね。彼女、旧姓がニノミヤだから、みんな、ニノミーって呼んでたんですよ……確かに、あの当時の三人は特別でした。なんていうか、絶妙なバランスで引き合う、完璧な『正三角関係』とでもいうか」

逸美の旧姓は「二宮」か。どこまでも洒落《しやれ》た人だ。

「でも、最終的には神野さんと逸美さんが付き合うんだろうなって、そんな予感は周囲にもあったわけでしょう？」

絢子は、ちょっとフザケたみたいにあらぬ方を向いた。

「んー、そんなことはなかったと思うな。確かに神野くんはカッコよかったけど、でも柿内くん、いい人だったし。ニノミーも柿内くんのこと、満更でもなかったっぽいし。むしろ後輩には、柿内くんの方がモテてたくらいだから。だから、ニノミーに神野くんの子供ができたって分かったときは、逆につまんない感じがしたかな。それじゃ普通じゃん、みたいな」

煙を吐きながら、カラカラと笑ってみせる。

「そのとき、柿内さんはどうでしたか。やっぱり、ショックだったようですか」

「そりゃね、柿内くんがニノミーのこと好きだったのはみんな知ってたから、慰めもしたし、からかいもしたけど……確かに彼も落ち込んではいたけど、でもなんか、ある面では、さっぱりしてるようにも見えたな……うん。なんかそれまでは、神野くんとニノミーといることで、柿内くん自身、背伸びしてたとこあったと思うんです。それはそれで、柿内くんも成長できたいい時期だったんだろうけど、逆に一人になったあとの方が、ちょっと苦み走ってて、かえってカッコよく見えました。あたしも、ひと晩くらい寝てみてもいっかな、なんて思いましたもん」

いや、そういうことが聞きたいのではない。

こっちが知りたいのは——。

「……たとえば、柿内さんが、神野さんのことを恨んでいた、というようなことは」

「ニノミーをとられて、ってことですか？」

「ええ」

絢子はプッと吹き出しながら、ないないと大袈裟《おおげさ》に手を振った。

「あの二人、っていうか三人、そういう関係じゃありませんから」

そこまで言って、急に真顔になる。

「ニノミーの幸せを一番に願っていたのは、たぶん柿内くんです。そりゃ、嫉妬《しっと》もちょっとはあったでしょう。神野くんを一発殴ったって話もありましたし。でも恨むとか、そういうのはないです。柿内くん、そういう人間じゃないです。これは、倶楽部の誰に訊いてもらってもいいです。彼のことを知ってる全員が言うはずです。柿内くんは、そんな安っぽい人間じゃありません。あたしが保証します」

久江を見る目に力がこもる。ちょっと興奮しているようだ。

「信じられないでしょうけど、ニノミー、在学中に子供産んだにも拘《かか》わらず、ちゃんと四年で卒業してるんですよ。その間、出られなかった講義の資料を集めたり、ニノミーが講義出てる間に赤ちゃんの面倒見てたの、柿内くんなんです。オムツ換えたり、ミルクあげたり、泣いたら抱っこして、校舎の裏をあやして歩いたり。あの娘《こ》、他の誰かじゃ駄目で。ママ以外は、柿内くんじゃなきゃ駄目だったんです」

少し落ち着こうとするように、ひと口タバコを吸う。

漂い出た白い煙が、透き通りながら徐々にほどけていく。

「……愛だなって、思いましたよ。若いながらも。これはもう恋の段階を越えて、愛になっちゃってるねって、みんな言ってました。そういうの、見て知ってるんです、あたしたちは。柿内士郎がどういう男か……だから、恨むとか、そういう安っぽい話、仮にでもしてほしくないです。なんか、あたしらの青春まで汚《けが》される感じがします」

そうまで言われると、久江も頭を下げざるを得なかった。

十一月十二日月曜日。

午前中にカントリーホールディングス本社を訪ねると、柿内の上司に当たるウイスキー事業部の渡辺《わたなべ》部長が会ってくれることになった。

峰岸と共に挨拶《あいさつ》し、名刺交換をする。

「どうぞ、お掛けになってください……一応、連絡はいただいてましたが、そうですか。事故の相手は、学生時代の友人ですか」

柿内の普段の仕事ぶりなどを聞きながら、久江は質問のチャンスを窺った。イベント、出張、という話題に、無理やり「車」というキーワードを引っかけた。

「ちなみに、今の柿内さんのお仕事で、自家用車を使わなければならないケースって、よくあるんでしょうか」

渡辺が聞き返すように首を傾《かし》げる。久江の訊き方が悪かったか。

「……たとえば、社にある荷物を持って帰らなきゃならないとか、その逆とか」

「いえ、そういうことは、まずないと思いますね」

渡辺は、半笑いしながらかぶりを振った。

もう少し喰い下がってみよう。

「でも、イベントに使う何か、こう、大きな作り物とか」

「セットみたいなものですか？　そういうのは普通、専門の業者が作ったり運んだりしますし、仮に緊急でそういうことをしなければならなくなったとしても、たいていは部下がやるでしょう。柿内はああ見えて、企画課の課長ですからね。自分の車で資材を運んだりはしませんよ」

そうなのか。だとしたら柿内が七日、自家用車に乗って出た目的は、仕事とはまったく関係ない何かということになりはしないか。

お茶をひと口飲んだ渡辺が、しかし、と逆に切り出す。

「事故に遭われたお相手も、お気の毒ですな。お仕事は何をしていらっしゃる方ですか」

瞬時に頭の中でソロバンを弾《はじ》く。この情報は開示していいものか否《いな》か。おそらく、これといった不都合はないはずだ。

「ええ……芸能事務所の、社長さんをしていらっしゃる方です」

「ほう。なんという」

「エイスワンダーという事務所です」

すると、渡辺の眉間《みけん》にキュッと力がこもった。

「……エイスワンダーの社長、ですか」

「ええ。部長、ご存じなんですか」

「ご存じって……つまり、ジンヒサヒコさんですよね」

一瞬、空耳かと思ったが。

「いえ、その方は、神野久仁彦さんという方です」

「ああ、それは、あれですよ。本名の方ですな。確か彼は、若いときは俳優だったとか、脚本家だったとかで、ペンネームだか芸名だかがありまして、それがジンヒサヒコというんですよ。『仁義』の『ジン』に、『久しい』『ヒコ』で」

仁久彦。「神野久仁彦」を略して組み替え、芸名にしたのか。

渡辺は、ちょっと困ったように目を逸《そ》らした。

「そうですか……仁久彦は、柿内の友人でしたか」

「何か、御社と関係が？」

「ええ、まあ……少なからず」

「差し支えなければ、お聞かせいただけますか」

渡辺が唇を尖らせる。

「……あまり、私の口から多くは、お話しできないんですが」

「お聞かせいただける範囲でけっこうです」

今度はフンッと、勢いよく鼻息を吹き出す。

「……エイスワンダーに所属している、黒瀬倫子《くろせりんこ》という女優をご存じですか」

すると、隣で峰岸が「ああ」と声をあげた。黒瀬倫子なら久江も知っている。三十代半ばの、ショートカットがよく似合う、そんなに目がパッチリという感じではないけれど、でもシャープな顔立ちで、ちょっと色っぽい、なかなかの売れっ子女優だ。

「黒瀬倫子さんが、何か」

「ご存じないですか。彼女は今、弊社のウイスキーのCMに出てまして。バーのママみたいな役どころで、カウンターで、ウイスキーの入ったグラスにソーダを注いで、はい、ハイボール……と差し出すCMなんですが」

知ってる。見たことある。

渡辺が続ける。

「あれが火付け役となり、世間は今、大変なハイボールブームでしてね。弊社でも、いま一番元気がいいのはウイスキー事業部なんです」

そこまで快活に語った渡辺が、急に身を乗り出し、声をひそめる。

「ところが……ちょっと困ったことが起こりましてね」

「はい。なんでしょう」

「その、仁社長と、黒瀬倫子が、どうも……デキてるようなんですな」

神野久仁彦と黒瀬倫子が。つまり、不倫？

「本当ですか」

「まあ、いずれ分かるでしょう。ああ見えて、エイスワンダーには大きな後ろ盾がない。事務所自体も、黒瀬倫子の人気一本で持っているところがある。そういうスキャンダルが表に出るのは、ウチとしても嬉しくないんですがね、実際のところ」

カントリーウイスキーのCM。黒瀬倫子。仁久彦こと、神野久仁彦。柿内士郎は、カントリーホールディングスのウイスキー事業部企画課課長。

あの事故の構成要素は、神野と柿内だけではなかったのか。個人対個人ではない、もっと広く大きな何かが、あの夜の柿内にアクセルを踏ませたのか。

「……すみません。いずれ分かる、というのはどういうことでしょう」

「出てしまうんですよ、週刊誌に。それに絡んで、ウチも妙なとばっちりを喰らってましてね……そういうね、危機管理云々《うんぬん》は自己責任なのに、自分とこのタレントが絡んでるからって、他社に厄介ごとの尻拭《しりぬぐ》いを押しつけるのはどうかと思いますよ。公私混同もいいところです」

それは一体、どういうことだろう。

渋る渡辺にしつこく喰い下がり、ようやく聞き出したのが「週刊キンダイ」という誌名だった。

「でも、私から聞いたって言わないでくださいよ。あとでどんな面倒が起こるか分からないんですから」

「分かりました。決して他言はいたしません」

連絡を入れると、午後三時頃ならかまわないということだったので、その時間に「週刊キンダイ」の編集部を訪ねることにした。版元である陽明社の所在地は千代田区神田だ。

全面ガラス張りのビルの一階受付で、警視庁の魚住だと告げる。

「はい、魚住さま。そちらのエレベーターで四階にお上がりください。週刊キンダイ編集部の、アオキがご案内いたします」

指示通り四階で降りると、真正面に小太りの男が控えていた。

「魚住さん、ですか」

「はい、警視庁練馬警察署の、魚住です」

「峰岸です」

「初めまして。週刊キンダイのアオキです」

挨拶を済ませ、会議室に案内される。もらった名刺には【編集長　青木和憲】とあった。まだ三十代後半に見えるが、これくらいでもう編集長なのか。

「何かお飲み物でも。コーヒーとか、紅茶とか」

「いえ、おかまいなく」

青木は「そうですか」と言いながら会議テーブルの向こうに回った。

「……で、今日はどういったご用件で」

「はい。単刀直入にお伺いします。芸能事務所、エイスワンダーの社長である、仁久彦こと、神野久仁彦さんのスキャンダルについて、こちらで取り上げる予定はありますか」

青木は眉をひそめながら上半身を引いた。

「なんですか。そういうのに、警察は圧力かけたりするんですか」

「いえ、そういうことではありません。ただ、そういう記事を扱う予定がおありなのかな、と思いまして」

考えを整理しているのか、青木は下唇を噛み、しばらく下を向いて黙り込んだ。

やがて、丸っこい手を懐に差し入れ、タバコのパッケージを取り出す。

「……まあ、予定としては、ありますけどね」

「どういう内容の記事ですか」

「それは、いくら警察の方でも」

「黒瀬倫子との不倫報道ですか」

なんだ、とでも言うように、青木は安堵の表情を浮かべた。

「……ご存じだったんですか。刑事さんもお人が悪い」

「それを記事にする予定が、あるわけですね」

白いフィルターを銜《くわ》えながら、何度も小刻みに頷く。

「ええ。ありますよ」

「いつ載せる予定なんですか」

それにはかぶりを振る。

「現状、掲載はとりあえず、見合わせています」

「どうしてですか」

フッ、と鼻で笑う。

「刑事さん、なんなんですか、その記事を載せさせたいんですか」

「いえ、別に載せさせたいわけでも、やめさせたいわけでもありません。ただ、それに関して何かトラブルが起きているようなので、事情をお伺いできればと思っているんです」

銜えていたタバコに火を点ける。久江も吸いたいところだが、せめて捜査中は我慢しようと心に決めている。

青木が、ぷかりとひと口吐く。

「……そうは言っても、警察に助けてもらうようなことではありませんしね」

「まあ、陽明社さんは困ったことにならなくても、他の方が困ったことになる可能性はあるわけでして」

「黒瀬倫子とか、仁社長とか、その家族って意味ですか」

「それもありますが、たとえば、カントリーホールディングスとかも巻き込んで、という形に発展するならば」

再び青木が考え込む。

何口か吸い、半分まで灰にしたところでガラスの灰皿に潰す。

「……まあ、そういうのは、こっちもあまり望まないんですがね」

「そういうの、というのは」

「だから、黒瀬倫子を使った、カントリーさんの広告ですよ。カントリーさんとしては、ウイスキー及びハイボールは今一番の売れ筋商品ですしね、黒瀬倫子はそのＣＭキャラクターなわけだから、そこに変な亀裂《きれつ》は入れたくない。ところが、うちが仁久彦と黒瀬の密会写真、具体的に言ったら車中キス、ホテルの出入り、黒瀬の自宅マンションエレベーター前での抱擁……そういう写真入りの記事を出すって言ったら、なんと、カントリーさんからクレームがきたわけですよ。黒瀬の記事を出すんだったら、キンダイにはしばらく広告を出さない、ってね……まあ、カントリーさんはウチにとっても大事な広告主なんでね、その辺は考慮しようかって案もあったんです」

つまらなそうに舌打ちをはさむ。

「まあ、仁久彦だけ残してね、黒瀬の顔にはボカシを入れて対処しようってことで落ち着きかけたんです。でも、それでも駄目だって言う。ボカシくらいじゃ黒瀬だって分かっちゃうから、その記事の掲載自体を見合わせろって言う……さすがに、そこまで言われたらこっちだって、ちょっと待てって話になりますよ。広告主だからって、なんでそこまで言われなきゃならないんだって。内政干渉もいいところでしょう。しかも、それで終わりじゃない」

もう一本タバコを銜えるが、今度はなかなか火が点かない。

「ちくしょう……しかも黒瀬は、カントリーウイスキーだけじゃなく、ＭＥＣのパソコンのＣＭにも、携帯電話のＣＭにも出てる。あっちこっちから、黒瀬の記事を出すのか出さないのかって問い合わせがくる。仁がそう仕向けてるのは分かってるんだ。あの野郎……大して力もないくせに、黒瀬一本で業界を牛耳ったつもりにでもなっててんのかって話ですよ。もういっそ、広告度外視で全部載せちまおうかって話も出たくらいでね」

だがそこで、急に青木は表情を変えた。

「でもね……ウチにもまだ、隠し玉が眠ってることが分かりましてね。今それで、仁と直接交渉をしようかと思ってたところなんですよ」

そのとき青木が浮かべた表情は、ヤクザ者が切り札を出す直前の、脅しを含んだそれとよく似ていた。

署に戻ると、鑑識から報告書が届いていた。

すべて、久江が予想した通りの結果だった。

すぐに柿内を呼び出して取調べを再開してもよかったのだが、あえてひと晩待つことにした。

時間はまだたっぷりある。焦る必要はない。

十一月十三日火曜日。午前十時きっかりに柿内を留置場から出し、調室に連れてきた。

奥の席に座らせ、腰縄を椅子に結び付け、手錠を外す。

柿内は、グレーのフリースにブルーのジャージ下というちぐはぐな恰好《かっこう》をしていた。ジャージの方は警察の貸与品だ。

「……おはようございます」

反応は、ほんの少し頭を下げただけ。表情は硬い。目は机の一点に据えられている。

「逮捕から、もうじき一週間になります。どうですか。ちゃんと、眠れていますか」

ほとんど息だけで「はい」と答える。

久江も、ゆっくりとひと息吐いた。

「……今日は、いくつか重要なお話をします。それと同じくらい、重要な質問もします。できる限り、正直に答えてほしいと思っています。いいですか、柿内さん」

再び息だけの答えが返ってくる。

「では、まず確認したいのは、あなたは事故当時、本当はちっとも酔ってなんていなかったんじゃないか、ということです」

目だけが別の生き物のように動き、久江の顔に向けられる。だがそれもほんの一瞬で、またすぐもと通りに伏せられた。

乾いた色の唇が上下に剝《は》がれ、真ん中に黒い亀裂が生じる。

「……程度の問題は、あるでしょうけど、酔ってましたよ。アルコールチェック、したじゃないですか」

それには、久江も頷いておく。

「でも、あのアルコールチェックは、事故が起こってから二十数分経ってのものでした。まさに事故当時そのものの状態とは、厳密に言ったら違う可能性があります」

「居酒屋とカラオケ、ハシゴしてるんですよ。チャンポンして、いろいろ飲んだんです……酔いますよ、普通」

「そうでしょうか。どちらのお店でもソフトドリンクが必ず頼まれていました。あなたは、それを飲んでいただけなんじゃないですか。生ビールも焼酎のお湯割りも、ハイボールもカクテルも、飲んだのは全部、神野さんだったんじゃないんですか」

柿内は反応を示さなかった。考えているふうを装っているのかもしれないが、久江には、下手に尻尾《しっぽ》を摑《つか》ませないために必死で無表情を保っているようにしか見えなかった。

「これを、見てください」

二枚用意してきた写真の、まず一枚目を見せる。

「見覚え、ありませんか」

ちらりと見ただけで、また柿内は目を伏せる。

「事故現場の手前にあった、自販機横の空き缶入れから出てきた、ペットボトルです。カントリーウーロン茶の、三五〇ミリリットル……見覚えありませんか。最近、あなたはこのボトルを利用されませんでしたか」

まだ無反応だ。

「これには柿内さん、あなたの指紋と、あなたの唾液が付着していました。そしてこれには、少量のウイスキーが残留していました。成分を分析した結果、あなたの会社の、今一番の稼ぎ頭である、カントリーウイスキーであることが分かりました。あなたは、神野さんに車を当てる直前に、あらかじめ用意していたこれを飲み、飲酒運転を装ったのではありませんか」

柿内は何か言おうとし、だが上手く声が出なかったのだろう。一度唾を飲み込み、唇を舐《な》めてから始めた。

「……僕がそれを飲んで、あそこに捨てたのだとしても、それが神野を撥ねる直前だったかどうかは、分からないじゃないですか」

「それはですね」

もう一枚の写真を出す。

「あなたの車のダッシュボードです。位置としては、ちょうどハンドルの向こう側……ここ、ちょっと見えづらいかもしれないですけど、何かの飛沫が付着しているの、分かりませんか。ここら辺なんか、明らかに色が違うでしょう。これ、事故直後はまだ濡《ぬ》れていたんです。私が発見して、採取したサンプルを分析したんですが、これも、カントリーウイスキーでした。つまりあなたは、私があの車を見るちょっと前、ウイスキーの水滴が乾く間もないくらいのタイミングで、この運転席で、あらかじめペットボトルに用意していたウイスキーを飲んだ。でも、慌てて一気飲みしようとしたからじゃないですか。あなたは噎《む》せるか何かして、少し吹き出してしまった。それが、ダッシュボードに残ってしまった……」

またたんまりか。

「柿内さん。カントリーウイスキーは、あなたの会社の主力商品でしょう。こんなことしちゃ駄目じゃないですか。なんでこんなことに利用したんですか」

まだ響かない。柿内の胸の鎧は、久江が思っていたより厚い。

「幸い、神野さんは一命を取り留めましたんで、罪状は自動車運転過失致傷……となるところでしたが、はっきり言って、あなたがやったこれは殺人未遂です。あなたには、神野さんに対する殺意があった。七日、あなたは最初から神野さんを殺すつもりで自家用車で出勤し、待ち合わせをし、お酒を飲ませ、酔った神野さんを送ると言って車に乗せ、自宅前まで連れていった」

「なぜッ」

ふいに、柿内が強く発した。

「なぜ僕が、神野にそんなことをしなくちゃならないんですか。親友ですよ。二十数年来の親友なんですよ」

「だからこそ、ということも、あるんじゃないですか」

あえて真っ直ぐ、柿内の目を見つめた。柿内も逸らさない。

「……神野さんは最近、『週刊キンダイ』に、スキャンダルを掲載されそうになっていたようですね」

短い瞬《まばた》きと共に、柿内はわずかに目を逸らした。やはり、最大の動機はそこか。

「神野さんはエイスワンダー所属の女優、黒瀬倫子と不倫関係にあった。それを『週刊キンダイ』に嗅ぎつけられ、載せられそうになっていた。その連絡を受けた神野さんは、なんとか掲載をやめさせようと策を巡らした。おそらく最も効果があったのは、広告クライアントを経由して『週刊キンダイ』に抗議させる方法です。中でも一番効力を見込めたのが、カントリーホールディングスだった。記事の掲載を見合わせないと広告を出さないぞ、という脅しをかけさせた」

　ひと息入れ、顔色を見る。柿内は目を逸らしたままだ。

「……私も、あまり詳しくはないんですが、雑誌というのは、そのものの売り上げだけではなかなか、利益が出るものではないそうですね。それは新聞とかでも同じなんでしょうけど……神野さんはその構図を利用し、まんまと『週刊キンダイ』を押さえ込んだかに見えた。しかし、『週刊キンダイ』も黙ってはいなかった」

　柿内の視線が戻ってくる。だが、その目に力があったのはほんの一瞬だった。湯に撒いた塩のように、散りながら沈み、力なく透き通り、やがては消えて見えなくなった。

「神野さんが『週刊キンダイ』から……いえ、出版元の陽明社からどういう取り引きを持ちかけられていたか、柿内さんはご存じですか」

　もう柿内に、これ以上刑事の尋問に耐える気力は残っていないように見えた。存在自体が透明になり、何一つ押し返してくる気配がない。それでも、まだ頑張るつもりなのか。かつて愛した人のために。いや、今も愛し続けている、あの人と、その娘のために。

「……逸美さんのお嬢さん、神野和美さん。実は彼女、陽明社に就職が内定していたそうですね」

　柿内は黙っている。まだこっちに言わせるつもりか。段々、攻めている久江の方が悲しい気持ちになってくる。

これでは、ただ打たれ強いだけのボクサーと変わらないではないか。打たれても打たれても、血を流しても、目が塞がってもガードを上げられなくても、ガクガク膝を震わせながら、とにかく倒れることだけを拒み続けるボクサーだ。

でも、もういいだろう。観念してくれ。

「……さすが、週刊誌ですね。年頃の娘がいること、就職活動の結果、陽明社に内定をもらっていることは、すぐに調べがついたそうです。たぶん、名字が同じだったら人事の人が気づくなりなんなりあったんでしょうが、仁久彦と、神野和美ですからね。記者の人が指摘するまで、社内では気づく人がいなかったそうです。でも、知ったからにはただではおかない、と……むろん陽明社だって、あからさまには言わなかったと思います。あんまりゴネると、娘さんの内定を取り消しますよ、なんてハッキリとは。ただ、同じ意味のことは匂わせたと思うんです……どうですか。その件、神野さんから相談されたりはしてなかったですか」

血の気のない、喉回りの皮膚がごろりと波打つ。それは、柿内が何かを語る兆しであると、久江は読んだ。

新鮮な空気を求めるように、柿内の、色のない唇が動く。

やがて、吸い込んだ分だけ、苦しみは吐き出されてきた。

「……奴が、神野が、黒瀬倫子との写真を撮られたのは、先月の中頃で、ウチの社を巻き込んだ形で、『週刊キンダイ』と揉《も》め始めたのが、先月末くらいでした。僕から、電話をしました。どうなってるんだって。そしたらあいつ、お前は関係ないって、一方的に切ったんです。それでも、何度も何度も電話しました。今月に入って、事務所まで押しかけていって、初めて直《じか》に話をしました。もうそのときには、和美ちゃんの件が浮上してました。それを白状したときのあいつ、すごく、悔しそうでした」

そういう柿内も、感化されたように悔しげな顔つきになっている。

「それでも、この件は引けないっていうんです。お前、和美ちゃんの内定が取り消されるかもしれないんだぞって、いま就職するのがどんなに大変か、知らないわけじゃないだろう、和美ちゃんがどんな思いをして、陽明社の内定を勝ちとったか、お前には分からないのかって……言ったんですけど、奴は、笑いました。お前には分かるのか、って。そうか、親でもないお前の方が、俺よりよく分かるんだなって、開き直ったみたいに」

柿内の目に、暗い力が宿っていくのが分かる。

「逸美のことも考えろって、言いました。お前、何やってんだよって。あんなに……幸せにしろって、言ったのに……」

何かせずにはおれなかったのだろう。柿内は拳《こぶし》を握り、それで、机の縁を二度叩いた。

「それも、あいつは笑い飛ばしました……お前、何十年前の話をしてんだ、って。浮気の一つや二つ、誰だってするだろ。それがたまたま、俺の場合は売れっ子女優だったってだけで、それでなんで、こんな仕打ちを受けなくちゃならないんだ。人間なんて、三年あれば根っこから変わっちまう。俺も変わった。逸美も歳をとった。和美だって、いつまでもお前に抱っこされてた赤ん坊のまんまじゃない。お前だけだ。お前だけが、いつまでも学園祭の延長みたいな、ガキ臭い青春芝居をしたがってる、って」

机に肘をつき、あの事故直後のように、両手で髪の毛を鷲《わし》摑《づか》みにする。

「それでも僕は訊きました。愛してないのか、って……逸美のことを、もう愛してないのかって。逸美を愛してるから、だからスキャンダルを揉み消したいんだろうって。でも、神野の態度は変わりませんでした。挙句……気持ち悪いこと言うな、四十過ぎて童貞でもあるまいしって、鼻で笑われました」

ぱっと手を離し、両手を机に這わせる。

「奴は、逸美のためにスキャンダルを揉み消したいんじゃなかった。黒瀬倫子と、それに付随する事務所の利益のために、表には出せないというのが本音だった。しかもそれが、和美ちゃんの就職を台無しにすると分かっても、引く気はないと断言した……そのときです。神野に、殺意を覚えたのは。今こいつがいなくなった方が、あの二人は幸せになれると、そう思いました」

黒い炎が、その瞳の中に揺らめく。

「それには、事故という形が望ましい。僕に殺意はなく、過失という形を装う必要がある……一世一代の大芝居と肚《はら》を括《くく》って、ウイスキーを一気飲みして、挑みました」

柿内は目を閉じ、湧《わ》き上がってきた何かをやり過ごすようにしてから、再び口を開いた。

「……でも、駄目でした。無意識のうちに、ブレーキを踏んでいました。奴の背中に当てるのが、僕には、精一杯だった……あとは、このまま死んでくれという思いと、すまない、助かってくれという思いと、半々で……あとのことは、刑事さんの仰《おつしや》る通りです」

久江は、一つ頷いてみせた。

もう、この件に関する疑問はさほど多くは残っていない。

「そうですか……でも、もしあのまま神野さんが亡《な》くなっていたら、またウイスキーの件も発覚せず、もし危険運転致死罪が成立していたら、どうするつもりだったんですか。いくら殺意をごまかせたって、六、七年の実刑はあり得たんですよ」

柿内の目に、もはや黒い炎はなかった。そこには、白い灰の如き無表情があるだけだ。

「別に、それでもかまわなかった……逸美が妊娠したと知ったあとで、一度神野をぶん殴ったって話を、しましたでしょう。あれ、本当は奴が、後輩の女の子に手を出したことが原因だったんです。逸美のお腹《なか》が、少し目立ち始めた頃で……今回も、それと同じだった気がします。逸美に知れる前に、僕がなんとかしなきゃ、って……分かってはもらえないかもしれないですが、それが、僕らの関係なんです。ずっと、そうしてきたんです」

思わず、久江の方が溜め息をついてしまった。

「……つまり、飲酒運転による事故に見せかけようとしたのは、あくまでも刑罰を軽くするためではなく、逸美さんに犯行動機を悟らせないためだった、と」

「はい……その通りです」

なるほど。あとは、これをどう解釈し、法廷でどう説明するかという問題になってくる。殺人未遂といっても、このケースだと中止未遂になる公算が大きい。行為に及びはしたが未遂に終わっており、柿内は直後に救命措置を行っている。直ちに家人を呼び、救急車も呼んでいる。

これらの点を如何《いか》に調書に盛り込むかが、今回の要点だろう。

夕方、デカ部屋で調書をまとめていると、受付から内線電話がかかってきた。

『神野さんという方が、魚住さんにお会いしたいと言って、こちらに見えているんですが』

むろん、神野久仁彦はまだ入院しているので、可能性としては逸美か和美ということになる。

「分かりました。すぐに下ります」

ノートパソコンを閉じて階段に向かう。くるとすればやはり逸美だろう、などと考えながらいってみると、思いがけず、二人揃って受付前に立っているのが見えた。

声をかけながらそこまでいく。

「先日は、大変なときにお伺いしまして、すみませんでした……あの、今日は何か」

そう訊いてはみたが、すぐに逸美が持っているユニクロの紙袋に目がいった。

「いえ、こちらこそ、ご心配いただきまして、ありがとうございました。あの……今日は、これなんですが……こういうもの、柿内くんに差し入れることって、できますでしょうか」

申し訳なさそうに、こっちに差し出す。

「柿内くん、こっちに身寄りはいないし、着替えとか、困ってるんじゃないかって……一応、この子にインターネットで、どういう服なら差し入れられるか調べさせて、それで選んできたつもりなんですけど」

ということは、凶器や自殺の道具になる可能性のある紐《ひも》付《つ》きの衣服は差し入れできない、というのは分かっているわけだ。

「そうですか。もちろん、こちらで確認して大丈夫なものでしたら、差し入れできます。柿内さんも、喜ぶと思います」

そう言うと、二人は揃って「ありがとうございます」と頭を下げた。頬には笑みすら浮かんでいる。

ふと、この二人が柿内のことをどう思っているのか気になった。だが問うより先に、逸美が自ら語った。

「……柿内くんに、待ってますから、って、伝えてください。私たちは、ちゃんと分かってるから、どんな結果になっても、受け入れられるから、って」

そうなのか。この言葉、久江が思う通りに解釈していいものなのだろうか。

和美があとを続ける。

「それと……私、陽明社の内定、辞退しました」

「えっ、どうして」

柿内が、あんなに必死で守ろうとしたのに。まさか、和美本人に就職を辞退するよう圧力がかかったのか。

しかし、それにしては和美の表情が晴れ晴れとしている。

和美が、少し胸を張ってみせる。

「今から勉強して間に合うかは分かりませんけど、来春の警察官採用試験、受けてみようと思ってるんです。それで、もし受かったらなんですけど……刑事を目指そうと、思っています」

真っ直ぐ久江を見つめたまま、和美は微笑《ほほえ》んだ。濁りのない、強い笑みだった。

「そう……急な方向転換なんで、びっくりしたけど、でも……うん。それも、いいかもしれないわね。和美さんくらい優秀なら、きっと受かるんじゃないかな」

背もあるし、何しろ真面目そうなのがいい。

「じゃあ、またどこかで会うかもしれないわね」

「はい。そうなれるように、頑張ります」

久江から、手を差し出した。それを和美は、迷うことなく両手で握ってきた。

細くて冷たい、まだ頼りない手だ。

「うん。待ってる」

次の一次試験までは、たぶんもう半年もない。

でも、この子ならきっと大丈夫。

そんなふうに、久江は思った。

弱さゆえ

結局あなたは、あの女をどうしたいんですか？

【どうって、別に、どうしたいとかはない。】

言っておきますけど、縒《よ》りを戻そうなんてのは、土台無理な話ですよ。あの女の気持ちは、もう完全に、あの男に移ってしまっている。あなたのことなんて眼中にないし、思い出すこともないんです。

【そんなこと、なぜ君に分かるんだ。】

分かりますよ。私は神だから。いや、神すらも超越した、最も美しい存在なのだから。あなた方が後生《ごしょう》大事に抱え込んでいる常識や良識、社会通念なんてものは、私にとってはもう過去の産物に過ぎない。

始まっているんですよ。悪魔の時間は。

【一体なんの話をしてるんだ？】

少し、分かりづらかったですか。では、話をもとに戻しましょう。あなたはあの女を、私に、どうしてほしいんですか？

【だから、別にどうしてほしくもない。】

今さら綺麗事《きれいごと》を言わないでください。さっき言ったでしょう？　悪魔の時間は、もう始まっているのだと。

【なんなんだ、その悪魔の時間っていうのは。】

殺してほしいですか？

【ハァ？】

殺してほしいんでしょう？　憎いんでしょう？　あなたを捨てて、他の男に走ったあの女が。

【そんなこと、俺はひと言も言ってない。】

言葉にしなくても、思っているでしょう？

【馬鹿を言うな。そんなことは一度も思ったことがない。君は自分が何を言ってるか分かってるのか？】

分かってますよ。分かっていないのは、あなたの方です。

【分からない。分かるわけがない。なんでいきなり、殺すなんてところまで話が飛躍するんだ。】

飛躍ですか。なるほど。でもそれは、あくまでもあなたにとってであって、私にとっては飛躍でもなんでもない。私は最初から、そういう選択肢を持っていましたからね。いや、いずれはそうすべきだと、確信していました。そのための準備もしてきた。

【よせ。彼女を殺してなんになる。】

あなたの気が晴れます。

【晴れるか。分かっているのか。俺は、彼女を愛していたんだぞ。彼女だって、俺を愛してくれていた。】

それはもう、過去の話だ。

【だとしても、殺すなんて話にはならない。】

可哀相ですか。

【可哀相とか、そういう次元の話じゃない。】

分かりました。他の男に走った女でも、かつて愛した相手は殺すに忍びないと。

【当たり前だ。俺はもともと、そういうつもりで君に打ち明けたわけじゃない。】

じゃあ相手の男を殺しましょう。

【は？】

相手の男がいなくなったら、上手《うま》くしたら、彼女はあなたのもとに戻ってくるかもしれない。

【そんな、馬鹿な話があるか。】

彼女を殺してしまっては元も子もない。それは確かにそうだ。完全なる終止符ではあるけれど、それは同時に、絶対に続編が望めないエンディングでもある。それは、寂しいと。我儘《わがまま》な人ですね、あなたは。でも、その我儘を叶《かな》えてあげようと、私は言っているんです。その最良の方法は、相手の男を殺してしまうことです。分かりますか？

【分かるか、そんなこと。】

いいです、今は分からなくても。じきに分かります。でも、いいですね。これは契約ですよ。私と、あなたの契約です。

【馬鹿な真似はよせ。】

今さら綺麗事を言うなといったでしょう。望んだのはあなたたなんですよ。望んだんですよ。

【俺は、そんなこと望んでなんかいない。】

望んだんですよ。私には分かります。私は、神すらも超越した存在なのですから。

【よせ、早まるな、冷静になれ。】

大丈夫。すべて上手くいきます。

もうじき、あの男は死ぬんです。

＊

中野署管内で発生した「会社役員誘拐事件」の解決から、早くも一ヶ月が経《た》っていた。いや、むしろまだ一ヶ月しか経っていないというべきか。

魚住久江はデカ部屋の自分の机で、溜《た》め息《いき》をつきながらノートパソコンのモニター画面を睨んでいた。

このところ、練馬署管内で殺人や強盗、暴力団同士の抗争などといった派手な事件は起こっていない。むろん誘拐事件もない。しかし窃盗やひったくり、「なりすまし」や「還付金」を口実にする特殊詐欺《さぎ》は相変わらず頻発している。傷害事件もちょいちょい起こる。それらを処理するだけで刑事の日常はテンテコマイだ。調書も次から次へと仕上げなければならない。

なのに、この様《ざま》だ。

「……原口くん。またパソコン、変になっちゃった」

久江が困った顔をしているだけで、すぐに「どうしたんですか」と優しく訊《き》きにきてくれる峰岸は今日、デカ部屋にいない。彼は本署当番に当たっているため、朝からほとんど出ずっぱりになっている。

当番員は傷害だろうが窃盗だろうが、刑事事件であれば係の分掌《ぶんしょう》に関係なく取り扱うので、とにかく一日中忙しい。さっきも峰岸から電話連絡はあったが、久江は係長の宮田に取り次いだだけで、ほとんど話らしい話はしていない。

斜向《はすむ》かいの机にいる原口が、さも面倒臭そうに「へえ」と漏らす。

「パソコンが変に、ですか……ひょっとして、神のお告げでも表示されるようになりましたか」

「なわけないでしょ。ワープロがね、改行するたびに一文字空くようになっちゃったの」

ガタン、と派手にキャスター椅子が鳴る。

「だからァ、それは書式のインデントだって、前にも教えたじゃないですか」

「書式？　インデント……教えてもらったっけ、そんなの」

「正確には、書式の、段落の、インデントでした。私の言葉が足りませんでした。大変申し訳ございませんでした」

その場で原口が慇懃《いんぎん》に頭を下げる。

「……原口くんさぁ、もうちょっと優しく教えてよ。しょうがないじゃない。女はこういうの苦手なんだから」

原口が机を迂回し、大股《おおまた》でこっちにやってくる。

「今どき、女だからってパソコンが苦手とかないですって。警務の荒川《あらかわ》さんなんて、自分で一からパソコン組むんですよ」

警務課の荒川巡査長。黒縁メガネがトレードマークの、あの「アラレちゃん」みたいな女子か。

「あの子、まだ二十四、五じゃない」

ざっくり言うと、久江との年齢差は二十歳近い。

原口が深く頷《うなず》く。

「つまり、性別というよりはジェネレーション・ギャップ、という結論でよろしいですか」

「……原口ィ」

向かいの机の里谷が、いつもの濁声《だみごえ》で割り込んできた。

「あんまり久江ちゃんを虐《いじ》めんなよ。お前だって日頃世話になってるだろう、女性の聴取とかで」

久江はここ、練馬署刑組課強行犯捜査係では唯一の女性捜査員。確かに女性への事情聴取や取調べでは、何かと便利に使われることが多い。

原口が口を尖らせる。

「女性の調べに女性捜査員が立会うのは仕事でしょ。そうじゃなくて、俺はただ、パソコンが苦手なのに男も女もないって言ってるだけです。それを、俺にどうにかしろって言われても……里谷さんの字が汚いのだって、俺にはどうしようもないですからね」

どうも、今日の原口はご機嫌斜めのようだ。いつもは先輩刑事に対して、ここまで嫌味を連発する男ではない。そういえば、最近下の子が夜寝てくれなくて困っていると、昨日か一昨日にこぼしていた。ひょっとすると苛々《いらいら》の原因はその辺りか。

「原口、テメェ……」

里谷がのっそりと立ち上がったところで、ようやく宮田係長も重い腰を上げた。偉い人がきたときはもっとずっと軽いのに。

「まあまあ……里谷チョウ（巡査部長）の字は確かに汚いけど、ほら、ゲンコツが売りだから。この人の場合はしょうがないよ」

里谷は元マル暴。腕っ節の強さは折り紙つきだ。とうに五十を過ぎてはいるが、逮捕術ではいまだに署内最強と言われている。試合運びは若干反則臭いのだが、審判がそれに文句を言えないというのも含めて、最強なのだという。

原口が短く舌打ちする。

「もういいですよ……ほら、魚住さん、ちゃんと見て覚えてくださいよ。ここね、この書式のタグに……」

そう言いながら、原口が二、三ヶ所クリックしたときだ。

デカ部屋のドアロが静かに開き、ひょっこりと嬉しい顔が覗《のぞ》いた。

「……お疲れさまです」

峰岸だった。

「あら」

とっさに自分の口から出た声が変に高かったことも、ほぼ反射的に笑みが頬を押し上げたことも、意味もなく腰が浮きかけたことも、久江は自分でちゃんと分かっている。それを里谷が冷やかすような目で見ていることも、原口が呆れ顔をしたことも、知っている。

でも仕方ないのだ。このデカ部屋に、強行犯捜査係のシマに、峰岸がいるのといないのとでは空気がまるで違うのだ。雲泥《うんでい》の差、というほどではないにしろ、晴れと曇りくらいの差は確実にある。

久江はさらに二割増の笑みを峰岸に向けた。

「お疲れさま。なんか、大変だったたね」

隣の席まできた峰岸が、はい、と言いながらカバンを置く。

「車上荒らし、この前の、桜台の三件とほぼ手口は一緒ですね。後部座席の窓の割り方も、カーナビのはずし方もまさにプロですよ。綺麗に剝がしてあって……あ、そうだ」

峰岸が、チラリと宮田に目を向ける。

「……係長。昼の、会社員の自殺未遂なんですが」

「ん、ああ。どうだった」

「搬送先の病院に問い合わせたところ、まだ意識不明らしいですが、第一発見者が女性でして、自殺未遂者の交際相手らしいんです。治療中はそばに付いていてあげたいというのもあるでしょうし、事情は明日改めて聞くということで、こっちにきてもらう段取りになったんですが……」

宮田と峰岸が、揃って久江の方に向き直る。

もう、言われなくても分かっている。

「うん、明日ね。了解。峰岸くんがいなければ、私が聞いとく。その女性がくるのって、だいたい何時頃?」

ふわりと表情を弛《ゆる》めた峰岸が、小さく頭を下げる。こういうところが、峰岸はいい。

「すみません、いつもいつも。患者の容体にもよると思うんですが、その方も、いったん会社にいって事情を説明して、それからだと午後になってしまうだろうと言ってました」

午後とはまた、えらく大雑把《おおざっぱ》な約束だが、致し方ない。

「うん、分かった。じゃあ、調書できたらすぐに読ませて」

「はい、出来次第お見せします」

などと言っていたら、肩を叩かれた。

「……魚住さん、段落のインデント」

「ああ、ごめんごめん」

原口にパソコンを直してもらってたの、すっかり忘れてた。


峰岸の調書と説明によると、事案はこういうことのようだった。

自殺を図ったのは泉田文哉《いずみだふみや》。「日新《にっしん》冷機産業株式会社」という、業務用冷蔵庫のメーカーで営業マンをやっている四十一歳の男性だ。

泉田は四月十日未明に睡眠薬とアルコールを大量摂取し、昏睡《こんすい》状態に陥《おちい》ったと見られている。発見から丸一日経った今も、まだ意識は戻っていない。

第一発見者は交際相手の女性、倉沢絵里《くらさわえり》、三十一歳。日新冷機の取引先である「マナカ食品株式会社」の店舗開発部所属。倉沢絵里は九日夜、いくら電話をしても泉田が出ないことを不審に思い、十日の昼頃に練馬区氷川台《ひかわだい》の自宅を訪ね、合鍵を使って部屋に入ったところ、リビングの床に倒れている泉田を発見するに至った、と説明している。脈も呼吸もあったが、体温は低く、意識はなかったという。

峰岸らが室内を検《あらた》めたところ、特に不審な点はなかった。テーブルにあったウイスキーのボトルやグラス、睡眠薬のPTPシート等は鑑識が押収し、必要とあらば指紋等の鑑定もできる状態にある。部屋には無闇に立ち入らないよう、管理人には頼んである。

そして翌四月十一日の、午後三時。

峰岸は昨日扱った案件の調書もすべて作り終えたらしく、久江の隣で、警視庁の機関誌「自警」をパラパラと捲《めく》っていた。明らかに手持ち無沙汰《ぶさた》な感じだ。

「……いいよ、峰岸くん。もう上がっても。例の女性の話は、私が聞いておくから」

「いえ、別に、大丈夫です。帰っても寝るだけですし」

「それが重要なんじゃない。若いからって、あんまり体力を過信しちゃ駄目よ」

「いやぁ……そんなに、若くもないですけどね」

峰岸は三十三歳。久江のちょうど十歳下だ。

「ちなみに、その交際相手の倉沢絵里って、どんな感じの人？」

「そう、ですね。ちょっと、性格がキツそうな……キツい、っていうか……まあ、恋人が自殺を図って、しかもそれを自分で発見してしまったわけですからね。単に顔が強張《こわば》ってただけかもしれませんけど」

なるほど、「性格がキツそうな人」か。峰岸がどういう女性を「キツい」と思うのか、とくとこの目で見て確かめてみよう。

倉沢絵里から連絡があったのは、その十分後くらいだった。

最初に電話をとったのは宮田だった。

「はい、強行犯捜査係です……はい、少々お待ちください、代わります……峰岸、二番」

「はい」

すぐに峰岸が受話器を取り、外線二番のボタンを押す。

「はい、お電話代わりました、峰岸です……はい、こちらは大丈夫です……そうですか、分かりました。お待ちしております」

それだけで受話器を置き、久江に向き直る。

「もう、すぐそこまできてるそうです……あの、魚住さんも一緒に、いいですか」

もちろん、最初からそのつもりだ。

まもなく現われた倉沢絵里に、峰岸は「こんなところですみません」と断った上で、取調室に案内した。本当は会議室かどこかの方がいいのだが、空いてないのだから仕方がない。

絵里には奥の席を勧め、机をはさんで正面には峰岸、久江はその隣に座った。逃走を警戒しなければいけない相手ではないので、ドアは開けておく。

峰岸が改めて頭を下げる。

「お忙しいところ、ご足労をお掛けして申し訳ございません」

「いえ……それは」

確かに、峰岸が「キツそう」と感じたのも頷ける。倉沢絵里は、なんというか、憔悴《しょうすい》した今の様子でも、非常に目力《めぢから》が強いのだ。

峰岸が続ける。

「今日、お出《い》でいただきましたのは、泉田さんがですね……なぜあのようなことをしたのかと、その原因について、倉沢さんなら何かご存じなのではないかと、思ったものですから」

はあ、と絵里が溜め息のように漏らす。

「……何かに、悩んでいるふうは、あったんですけど……でもそれについては、文哉さん、私には、何も話してくれませんでした」

「失礼ですが、泉田さんとの交際は、いつ頃から？」

「去年の十一月に、仕事を通じて知り合いまして……それから、打ち合わせのあとに食事をしたり、そういうことで……徐々に、親しくお付き合いするようになりました。ですから、半年くらいです」

泉田が四十一歳、絵里が三十一歳。十歳差といったら久江と峰岸もそうだが、今それはさて措《お》く。

峰岸が小さく頷く。

「分かりました……では、昨日ですが。倉沢さんは、なぜ昼頃になって、泉田さんのお部屋を訪ねたのでしょうか」

警察にしてみれば、これは傷害や殺人未遂ではなく、自殺未遂であるという確証がほしい。そのためには、絵里が倒れた泉田を発見するに至った経緯を明らかにしておく必要がある。むしろ、絵里をここに呼んだ本来の目的はそこにある。

それは絵里も理解しているのだろう。視線を机に落とし、静かに答え始めた。

「本当は、昨日……じゃなくて、一昨日《おととい》、文哉さんと会う約束になってたんです。でも、急に会えなくなったって、メールがきて……彼、ここしばらく元気がなかったので、私も、ちょっと心配だったので、何度か直接、電話をしたんですが、一昨日の夜は、出てくれなくて……普段は、留守電にメッセージを残したり、家の電話にかけたりすれば、必ず折り返してくれる人だったので、なんか変だな、と思って……本当は、こんなことしちゃいけないんですけど、でも、どうしても心配だったので、仕事の途中でしたけど、彼の部屋までいってみたら……彼が、中で倒れていました」

ここまでで、発見現場調書にあった記述と矛盾する点はない。

峰岸が続けて訊く。

「合鍵は、倉沢さんがお持ちだったんですね？」

「はい。彼から、預かっていました」

「それくらいの、お付き合いではあったと」

「……はい。そういうふうに、私は、思っています」

絵里の言葉遣いには誠実さが窺《うかが》えるし、見た目通りの、なかなか気丈な女性であると久江は感じた。化粧も決して派手ではないし、セミロングの髪もバナナクリップ一つで綺麗にまとめている。着ているのは濃いグレーのパンツスーツ。浮ついた感じがなく、取引相手の多くは彼女に好感を抱くだろうと想像できる。

だがそんな彼女が、ふと不安げに眉をひそめた。

「あの……」

はい、と峰岸が絵里の顔を覗き込む。久江もその様子を注視した。

「何か」

「はい……あの、実は、私たち……最近あることで、ちょっと、困っておりまして」

私たち、というのに疑問を覚えたのは峰岸も同じだったようだ。

「それは、泉田さんと、倉沢さんのお二人が、ということでしょうか」

「はい、そうです」

「それは、どのような」

絵里が、自分自身を納得させるように頷く。

「それは……私が、以前交際していた男性についてです。ウツギ、ハルヒコという人です」

記録のために漢字を確認する。宇津木治彦。三十七歳の、設計事務所の社員だという。念のため、現住所も控えておく。

「その、宇津木氏が」

「はい……私との別れ方が、よくなかったのかもしれませんが……その後も頻繁《ひんぱん》に、メールや電話で、やり直したいと、言われていた時期があって……」

くっ、と峰岸の眉間《みけん》に力がこもる。

「ストーカー行為を受けていた、ということでしょうか」

久江もそう予想したのだが、絵里はそれに首を傾《かし》げた。

「いえ、それ自体は、ストーカーというほどでは、ないと思うんですが」

「でも、倉沢さんは迷惑に感じていたんですよね」

「それは、そうなんですけど……でも、それ自体を訴えたいとか、そういうことではないんです。正直に、好きな人ができた、付き合っているんだと伝えると、その彼からの連絡は、ピタリとなくなったんです。ああ、諦めてくれたんだなと、そのときは思ったんですが……」

絵里の、眉間の皺《しわ》がさらに深くなる。

「ちょっと、前のことなんですけど……私の家の周りを、うろついてるような、男がいて……いるように思った、だけかもしれないんですけど、でも、そういうことが続いて……そうしたら文哉さんも、なんか最近、誰かに尾けられてるような気がするとか、そんなことを言い出して」

やはりストーカーではないか。

峰岸が訊く。

「相手の姿を直に見たことは」

「あります……でも、気のせいだと言われてしまったら、そうなってしまうというか……

確たる証拠があるわけではありませんし、写真とか、そういうのも撮ってないですし」

「それは、宇津木治彦氏ではなかったですか」

「いえ、違うと思います。彼だったら、宇津木治彦だったら、私は、見ればピンときたと思うんです。なので、あれは治彦ではなかったと思います。ただ……治彦には、異様に嫉妬深いところがあって。別れたのも、それが原因と言えば、そうなので……それもあって、もし治彦が誰かを雇って、私のことを調べて、それが文哉さんにまでたどり着いて、文哉さんまでつきまとわれていた可能性も、あるんじゃないかと、思うようになって……もっと言うと」

絵里の目に、ぐっと力がこもる。

「文哉さんは、自分の意思で自殺を図ったのではなくて、誰かにそういうふうに、仕向けられたのだとしたら……」

えっ、と久江は思わず、声に出してしまった。

「それじゃ……だって、殺人未遂っていうことに、なってしまいますよ」

こくんと、絵里が頷く。

「そういう可能性は、ないんでしょうか」

思わず、峰岸と目を見合わせてしまった。

すぐに峰岸が絵里に視線を戻す。

「現時点では、なんともお答えしかねます。ただ、あなたと泉田さんがストーカーに近い行為を受けていたことと、あなたと宇津木治彦氏の間に、別れ話の縺《もつ》れがあったことは、こちらでも留意しておきます。他にも何か、お気づきになった点はありませんか」

これが絵里の言う通り殺人未遂だとしたら、大事《おおごと》だ。

久江は、絵里に会った翌日の土曜が本署当番、日曜が明け、月曜が休みだったため、泉田の自殺未遂に関する調べに実際に加わったのは火曜日からだった。

朝、一番で峰岸から報告を受けた。

「泉田、まだ意識が戻らないそうです」

「そう。けっこうな重症ね」

「はい。最近の睡眠薬は大量に服用しても死亡する可能性は低いらしいですが、ただ、アルコールと同時に摂取するのは、やはりかなり危険性が高いらしくて。医師も、経過を見守るしかないと言っています。それと……」

峰岸は自分の机にあったファイルを広げ、久江に差し出してきた。

「残念ながら、泉田のマンションに防犯カメラはなかったんですが、隣が、小さいんですけど薬品会社の工場になってまして、そこがかなり厳重にカメラを仕掛けてたので、その映像を借りてきて、見てみたんですが……非常に、気になるものが映ってました」

ファイルには、映像から抜き出した画像が何点か並べられていた。

泉田の住むマンションと薬品会社の建物の間には細い通路があり、会社側はそこの出入りを監視するためにカメラを仕掛けたようだが、それになんと、塀の陰に身をひそめる怪しげな男の姿が映り込んでいた。ちょっと髪の長い、細身の男だ。着衣はカーキ色っぽいブルゾンに、下は黒系のズボン。靴も黒っぽいが、革靴かスニーカーかは分からない。

峰岸が続ける。

「ここに立つと、ちょうど泉田の部屋のベランダが見えるんです。ベランダに面した部屋はリビングと寝室ですんで、ここから見ていれば、おおむね泉田の行動は確認できたわけです。今のところ、泉田が入院する前日の夜、九日ですね。それと、十日の夜にも現われています。それ以前にも、もしかしたらきてるのかもしれないので、もう少しさかのぼって確認してみます」

つまり、泉田と絵里がこの部屋でどういう時間を過ごしていたかも、把握可能だったわけだ。

「さらにですね、今さっき見つけたんですが」

峰岸が自分のパソコンを示す。

「今さっきって……峰岸くん、何時に出てきたの？」

「六時半、くらいです。なんかもう、自分、気になっちゃうと駄目なんですよ。目が冴えちゃって」

「えらいえらい。デカはそうでなくちゃね」

できることなら、その丸っこい頭を撫でてやりたい。

「……なので、まだプリントアウトしてないんですが、念のためと思って、近所のコンビニの映像も借りてきたんです。そうしたら、まんまと映ってました。これです」

本当だ。写真と同じ着衣の男が、缶コーヒーか何かを買っていく姿が映っている。

「しかも、ですよ……」

峰岸が映像を別のウィンドウに切り替える。今度は店の出入り口付近を映したものだ。

「この男、ここまではスクーターできて、飲み物を買い、スクーターは置いたまま、おそらく泉田のマンションまでは徒歩でいき、用を終えたらここに戻ってきて、スクーターに乗って帰っていくんだと思います。時間的にも、それで辻褄《つじつま》が合うんです。見ててください」

すでに時刻も調べてあったのだろう。映像を早回しし、タイムカウンターが「23：50」

にきた辺りで通常再生に戻すと、なるほど。さっきの男がスクーターに跨《また》がる姿が確認できた。

「……しかも、ナンバープレートが映ってるじゃない」

「はい。今から、鑑識で拡大して調べてもらおうと思います」

峰岸の迅速かつ緻密《ちみつ》な捜査はむろん評価されるべきだが、一方、このストーカーもどきの間抜けさも、相当なものだと思う。

以後の調べは分担して行うことにした。峰岸は引き続き防犯カメラ映像の分析。久江は、映像の男が絵里の目撃した人物かどうかを確認することになった。

連絡をとると、絵里は昨日も今日も会社を休み、ずっと泉田に付き添っているという。なので、今日は久江が病院までいくことにした。場所は練馬区旭丘《あさひがおか》。署からは二十分ほどでいける場所だ。可能ならば、ついでに泉田の指紋も採取してこようと思う。

午前十一時。久江が病院の自動ドアを入ると、すぐそこのベンチに絵里がいた。久江を見て、すっと立ち上がる。

「……おはようございます」

看病疲れだろうか、少し顔色が悪い。

久江も合わせてお辞儀を返した。

「すみません。お忙しいところ、お時間いただいてしまって。ずっと待っててくださったんですか？」

「いえ、そんなでもないです……こちらこそ、お手数をお掛けします」

二階に休憩室があるというので、話はそこですることになった。

久江がカップのコーヒーを二つ買い、テーブルに置く。

「すみません。いただきます……」

「いえ……あの、早速ですが、お電話でもお伝えしましたけど、泉田さんのマンションの近くの防犯カメラを調べたところ、ちょっと気になる人物が映っていたので、それを倉沢さんに見ていただきたいと思います」

「はい」

峰岸から預かってきた写真を出し、テーブルに並べる。

男が通路に身をひそめている画像が三点、コンビニで買い物をしているところが二点、スクーターに乗ろうとしているところが二点。顔が一番分かりやすいのは買い物中のカットだが、気味が悪いのはやはり、泉田の部屋の方を見上げている姿だろう。まあ、言ってしまえば張り込み中の刑事も、他人からはこんなふうに見えているのかもしれないが。

「どうでしょう。この人物に見覚えは」

「はい……たぶん、この人だと思います。うちの周りをうろついていたのは」

「この男は、宇津木治彦さんでは、ない？」

「はい、違います。治彦はもうちょっと背が高いですし、髪は短いです。あと、メガネをかけています。はずすことはまずありません。あと、バイクにも乗りません」

なるほど。そうまでいうなら間違いないか。

絵里が、目つきを険《けわ》しくして久江を見る。

「この男が、犯人なんでしょうか」

「いえ、犯人というか……この段階では、まだなんとも」

そもそも、泉田のあれが自殺ではないという根拠も、今のところはない。

絵里が小さく溜め息をつく。

「……赦《ゆる》せないです。こんなこと」

「ええ。まあ、詳しくは、私どもがお調べしますので、今しばらく、お待ちいただきたいんですが」

そういう久江の言葉も、絵里にはあまり届いていないようだった。

「私が恨まれるのは、分かります。それに関していえば、私にも問題があったのかもしれません。でも、それに文哉さんを巻き込むなんて、卑劣《ひれつ》です。そこまでひどい男だなんて、思いませんでした」

久江はそれに同調も否定もできる立場ではないが、もし絵里の思う通りなのだとしたら、確かに卑劣な行為ではある。

「……文哉さんは、本当に優しい人なんです。私、文哉さんと出会って、すごく自分が変われたなって、思うんです……私、けっこう、キツい顔してるじゃないですか」

そうですね、とも言えず、久江は曖昧《あいまい》に首を傾げてみせた。

絵里が続ける。

「性格も、まんまなんですよ。というか、そうありたいと、どこかで思ってるところがあるんです。仕事でも、同僚に負けたくないって思うし、失敗しても、なんとか自力で挽回したいと思うし……弱いって悪いことだと思ってたし、そういう自分を認めたくもなかったし。うちが、母子家庭だったというのも、あるのかもしれないですけど、なんか、女でも強く生きなくちゃ、って……でもそういうの、文哉さんと出会って、お付き合いさせていただくようになって、少し変わったんです」

絵里が両手で、コーヒーのカップをそっと包む。

「文哉さんって、自分の弱さを、素直に認められる人なんです。それを認めた上で、前を向くことができる人なんです。一度、ウチの店に納入された日新の冷蔵庫に、不具合が出たことがあって。そのとき、店の担当者が凄い剣幕で文哉さんを怒鳴ったんですけど、彼、ほんと……こっちが、もういいですってくらい、丁寧に謝ってくれて。そりゃ仕事ですから、不手際があれば謝るのは当然なんですけど、それでも気持ちって、やっぱり分かるじゃないですか。この場を収めるために謝ってるだけだな、とか、さっき謝ったのに、なんでこの人、あとから言い訳するんだろうな、とか、結局自分の会社の利益のためでしょ、とか。でも文哉さんって、そういうのがないんです。最初は、ただ謝るのが上手いだけなんだろう、とも思ったんですが、でも、違いました。文哉さんは、本当に誠実で、正しい人なんです」

恋人にとはいえ、ここまで思われる泉田文哉とは、一体どんな男なのだろう。にわかに興味が湧いてきた。

「……私、反省しました。私が思ってきた強さって、なんか、自分を正当化するのに必死っていうか、自分の非を認めない、独りよがりな強さだったんだな、って。でも文哉さんは違うんです。文哉さんは……自分は弱い人間だから、間違ってたら謝るし、直すべきところは直す、そうやって、同じ過ちを繰り返さないようにするしか、僕にはできないんだ、って……なんか私、それ聞いたとき、涙が出てきちゃって……間違っちゃ駄目だ、他人に負けないように、弱みは見せないようにしよう、女だからって舐《な》められないようにしようって、ずっと突っ張ってきた自分が、急にちっぽけに思えちゃって……なんか、そんなに強がらなくていいんだよ、弱くても大丈夫なんだよって、励まされたっていうか……許されたような、そんな気がして」

確かに、魂胆《こんたん》の見え透いた言い訳をする人間ほど醜いものはない。犯罪者なんてたいていがそうだ。よくそんな馬鹿な言い訳を思いつくなと、久江は呆れるのを通り越して、悲しくなることすらある。政治家だってそうだ。議会で不祥事を追及されたりすると、彼らは急に馬鹿を演じ始める。明らかに筋の通らない説明で、なんとか逃げ切ろうとする。みっともないことこの上ない。普通の人でも、窮地に立たされると大なり小なり、そういう部分を覗かせる。そういう久江にだって、思い当たる節はある。安っぽい言い訳をしたことや、何かを誤魔化して逃げようとしたことを思い出すと、急に今の自分まで嫌になり、夜、布団の中で大声を出したくなる。

潔く過ちを認める。自分の弱さを認める。実際それは、できそうでいて、なかなかできることではないのかもしれない。

しかし、潤《うる》んでいた絵里の目に、再び強いものが宿る。

「……だからこそ、赦せないんです。文哉さんをあんな目に遭わせた人がいるとしたら、絶対に赦さない」

「いえ、倉沢さん、ですから、それはまだ」

絵里がかぶりを振る。

「だって、こんなふうに文哉さんの部屋を見張って、しかもこの人、私の家の近くにだっていたんですよ。関係ないわけないじゃないですか。絶対にこの男が、文哉さんに何かしたに決まってますッ」

久江がチラリと周りを見ると、絵里も自分が声を荒らげたことを反省したのだろう。すみません、と小さく頭を下げた。

「とにかく……お願いします。この男が何者か、突き止めてください」

その必要があるかどうかも現時点では不明だが、話の流れとしては悪くない。

「はい。ですから、そのためにもですね、ちょっとお願いがあるんです……実は、泉田さんの指紋をいただきたいのですが、倉沢さん、立会っていただけますか？」

絵里が、眉をひそめたまま首を傾げる。

「どうして、文哉さんの指紋が必要なんですか」

「たとえば、薬を飲むのに使用したコップとか、お酒の瓶とかに付いている指紋が泉田さんのものかどうか、それ以外は付いていないか、確かめるためです。まあ、お部屋に残っている指紋で一番多いのが、おそらく泉田さんのなんでしょうけど、でも一番確かなのは、ご本人の手から採らせていただいたものですから。何卒、ご協力をお願いいたします」

はあ、と絵里が力なく漏らす。

いい機会なので、続けて言ってしまおう。

「それと、倉沢さんのも、できれば」

「えっ、私のもですか？」

「はい、ぜひ。実際に調べて、もし泉田さん以外の方の指紋が出てきても、それが倉沢さんのものであれば、我々も変に疑わなくて済むじゃないですか。ああ、これは交際している女性のですから、関係ないですねと、判断できるわけです。ですので、何卒《なにとぞ》」

「そう、ですか……はい。分かりました」

するといきなり、絵里は自ら両手を差し出してきた。

いやいや、そんなに今すぐは、逆にこっちが困る。

昼過ぎに署に戻ると、早速峰岸から報告があった。

「魚住さん、分かりましたよ」

「うん、どうだった」

峰岸が出してきたのは、例の男が乗ったスクーターのナンバープレートを拡大した写真だった。鑑識で画像補正を施してもらったものだろう。全体にボヤけてはいるが、文字は充分に読み取れる。

「杉並区だ」

「はい。照会して、持ち主もすでに分かっています。盗難届は出ていないので、たぶん、乗っているのが本人なんでしょう」

山田輝之《やまだてるゆき》、二十八歳。住所は東京都杉並区久我山《くがやま》。免許証貼付の写真は、まあ、泉田のマンションを見上げていた男に似ているといえなくもない。

さて、この山田輝之がまさに写真の男だったとして、次はどうする。

「魚住さん、どうでしょう。直当《じかあ》たりしてみては」

「んん、それはどうだろう。泉田のマンション近くにいたこと自体は、犯罪でもなんでもないしね。それよりも宇津木治彦に、この男を知ってるかどうかぶつけてみる方が、効果あるかもね」

「なるほど」

そうなると、考えなくてはいけないのは接触方法だ。

今のところ軽微なストーカー容疑はあるものの、絵里にそれを訴える意思がない以上、宇津木治彦が犯罪を犯していると疑うに足る根拠はない。そんな相手の勤め先を訪ねるというのは、少々やり過ぎな感がある。

「何時になるか分からないけど、自宅を張ってみる？」

「そうですね。その方が安全ですね」

では早速、車の手配をしよう。


絵里から聞いた宇津木の現住所は、東中野三丁目◎－△パレスト東中野三〇三号。八階建てでオートロックあり、管理人も常駐している、わりと新しめのマンションだ。早稲田通りに面しているため、路上駐車にはなるが出入りを張り込むこと自体は難しくない。ただ、三階にある六世帯のうち、どこが三〇三号かは外からでは分からない。

なので峰岸に、管理人室に確認にいってもらった。

「……各階の右側から一号室、順番に六号室まで並んでるそうです。なので、三〇三号は右から三番目になりますね」

「ご苦労さま」

その部屋の窓には今のところ明かりがないので、まだ帰宅していないものと思われる。

以後は車中から、人の出入りを漏らさずチェックした。

学校帰りの中高生、買い物から帰ってきた主婦、大学生風の若者、スーツ姿の中年男性、逆にちょっとお洒落をして出かけていく女性もいた。住民には家族も単身者もいるようだ。ひょっとすると間取りにいくつかバリエーションがあって、たとえば端っこの部屋は部屋数が多く、各階三号とか四号はワンルームになっているとか、そういうこともあるのかもしれない。

宇津木と思しき、メガネをかけた三十代の男性が帰ってきたのは、二十時を五分ほど過ぎた頃だった。

「あれだといいね」

「ですね……っていうか、前もって倉沢絵里に写真をもらえばよかったですね」

「ああ、それ、私も一応言ってみたんだけど、持ってないって言われちゃった」

「そうでしたか……まあ確かに、さっさと携帯写真とかも、消去しちゃいそうではありますもんね、彼女」

そんなことを言っていたら、案の定だった。三〇三号の窓に明かりが灯《とも》った。やはり、さっき帰ってきた男が宇津木治彦だったのだ。

「よし。いこうか、峰岸くん」

「はい」

駐車違反をとられても馬鹿馬鹿しいので、車は近所のコインパーキングに入れ、それから改めてパレスト東中野に向かった。

「帰っていきなりお風呂の人だったら、出てこないかもね」

「どうでしょうね……自分は、すぐは入らないですけどね」

「へえ、そうなんだ」

エントランスに入って、インターホンのテンキーで「303」と入力する。

幸い、応答はすぐにあった。

《……はい、どちらさまですか》

こういう場合は女の方が相手を警戒させない。久江がいく。

「恐れ入ります。私、警視庁の魚住と申しますが、宇津木治彦さんはご在宅でしょうか」

《はい、私、ですが》

「少々お伺いしたいことがございまして、お訪ねいたしました。今、少しお時間よろしいでしょうか」

《あ、ええと……はい、かまいませんが》

「ありがとうございます」

《じゃあ……どうぞ、お入りください》

エレベーターホールに続く自動ドアが開く。

「お風呂じゃなかったね」

「ですね」

新しいせいか、乗り込んだエレベーターは動きもなめらかで、えらく静かだった。家賃はどれくらいなのだろう、決して安くはなさそうだ。間取りによっては二十万くらいするかもしれない。いや、そもそも設計士ってそんなに儲《もう》かるのか、などと考えつつ三階で降りる。

すると廊下の中ほど、三番目のドアが開いており、そこにさっきの男が出てきて待っていた。メガネもかけたままだ。

久江たちは早足で進んだ。

「夜分に恐れ入ります」

近所に聞こえては体裁《ていさい》が悪いだろうから、黙って身分証を提示する。宇津木は一応それに目を向け、はい、と頷いてドアの中を示した。

「どうぞ、お上がりください」

「失礼いたします」

通されたのはリビングダイニング。間取りは１ＬＤＫといったところか。ここで一人暮らしなら、やはりちょっと贅沢な方だ。

宇津木はコーヒーか紅茶かと訊いてくれたが、遠慮してテーブルに座ってもらった。

「申し訳ございません、急に押しかけまして」

「いえ……」

しかし、こうもすんなり警察官を自宅に入れるのだ。彼なりに、何か心当たりはあるのだろう。

「早速ですが。宇津木さんは、山田輝之という人物を、ご存じですか」

「山田、輝之……」

微《かす》かに首を傾げる。本当に知らなそうな顔に、久江には見えた。

「ご存じ、ありませんか」

「ちょっと、心当たりはありませんね」

「この方なんですが」

峰岸が用意した免許証の写真を見せる。

すると、サッと宇津木の顔色が変わった。

「……あ」

「ご存じ、なんですね？」

数秒の間があったが、惚けられるものでもないと思ったのだろう。宇津木は頷いた。

「ええ……ただ、山田輝之という名前は、知りませんでした」

「どういうご関係でしょうか」

「いや、関係、というか」

「正直に、仰《おつしや》ってください」

一文字に口を結び、宇津木はしばらく考えていたが、それもすぐに整理がついたようだった。

「……本当に、関係というほどの、間柄ではないんです……とあるサイトを通じて、知り合ったというだけで」

「どういった趣旨の？」

「まあ、こんな歳で、そんなものを頼ったこと自体、自分でも、情けないとは思っているんですが……SNSの、恋愛相談のコミュニティです」

SNS、即ち「ソーシャル・ネットワーキング・サービス」。地域や職業などに捉われず、様々な人が様々な形で出会うことができる、インターネットサイトの運営形態の一つだ。

続けて久江が訊く。

「恋愛相談サイトを通じて、この山田輝之と、どんなやり取りをされたんですか」

「はい……最初は、多人数が参加できる場に、失恋の悩みなどを書き込んだり、してまして……まあ、慰めてほしかったというか、みんな、いろいろつらい経験をしてるんだなと、そういうのを知って、安心したかったというか……お恥ずかしい話ですが、私、今年の始め頃に、それまで付き合っていた女性と、別れまして……そういうことで、ちょっと精神的に、参ってまして」

ここは頷いて、先を促《うなが》す。

「そんなことをしているうちに、この男から、個人的なメッセージがくるようになって、やり取りが始まりました……サイト上での彼は、サナダと名乗っていました」

「サナダ？　真田幸村《さなだゆきむら》の、真田ですか」

「ええ。その、真田です」

「下の名前は？」

「ありません。ただ、真田としか」

それで、とさらに促す。

「ええ、それで……最初は、やはり失恋について、私が相談するというか、愚痴をこぼすような感じで。でも途中から、段々真田の雰囲気がおかしくなってきて、その女はけしからんとか、赦せないとか、向こうが勝手に熱くなり始めて。私にも、迂闊《うかつ》な面があったのですが、彼とのやり取りの中で、個人情報というか、相手の女性を特定できるような情報を、漏らしてしまっていたようで……真田からいきなり、あんたは宇津木治彦というんだろう、相手の女はこういう名前だろうと、言い当てられまして」

　これが現代の、ネット社会の怖いところだ。

「その、お相手の女性の名前を、伺ってもいいですか？」

「いや、でも、彼女にこれ以上、迷惑がかかっても……」

「では、確認させてください。それは、倉沢さんという方ではないですか？」

　宇津木が、限界まで目を丸くする。

「なぜ、それを……」

「それについてはあとでお話しいたします。とにかく我々は、あなたと倉沢絵里さんが交際していたことも、それがすでに終わっていることも、承知しております。ですので、それを踏まえた上で、続けてください」

　短く溜め息をつき、宇津木が続ける。

「はい……すると彼は、真田は、いま彼女が付き合ってる男のことまで調べ始めて……いわゆる、ボランティア・ストーカーというやつです」

　ボランティア・ストーカー？　と思わず久江は訊き返してしまった。

「私も、詳しくは知らないんですが、要はSNSに上がっている情報や書き込み、写真などから、個人情報を抽出、特定して、場合によってはそれをネット上に晒《さら》したり、なんの関わりも見返りもないのに、進んでストーカー行為を働くことを意味するんだと思います。定義としてそれが正しいとすれば、彼は紛《まぎ》れもなくボランティア・ストーカーです。ああいった連中は、そういう、個人情報を調べ上げる技術を競い合っているんです。彼も、絵里がいま付き合っている男性を特定したことを、とても得意げに、私に報告してきました。赦せないだろう、この女が憎いだろう、懲《こ》らしめてやりたいだろうと、話は次第に、そういった方に向いていきました」自分はそういうことのプロだ、とも言っていました。

宇津木が、テーブルの上に出していた両手を、固く握り締める。

「マズい、と思いました。危ない男に絡まれてしまったのだと、ようやく気づきました。メールアドレスも知られている。住所も名前も割れている。どうしたらいいだろうと、でも私が悩んでいる間にも、真田はどんどんエスカレートして……あ、その辺からの文面なら残っています」

宇津木は近くのソファに置いていた書類カバンから、自分の携帯電話を出してきた。

「えっと……これで、読んでみてください」

「失礼いたします」

背景が緑色の、いわゆる「チャット形式」のメッセージボードのようだった。【真田】とやり取りをしている相手は【ファルコン】となっている。宇津木は「こっちが自分です」と、悲しそうな顔で【ファルコン】の文字を指差した。

内容をざっと読んでいく。

「……ほんとだ。凄い勢いでエスカレートしていきますね」

「はい。正直、怖かったです」

倉沢絵里が付き合っている男は泉田文哉。どうする。女をどうする。男をどうする。ごく短時間のうちに、真田の狂気はとんでもないところにまで登り詰めてしまう。

【分かりますよ。私は神だから。いや、神すらも超越した、最も美しい存在なのだから。あなた方が後生大事に抱え込んでいる常識や良識、社会通念なんてものは、私にとってはもう過去の産物に過ぎない。】

【始まっているんですよ。悪魔の時間は。】

【じゃあ相手の男を殺しましょう。】

【相手の男がいなくなったら、上手くしたら、彼女はあなたのもとに戻ってくるかもしれない。】

【その最良の方法は、相手の男を殺してしまうことです。分かりますか？】

【私は、神すらも超越した存在なのですから。】

【大丈夫。すべて上手くいきます。】

【もうじき、あの男は死ぬんです。】

久江は読んでいて、途中から何か、既視感のようなものに囚《とら》われ始めた。特に【神すらも超越した、最も美しい存在】【過去の産物】【悪魔の時間】辺りの言葉遣いに、言い知れない引っ掛かりを覚える。そういえば【真田】という名前にも、聞き覚えがあるような気がする。でも、今すぐそれがなんだったのかは思い出せそうにない。

久江たちが最後まで読んだのを確かめ、宇津木は続けた。

「それで、つい、一昨日です……夕方、近所に買い物に出ようとしたら、マンションの前で、いきなり呼び止められました……ファルコンさん、と」

本名で呼ばないところが、さらに薄気味悪い。

「真田だと、直感しました。この、写真の男です……真田は、約束通り、泉田文哉を殺したと言いました」

峰岸の口が開きかけた。泉田は殺されたのではない、自殺未遂だと言おうとしたのだろうが、そこは久江が抑えた。

「……それで、宇津木さんはどうされたのですか」

「どうって、どうしようもないですよ。私は、その泉田さんを直接は知りませんし、確かに、真田が勝手に住所を送ってきてはいましたが、それを確かめにいくのも変ですし。かといって、絵里に連絡して、泉田って男が殺されたってのは本当かって、訊くのも変でしょう。そもそも絵里は、私がその泉田さんの名前を知っていることすら、知らないわけですから」

それは確かにそうだ。

「分かりました。それでこの男、真田こと山田輝之とは、どうなりましたか」

「それが……奴は、報酬をよこせと、お前のために殺してやったんだから、それなりの金をよこせと、五百万支払うよう、要求してきました……あの、こういった場合、私は、どうしたらいいんでしょう。むろん、要求通り払うつもりはありませんが、今のところ、返答は保留しています」

山田がなんらかの方法によって本当に泉田を殺害したのだとしたら、むろん殺人罪が成立するが、そうでないのだとしたら、これは一体なんの罪になるのだろう。間違いないのは宇津木に対する詐欺罪だが、ひょっとしたら強要罪も問えるかもしれない。

夜十時頃に署に戻ると、当然のように係の人間は一人もいなかったが、峰岸の机には鑑識からの報告書が置いてあった。

「なんだって？」

「ええと……ああ、やっぱり」

それによると、泉田の部屋にあったウイスキーのボトル、使用済みのグラス、睡眠薬のPTPシートから検出された指紋は泉田文哉のもの一種類のみ。その付着位置も含めて、ウイスキーをグラスに注いだのも、それを飲んだのも、PTPシートから睡眠薬を取り出したのも泉田文哉本人であると考えられる、とあった。またご丁寧にも、それ以外の人物に手を持たれて、そのように偽装されたことは考えづらい、とも付け加えられていた。

峰岸が、探るような目で久江を見る。

「泉田は自殺、ということになりますよね」

「そう、ね。今のところ、山田輝之が『殺した』と嘘を言って、宇津木治彦から五百万円を騙《だま》し取ろうとした、としか考えられないわね」

さてこの一件、どう落とし前をつけるべきか。

峰岸がかぶりを振りながら溜め息をつく。

「まったく……面倒なことしてくれますよね。あの、宇津木とのやり取りだって、変に芝居がかってるというか、なんか、自分の誇大妄想に酔ってるみたいな感じ、ありましたよね」

誇大妄想、芝居――。

「……あ」

「え、どうしました？」

なんか今、分かった気がする。というか思い出した。

真田、神すらも超越した、最も美しい存在、過去の産物、悪魔の時間。

これらはすべて、ある映画の台詞《せりふ》の引用だ。

翌日はまた峰岸が本署当番に入ってしまったため、久江は一人で調べを進めた。とはいえ、山田輝之に関してはいったん保留。それよりも久江は、泉田文哉の自殺の動機が気になって仕方がなかった。

絵里は、それについての心当たりはないと言っている。ならば別方面を当たってみるしかない。

久江は泉田の勤め先、日新冷機産業株式会社に連絡を入れ、彼と親しくしていた社員に話を聞かせてほしいと頼んでみた。すると、藤吉《ふじよし》と名乗る同期の男性社員が、午後二時くらいなら少し時間が作れると言ってくれた。営業先から近いということで、待ち合わせは渋谷駅近くの喫茶店に決まった。久江は藤吉に、魚住という名前で席をとっておくので、その名前で呼び出してほしいと伝えた。

久江が店に入ったのは待ち合わせの十分前だったが、藤吉が現われたのは十四時十五分過ぎだった。

「……すみません、魚住さん、ですか」

「はい、魚住です。藤吉さんですか。ご足労をおかけして申し訳ございません」

「いいえ、こちらこそ、遅くなってしまいまして。大変お待たせいたしました」

いい大人がペコペコ頭を下げ合っているのもあまり恰好《かっこう》のいいものではないので、とりあえず藤吉にも座ってもらった。

型通りの名刺交換をし、もう一つコーヒーをオーダーする。

藤吉は遅れたことを重ねて詫びた。ヒゲが青く浮き始めた顎、少しテカった額、肩の辺りがよれたスーツ。どこを見ても、とことん真面目なサラリーマンといった雰囲気だ。名刺には「営業二課　課長代理」とある。泉田と同期なら年齢は四十前後。課長代理でも営業に出るのかな、と疑問に思わなくもなかったが、まあ「会社もいろいろ」ということなのだろう。

世間話などで時間をとらせても悪いので、本題に入る。

「今朝ほど、お電話でもお願いしましたが、泉田文哉さんについて少し、お話が伺えればと思って参りました」

藤吉は小さく頷き、背筋を伸ばした。

「あの、それについては、逆にこちらもお伺いしたいと思っておりました。率直に申しまして、泉田が入院した理由は、なんなんでしょう。ひょっとして……自殺、でしょうか」

何かある。そう思わざるを得ない。

「なぜ、そのように思われたのですか」

「なぜ、というか……奴は社の健康診断でも、子供かっていうくらい、どこにも悪いところがありませんでしたし、私も土曜日に一度、病院にいってみたんですが、まだ意識が戻らないということ以外、特に説明もしてもらえなかったので。事故ではないんだろうなと、そう考えるほかなくて」

土曜日というと、四日前。入院三日目か。

「病室にはそのとき、どなたかいらっしゃいましたか」

「ええ。泉田が、最近お付き合いしている女性がおりました。その方のことは？」

「はい、存じております。倉沢絵里さん。御社とお取引のある、マナカ食品の方ですよね」

わずかにだが、藤吉の顔に安堵《あんど》の色が浮かぶ。

「そうです、その倉沢さんです……彼女に、訊いたんですけどね。何があったんですかって。でも、詳しいことは彼女にも分からないと。詳しくなくても、大体でもいいからと、私も少し粘ってみたんですが、結局、何も……」

自殺の理由というのは、警察よりもむしろ、関係者にとって重い意味を持つことが多い。そこまで話が至らないよう絵里が言葉を濁したのも、無理からぬことのように思う。

藤吉が久江の目を覗き込む。

「……刑事さん。泉田がもし自殺を図ったのであれば、私はその原因に、心当たりがあるかもしれません」

「それは、どういう」

「ですんで、自殺かどうか、そこだけは確認させてください」

その程度は致し方ないか。

「……はい。今のところ、私どもも、そのように見ております」

藤吉は、何かを呑み込もうとするように、深く頷いた。

「やっぱり、そうですか……いや、心当たりというか、実は私自身、それをずっと心配していたところがあるんです。奴が、変な気を起こさなきゃいいなと」

「どういうことでしょう」

「刑事さんは、泉田が三年前に離婚したことは、ご存じですか」

久江はかぶりを振ってみせた。

「いえ。警察にとって泉田さんは、厳密に言ったら、加害者でも被害者でもない、微妙な立場にありますので、戸籍なども、今のところはお調べしておりません」

「じゃあ、奴に娘がいたことは」

「いえ、それも存じませんでした」

深く息を吐き、また藤吉が一つ、頷く。

「……実は、五年前に、泉田はその娘さんを、交通事故で亡くしているんです」

五年前というと、泉田が三十六歳のときか。

「そう、だったんですか……」

「幼稚園の、入園式の日でした。ルリカちゃんという、本当に可愛い女の子で……当時は家族三人で、世田谷《せたがや》のマンションに住んでまして、あとから聞いた話ですと、支度を終えた泉田が先に、マンション内の駐車場に出ていて、その次にルリカちゃん、あとから当時の奥さんが出てきたらしいんです。それで……泉田のあとを追いかけてきたルリカちゃんが、パパーって、声をかけて……泉田は振り返って、抱き上げてやるつもりで、その場にしゃがんだそうです。そこでこう、両手を広げて、ルリカちゃんがくるのを待っていた。でも……そこに運悪く、車が入ってきて」

両手を広げ、受け止めようと待っていた我が子が、目の前で――。

「そこ、駐車場の入り口だったらしいんです。なので、もちろん運転手の不注意もあったし、スピードを落としてくれていれば、大事には至らなかったとも思うんですが……たぶん、そこそこの勢いで入ってきたんだと思います。打ち所が悪くて、結局、ルリカちゃんはそのまま、亡くなりました」

「それは……」

お悔みの述べようもない。

入園式のために正装をしていたであろう泉田と、その妻。少し大きめの制服、制帽に、真新しいカバンをたすき掛けにした、三歳ほどであったろう娘、ルリカ。そんな、家族にとっての晴れの日を襲った、突然の悲劇――。

「無理もありませんが、奴はそのことで、ずっと自分を責めていました。なぜあんな場所で娘を抱こうとしたのか、しゃがんだのか、立ったままでも抱き上げることはできたのに、しゃがみさえしなければ、とっさに動くこともできたかもしれない、運転手にも自分の姿が見えたかもしれないのに、なぜあの場所で、あんなふうにしてしまったのか……運転していた人は、執行猶予《ゆうよ》になったそうです。そもそも同じマンションの住人ですし、過失はあったものの、それを恨むというのも、泉田には筋違いに思えたんでしょう。損害賠償についても、ほとんど揉《も》めることはなかったと聞いています」

このケースだと、懲役一年強、執行猶予三年くらいが妥当な量刑だろう。

藤吉がひと口、コーヒーを含む。

「……まもなく、そのマンションは引き払い、いろいろあったんでしょうが、奥さんとも結局は、離婚する結果になりました。奴は奴なりに、頑張ってたんですけどね……立ち直ろう、立ち直ろうとしてたんです。ルリカの分まで生きなきゃ、しっかりしなきゃ、って……でも」

藤吉が眉をひそめる。

「そういう言葉が出ること自体、危険な精神状態なんじゃないかと、私は怖くて仕方がなかったです。だってそうでしょう。生きなきゃって口に出すってことは、心の中では、死にたいと思ってるってことじゃないですか。いつか、こんなことになるんじゃないかと、案じていました。特に、今くらいの時期です。四月の上旬……奴が精神的に不安定になるのは、決まってこの時期でした。入園式、入学式、そういうの、道を歩いてたって、テレビを観てたって、嫌でも目に入ってくるでしょう……つらかったと思いますよ」

泉田が病院に運ばれたのが四月十日。まさに、だ。

藤吉は続けた。

「でも、今年は少し、いいんじゃないかと思ってたんです。倉沢さんと付き合うようになったし……彼女、すごくしっかりした人ですから。それなのに、あいつ……なんでこんなことに」

自分だけ幸せになんて、なってはいけない。そんなふうに考える人も、世の中にはいる。また泉田文哉という男は、そういう考えに引き寄せられがちな人間だったのではないかと、久江には想像できた。

「刑事さん」

「……はい」

藤吉は、我が事のように悲しい目をして言った。

「私は泉田に、なんと言ってやれば、よかったんですかね。ルリカちゃんの分まで生きろなんて、そんなことは奴が、一番よく分かってた。つらいから死にたいなんて、実際には、奴は一度も言わなかったんです。そんな男に、近しい人間は、どんな言葉をかけてやるべきだったんですかね……」

そう言って藤吉は、窓の外に目を向けた。

渋谷の駅前は、平日の午後でも、えらく賑《にぎ》やかだ。

倉沢絵里から連絡があったのはその日の夕方、十七時頃だった。

『ご心配をおかけしましたが、文哉さん、お昼過ぎにようやく、意識が戻りました』

心持ち、絵里の声も弾んで聞こえた。

「そう、それはよかったです。体調はいかがですか」

『まだ少し、ぼーっとするみたいですけど、でも大丈夫です。それで……あの、ちょっと魚住さんに、お尋ねしたいことがあるんですが……その』

絵里の心配は、よく分かる。

「ひょっとして、仮に泉田さんが自殺未遂だった場合、何か罰せられることはあるのか、ということですか？」

『あ、はい……あの、そうです。それは……？』

「それはないですよ。我々がお伺いしたいのは、むしろ、本当に自殺なのかどうかという部分ですから。ご自分でされたことであれば、決して褒《ほ》められたことではありませんけれど、変な話、自己責任ですので。刑罰云々《うんぬん》ということはありません。ご安心ください」

絵里の、安堵の息が電話越しにも聞こえた。

『そうですか……よかった。ほんと……よかったです』

「ということは、泉田さんとは、すでにそういうお話を？」

『あ、ええ……はい。意識が戻って、私の顔が分かって、そうしたら、文哉さん、ぽろっと、涙を流して……ごめん、馬鹿なことをしたって、謝ってくれました。なので……すみません。先日は、つい先走って、変なことをたくさん、申し上げましたが、あれは、ごめんなさい……忘れてください』

あの一件はあの一件として忘れるわけにはいかないが、とはいえ泉田も絵里も、例の詐欺事件の関係者ではあるけれど、決して当事者ではない。今あえて話す必要もないだろう。

「分かりました。例の件は、措いておくとして……でもほんと、回復されてよかったです。それで、さほど急ぐ必要もないんですが、私も一度、泉田さんとお話しさせていただいても、いいでしょうか。確認したいこともありますし」

『はい、それは、もちろん……会話ができる程度には、意識もはっきりしてますし、今日でも明日でも、それは大丈夫です』

「じゃあ……明日、できるだけ早い時間に伺います。その前に、またご連絡いたします」

絵里との電話は、それで終いにした。

十八時頃になって戻ってきた峰岸にも、そのことは話した。

「あ、そうですか。それはよかったです」

「うん。一応明日、面会にいくって言っておいたけど、峰岸くんもいける？　明日だと、当番明けでつらい？」

「いえ、大丈夫です。いきます」

夕方の段階ではそう言っていたものの、その夜に平和台で強盗事件が起こり、翌日の峰岸はそれどころではなくなってしまった。犯人はまもなく逮捕されたため、捜査本部ができるほどの騒ぎにはならなかったものの、かといって当番明けですぐに上がれる状況でもない。

「魚住さん、すみません。やっぱり……」

「うん、大丈夫。一人でいってくる」

どの道、命の助かった自殺者への面会だ。手柄にも何にもなりはしない。若い峰岸が、わざわざ強盗事件の捜査を抜け出してまで出向く用事ではない。

絵里に連絡をとると、やはり十一時頃が適当だというので、少し余裕を持って署を出た。意識が戻って一日経った睡眠薬自殺者がどの程度健常かは分からないが、いくらなんでもプリンくらいは食べられるだろう。久江は練馬駅近くの洋菓子店で、お気に入りの「無添加たまごプリン」を購入し、病院に向かった。

もう部屋番号も分かっているので、直接病室を訪ねた。

「失礼いたします……警視庁の、魚住です」

「はい、どうぞ」

横引きのドアをそっと開けると、オフホワイトのニットを着た絵里が出迎えてくれた。スーツ姿よりも雰囲気が柔らかく、女性らしい。一体、何日仕事を休んだのだろうと心配になったが、そんなのは大きなお世話か。

「あの、これ……プリンだったら、食べられますよね」

「すみません。そんな、お気遣いまでしていただいて、申し訳ありません……どうぞ、お入りになってください」

絵里に促され、個室の中央まで進む。泉田は上半身を起こしており、パジャマ姿ではあるが、身なりは意外なほどきちんとしていた。ヒゲも伸びていないし、髪形も整えてある。初めて見る泉田は、ちょっと垂れ気味の目が優しげな印象の男だった。

「初めまして、警視庁練馬警察署の魚住と申します」

泉田は、さもすまなそうに頭を下げた。

「このたびは……大変な、ご迷惑をおかけしました。なんとお詫びをしたらよいのかも分かりません。申し訳ありませんでした」

久江はかぶりを振ってみせた。

「とにかく、意識が戻ってよかったです。ただ……これは倉沢さんにもお話ししましたけれど、この一件は本当に、泉田さんがお一人で、ご自分の意思だけでされたことなのかどうか。その点だけは確認しておきませんと、警察の業務上、不都合が生じかねませんので。何卒ご協力ください」

はい、と泉田が頷く。

「……間違いなく、私が一人で、自分の意思で、したことです。本当に、申し訳ありませんでした」

合わせて、絵里も頭を下げる。それはそれで微笑《ほほえ》ましい光景ではあるが、それだけでは、久江は収まりがつかない。

「分かりました。この件は、そのように処理いたします……それと、ここからは、私個人としてお話ししたいことがあるのですが、もう少しお時間、よろしいですか」

それだけで、泉田は話の内容を察したようだった。ちらりと絵里の方を見やる。この様子だと、自殺を図った動機についてはまだ絵里に話していないに違いない。

久江は絵里に目を向けた。

「私は、倉沢さんにも聞いていただきたいと思っていますが、いかがでしょうか」

泉田は数秒、白い布団カバーに視線を泳がせたが、やがて、心を決めたように頷いた。

「……はい。じゃあ君も、一緒に聞いて」

言われて、絵里も頷く。

久江は「失礼します」と断り、ベッドのそばにあった丸椅子に腰掛け、話し始めた。

「まず、昨日の午後なんですが……私、泉田さんと同期の、藤吉さんという方に、お話を伺いました。藤吉さん、とても心配していらっしゃいました。むろん、入院されたこともですけど、それ以前も、お嬢さんを亡くされてからの泉田さんのことを、ずっと気にかけていらしたと」

絵里の目が、ひと際大きく見開かれる。

久江は絵里を見上げた。

「ごめんなさい。驚かれるだろうなと、思ってはいましたが、あえて今、お話ししました。私なんかが口出しすることではないのかもしれませんが、でも、自殺未遂にまで至ってしまうと、ちょっと、個人的にも口をはさまずにはいられません……倉沢さん、詳しいことは、あとで泉田さんから聞いてください。今は……勝手なようですけど、私がお伝えしたい部分だけ、お話しします。すみません」

はい、と絵里が、折れるように頷く。

「その……私がお話ししたいというのは、お嬢さんのことです。目の前でお嬢さんを亡くされたショックは、私のような他人には計り知れない、大変な苦しみだったとお察しいたします。それは……泉田さんと、まったく同じというわけではありませんが、私の知る範囲で言ったら、刑事事件の、被害者遺族の心境というのが、比較的近いように思います……もう、だいぶ昔の話ですが、東京の大学に入学した娘さんが一人暮らしを始め、そこで殺されるという痛ましい事件が起こりました。悪いのはもちろん犯人です。ですが、ご両親は自らを責めました。なぜ地元の大学にいかせなかったのだろう、なぜ一人暮らしなんてさせてしまったのだろうと。百貨店の前で通り魔事件が起こって、複数の方が亡くなられたこともありました。被害に遭われた方の中には、恋人と待ち合わせをしていた女性もいらっしゃいました。お相手の男性は、霊安室で泣き崩れました。あの場所を指定したのは僕です、僕が別の場所にしていれば、こんなことにはならなかったと……」

今でも、あのときの青年の顔ははっきりと覚えている。彼は土下座の恰好で、霊安室の床に、ゴツンゴツンと自ら額を打ち付け始めた。それを久江と一緒になって止めたのは、先輩刑事の金本だった。

「……長らくこの仕事をしてはいますが、刑事なんて、無力なものです。そんなとき、関係者の方にかけるべき言葉も、私はいまだに、一つも持っていません。犯人を逮捕したって、失われた命は戻ってきません。私はそれが……本当に嫌だった。もちろん、犯人逮捕は警察の絶対的使命です。誰かがそれをしなければならない。犯罪者は一人として野放しにしておいてはならない。当たり前のことです。でも、それは私でなくてもいいのではないかと、今は思っています。それよりも私は、生きるべき人が、失われてはならない命が、当たり前のように生きていられる、昨日と変わらない今日を迎えられる、そういうことのお手伝いがしたい。そういう仕事が、したいです」

それまで窓際に立っていた絵里が、久江の向かいに腰を下ろす。そしてそっと、泉田の手を握る。

「現実には、犯罪を未然に防ぐことなんて、ほとんどできません。事件はいつでも、突発的に起こります。私たちが現場に着いたときには、金品は奪われ、怪我人は病院に搬送され、被害に遭われた方は、最悪の場合、すでにお亡くなりになっています。刑事は常に、事件に対して後追いです。悔しいです……自分たちが守るべき街で、人が殺された。また自分は何もできなかった。そう思うたびに、悔しくて悔しくて、もう、現場で体が震えますよ。でも、今回は違った」

泉田が、強く絵里の手を握り返したのが分かる。

「生きているうちに、会えた。こうやって、元気になった泉田さんと会えた……嬉しいです。私は何もしてないけど、実際に泉田さんを救ったのは絵里さんだけど、でも、嬉しいんです……ありがとう」

いいえ、と泉田の口は動いたが、その続きは言葉にならなかった。

「何が悪いとか、そんなこと、泉田さんにお話しする必要、ないですよね。そんなことは、あなたは誰よりもよく分かってる。だからこそ、自分を責めてしまった。自分で自分を追い込み、逃げ場がなくなってしまった。それは、私も理解しているつもりです」

もう一方の手も出して、絵里が泉田の手を包む。

「……でも、一つだけ言わせてください。苦しいときは、もっと他人を頼ってください。絵里さんは、自分の弱さと正面から向き合える、そんな泉田さんを尊敬していると、私に話してくれました。でも、その弱さを自分一人で処理しようとしたら、そうしなければと自分に課してしまったら、それはまた、一つの強がりですよ。そんなことしたら、パンクしちゃいます、誰だって……でもね、話すだけで楽になることって、たくさんあるんです。たぶんそれが、自分の弱さを認める、一番の早道なんです。取調べなんかをしていると、そう感じます。正直に話すって、大変な勇気がいることですけど、それをしたあとって、人間、楽になるんです……いい顔しますよ、そういうときは、たとえ犯罪者だって……結局、私にできることなんて、それくらいです。話し相手になって、自分という人間と、正面から向き合ってもらって、それが再犯の防止に繋がればいいなって、いつも思ってます……まあ、余談ですけど」

二人は黙っていた。今の久江の話に、どれほどの意味があったかは分からない。でも、この二人はもう大丈夫だろうと思えた。握り合った手と手は、とてもあたたかそうに見えた。

「すみません、余計なことを申し上げました……じゃあ、私はそろそろ」

久江が腰を浮かせると、絵里も慌てたように向こうで立ち上がった。ずっ、と洟をする仕草が、なんだか可愛らしい。

「絵里さん。よかったね」

「……はい。ありがとうございました」

「泉田さん。早く退院して、すっぽかしたデート、やり直してくださいね」

「……はい。申し訳、ありませんでした……本当に、ありがとうございました」

さてと。これはこれでいいとして、だ。

また当番日に入ったため、久江が捜査中の案件に再び関われたのは週が明けてからだった。

しかし二十一日月曜日になってみると、山田輝之に関する捜査は予想外の展開を見せた。峰岸が、なぜだかすまなそうに報告してきた。

「魚住さん、あの……山田輝之の件ですが、なんか、ウチは捜査しなくて、よくなってしまいました」

「は？　なんで」

だが、すぐにピンときた。

「ひょっとして……本部？」

「ええ。どうも、本部のサイバー犯罪対策課が、山田に関しては、すでに調べを進めてたみたいで。自分、木曜日に山田の行動確認をしたんですが、それがどうやら、向こうの人に見られてたみたいで。もう余計な手出しはするなって、昨日……」

「昨日って、だって日曜じゃない」

こくんと、峰岸が子供のように頷く。

「そうですけど、でも課長に、急に呼び出されて、お前が電話しろって、本部に電話させられて……向こうは向こうで、もう捜査はするなと言うわりに、どこまで調べたのか訊いてきたり、宇津木治彦に対する詐欺容疑の報告書は明日までに作れとか、いろいろ言われました。せっかく、下北沢の、行きつけの店まで突き止めたんですけどね」

下北沢と聞いて、久江はまたまたピンときた。

「その、下北沢の店って、ちょっと渋い感じの、ジャズ・バーじゃなかった？」

すると峰岸は、もともと丸い目をこぼれんばかりに見開いた。

「……魚住さん、なんで、知ってるんですか」

「んん、知ってるわけじゃないけど、なんとなく、山田って男はそうかな、って思ってた」

「なんですか、なんなんですかそれ」

珍しい。わりとおっとりした性格の峰岸が、ここまで喰いついてくるなんて。やはり、自分主導で進めてきた捜査にはそれなりの思い入れがあるということか。

「まあ、ちょっとした勘だけどね……あの、宇津木治彦が保存してた、山田とのやり取り。あれってほとんど、松田優作《まつだゆうさく》が主演した『野獣死すべし』って映画の、台詞の引用なんだよね。引用っていうか、パクリ……よく言えば、オマージュ？　まあ、別によく言う必要もないけど」

そうなんですか、と峰岸が口を半開きにしたまま漏らす。

「もっと言うと、その映画の中で、松田優作が演じた伊達《だて》って男に見出されて、殺人や銀行強盗に手を染めていくのが、『真田』って男なの。つまり、伊達こと、松田優作の弟子みたいな存在。山田輝之は、あんなふうになりたくて、真田って名前を使ってたんじゃないかな。その、下北沢のジャズ・バーってのも、たぶん生前の松田優作がよく通ってた店だと思う。今や、ファンにとっては聖地みたいになってるんじゃないかな」

あの映画の公開は一九八〇年代前半ではなかったか。だとすると、もうかれこれ三十年も前になる。

「……まあ、それだけじゃないかもしれないけど、山田っていうのは、そういうのに影響されて、なんていうか、ダーティな仕事のプロとか、そういうのに憧れちゃった人なんじゃないかなって、思ってたわけ。もちろんそれで、本当の殺し屋になっちゃう人もいるのかもしれないけど……でもねぇ、あのパクリ具合が、なんか安っぽいじゃない。だから、なんかもっとオタクっぽい、形から入るタイプの、本当は気の小さい、悪党になりきれない……なろうとはしたんだろうけど、実際にやったのはセコい詐欺がせいぜい、みたいな……そんなことじゃないかと、思ってたわけ」

久江は峰岸から、「魚住さん、さすがですね」とか、何かそういう言葉が聞けるものとばかり思っていた。

だが、違った。

「……魚住さんも、実は、松田優作のファンだったり、するんですか」

なるほど。そっちを突いてきたか。

「ああ……まあ、私たちの時代で刑事って言ったら、やっぱり松田優作が代表格だからね。ファン……まあ、ファンだったのかな。ファン、なんだろうね。映画もたいてい観てるし、そのジャズ・バーにも、一度だけいったことあるし……でもそういうのって、何かしらあるでしょう。ない？　そういうの、峰岸くんには」

うーん、とそれには首を傾げる。

「いや、あんまり、ないんですよね……自分、子供の頃、ほとんどドラマとか映画とか観なかったんで。強いて挙げるとすると……もう、織田裕二《おだゆうじ》とかになっちゃうんですよね」

マズい。これではまた「ジェネレーション・ギャップ」の話になってしまう。それは、なんとしても避けたい。

解説

河合香織《かわいかおり》
（ノンフィクション作家）

理想と現実は必ずしも一致しない、どころか、ほとんど大抵は一致しない。

四十歳を超えてから、確信めいた思いを持ったのはこのことである。

若い頃は、たとえ今が思い描いていた状態とかけ離れていたとしても、それは一時的なことであって、輝かしい未来とは言わないまでも現状より少しは理想に近づいて向かっているものだと思っていた。だが、年を重ねるにつれて、得るものよりも失うものが増えていき、現状維持は諦めどころか、願いになっていったような気がする。

けれど、それは悲しいことなのだろうか。

本書が提示するのはそのような問いである。

主人公は四十二歳の女性刑事・魚住久江《うおずみひさえ》。いわゆる「所轄」である練馬署の刑事課強行犯係に勤務する。過去には、警視庁本部捜査一課に栄転し、殺人捜査で活躍した経歴を持つ。だが、ある時から、人が殺されてから始まる捜査より、誰かが死なずに済むような、殺人の一歩手前で踏みとどまらせるような仕事をしたいと思うようになった。

〈歳のせいだろうか。それとも、長いこと独り身だからだろうか。いつの頃からか久江は、誰かの死の謎《なぞ》を解き明かすことより、誰かが生きていてくれることに、喜びを感じるようになった〉

捜査一課へ戻らないかというたびたびの打診も断り続けている。なぜなら捜査一課は殺人事件の捜査を専門とする部署だからだ。

久江が扱う事件はわいせつ事件、傷害事件、自動車事故など、身の周りで起きうるような事件である。

派手であったり凶悪だったりつまりは非日常を描くような警察小説とは一線を画し、我々の生活に寄り添った日常こそを著者は描き出す。

久江は日常を丁寧に生きている女性だ。ワンルームマンションに一人暮らし、忙しい中でも日々自炊をし、独り鍋も厭《いと》わない。独りでも手を抜かずに、缶ビールはきちんとグラスにつぐところに小さな潤いを感じている。十年ほど前にたった一夜の関係を持った先輩のことや、十歳ほど年下の後輩に好意を持たれている気がしていることを考えると、明日も前を向いて生きていけるというさっぱりとした気性を持っている。そんな風に気ままに自由に生きているように見えるが、どこかに寂しさを抱え、それが人とのつながりを求める思いとなって捜査に向かわせているのかもしれない。そんな心の重層的な広がりが読む者の心にも重なっていき、一気に魅了されるのだろう。

それは久江の同僚の刑事たちにも言える。飲み会の最中に発生した事件現場に酔っぱらったまま駆けつける同僚たちに久江が水とフリスクを配ったり、万馬券を初めて当てた刑事は係全員に中華蕎麦《そば》屋の出前を振る舞う。犯罪に巻き込まれて面倒を見なければならなくなった乳児のオムツを易々《やすやす》と後輩男性刑事が替える姿を目の当たりにして見直す。

事件だけではなく警察官の日常生活も描き出されている。優秀な刑事であろうと捜査するだけが人生ではない。それぞれが日々の生活を抱え、その経験から絞り出される知恵こそが捜査に生きてくる様を描き出した。

日常に寄り添う事件だからこそ浮き彫りになるのは、善悪が判然としなくなる複雑さだろう。

私はノンフィクションを書く者として、事件の被害者や加害者に取材をすることがあるが、取材をすればするほど、善悪の境界は曖昧になっていく思いに駆られる。事件の背景を細かく知るにつれ、加害に及んだ過程や理由に共感してしまうこともあるし、一方被害者を装っていても真の意味で被害者と言えないのではないかと思う場合もある。加害という面では悪であったとしても、被害者の悪の方が闇は濃い場合だってある。

そんな容易に割り切れない思いを本書は炙《あぶ》り出している。裏切られ続けた末に出た行動の責任は、裏切った人間にはまったくないのか。援助の手が差し伸べられていない人に対して社会は何の責任もないのだろうか——。

本書と、久江が主人公である続編『ドンナ ビアンカ』は「恋愛捜査」シリーズと呼ばれているそうだ。愛の欠乏、あるいは過剰ゆえに起きる事件を主に扱っているからであろう。愛が成就《じょうじゅ》しない、自分が受け入れてもらえないという人生の悲しみを描いているとも言え、警察小説としてだけではなく、悲恋を描いた一種の恋愛小説として読むこともできよう。

自分が罪に問われてでも、愛した人の幸せと無垢《むく》を守りたいと願う心。身を引いて遠くから見守る恋。あるいは、血のつながりはなくとも献身的に思い合う親子の愛。

久江は被害者だけではなく、加害者にも共感し、心を寄り添わせて、真実の言葉を引き出していく。そして、法的には裁かれないといけないことはわかっているが、知れば知るほど複雑な加害者の心の模様を仔細《しさい》に調書に記すことで、善悪を断定する事は単純ではないことを訴えかける。

一方、被害者に対しても加害者に対しても厳しく説教をしたり、時には実力行使に出ることもある。そんな時でさえ、突き放すような怒りではなく、傍観者ではなく自分も当事者であり得るという立ち位置を崩さない。

たとえば、自分の居場所がどこにもなく苦しんだ挙げ句に身勝手な犯行に及んだ青年にはこんな言葉をかける。

〈「人がね、自分のためだけに出せる力なんて、案外、ちっぽけなものだよ。騙《だま》されたと思って、誰かのために……自分以外の誰かのために、頑張ってごらん。勇気、出してごらん。きっとあなたは、変われると思うよ」〉

そう言ったすぐ後に、馬鹿みたいだと自己嫌悪に陥《おちい》る。誰かのために頑張る、そんな相手なんて自分にだっていやしないのにと。

愛が得られない苦悩、理想としていた人生からかけ離れて行く苦悩を鮮やかに捌《さば》く著者の筆致は見事だ。あっけらかんと乾いた筆で人の悲しみを描きながら、読了後は心に湿度と重量がどっしりと確実に残されている。

理想と現実を一致させようとする戦いは負け戦《いくさ》になることも少なくない。だが、負け続ける人生をよしとするのか。勝ちに転じる方法がもしもあるとすれば、それは現実をそのまま飲み込み、生を真っ向から肯定することではないだろうか。

そのことを久江は熟知しているのだろう。そんな彼女が発する言葉だからこそ、読む者の心を揺さぶる。

愛するがゆえに迷惑をかけるからと身を引いた友人に対して久江は述べている。

〈良いとか悪いとか、そんなことはもう、よく分からなくなっていた。
（略）会って、久し振りね、元気だった、と、手を握り合いたい。
ただ、そうしたいと思うだけだ〉

本書には新潮文庫版の六編の連作小説に加え、シリーズ未収録作品「弱さゆえ」が新たに収録されている。SNSを通じたボランティアストーカーにまつわる事件を描く本作だが、登場する人物は皆、大切な愛や命を失った経験を持つ。自分を正当化してなんとか強くあろうと思って苦悩する人たちが、自分の弱さを認め、弱さと共に生きていくことの意味に気がついていく。

私は、読み進むほどに自分の気持ちがどんどん軽やかになり、つまらないと決めつけていた日常が静かな光を取り戻していくような感覚に襲われた。癒しの書でもあったのだ。強さも弱さも、善も悪も、被害者も加害者も、理想と現実も、愛が叶うことも失うことも、日常も非日常も、すべては白黒や正誤に二分されるものではなく、連続性の中でしか語ることができないのだという思いを強くする。そんな灰色の濃淡のグラデーションこそが人生なのだろう。

書名の「ドルチェ」は「甘い」という意味のイタリア語だが、恋愛は単に甘やかなものだけではなく、犯罪に向かわせるほどに狂気を含むからこそ甘美なのだという意を含んでいるように感じた。そして、ドルチェには「優しい」という意味もある。

何にも、誰にも、勝とうとしないように見える不思議なおばさん刑事は、すべてに寄り添い、許容し、受け止める包容力を持つ母のような存在なのかもしれない。

二〇一四年五月刊行の新潮文庫版に
「弱さゆえ」（「小説新潮」二〇一四年二月号）を加えた。

光文社文庫

ドルチェ

著者　誉《ほん》田《だ》哲《てつ》也《や》

2020年5月20日　初版1刷発行
2024年2月20日　2刷発行

発行者　三宅貴久
印刷　萩原印刷
製本　ナショナル製本

発行所　株式会社　光文社
〒112-8011　東京都文京区音羽1-16-6
電話　(03)5395-8149　編集部
8116　書籍販売部
8125　業務部

ISBN978-4-334-79017-2　Printed in Japan

組版　萩原印刷